प्रियदर्शन

प्रियदर्शन का जन्म 24 जून, 1968 को राँची में हुआ। उन्होंने राँची विश्वविद्यालय से अंग्रेज़ी में एम.ए. की पढ़ाई करने के बाद उसी शहर से पत्रकारिता की शुरुआत की।

उनकी प्रमुख कृतियाँ हैं—'ज़िन्दगी लाइव' (उपन्यास); 'बारिश, धुआँ और दोस्त', 'उसके हिस्से का जादू', 'हत्यारा और अन्य कहानियाँ' (कहानी-संग्रह); 'यह जो काया की माया है', 'नष्ट कुछ भी नहीं होता' (कविता-संग्रह); 'ग्लोबल समय में गद्य', 'ग्लोबल समय में कविता' (आलोचना); 'इतिहास गढ़ता समय', 'भारत की घड़ी', 'समाज, संस्कृति और संकट' (विचार); 'दुनिया मेरे आगे', 'क्या ये शहर तुम्हारा है? (संस्मरण); 'नए दौर का नया सिनेमा' (फिल्म); 'ख़बर-बेख़बर' (पत्रकारिता)।

उनका एक कविता-संग्रह मराठी में और उपन्यास अंग्रेज़ी में अनूदित हैं। उन्होंने सलमान रुश्दी और अरुंधति रॉय की कृतियों सहित कई किताबों का अनुवाद और सम्पादन भी किया है। विविध राजनैतिक-सामाजिक-सांस्कृतिक विषयों पर तीन दशक से नियमित विविधतापूर्ण लेखन और हिन्दी की सभी महत्त्वपूर्ण पत्र-पत्रिकाओं में प्रकाशन।

उन्हें कहानी के लिए पहला 'स्पन्दन सम्मान' और टीवी पत्रकारिता के लिए हिन्दी अकादमी, दिल्ली के सम्मान से सम्मानित किया जा चुका है।

ई-मेल : priyadarshan.parag@gmail.com

सहेलियाँ
और अन्य कहानियाँ

प्रियदर्शन

राधाकृष्ण पेपरबैक्स

राधाकृष्ण पेपरबैक्स में
पहला संस्करण : 2023

राधाकृष्ण पेपरबैक्स : उत्कृष्ट साहित्य के जनसुलभ संस्करण

राधाकृष्ण प्रकाशन प्रा. लि.
जी-17, जगतपुरी
दिल्ली-110 051
द्वारा प्रकाशित

शाखाएँ : अशोक राजपथ, साइंस कॉलेज के सामने, पटना-800 006
पहली मंजिल, दरबारी बिल्डिंग, महात्मा गांधी मार्ग, प्रयागराज-211 001
वेबसाइट : www.radhakrishnaprakashan.com
ई-मेल : info@radhakrishnaprakashan.com

बी.के. ऑफसेट
नवीन शाहदरा, दिल्ली-110 032
द्वारा मुद्रित

मूल्य : ₹199

SAHELIYAAN AUR ANYA KAHANIYAAN
Stories by Priyadarshan

ISBN : 978-81-19092-04-8

बचपन के दोस्त
संजय लाल यानी पिंटू
और
मित्र-पाठक (पिंटू की पत्नी) रोली
की स्मृति को

क्रम

भूमिका

पिछले दो-तीन दशकों में ज़माना इतना बदल गया है कि उसके पहले की दुनिया बिलकुल कहानी लगती है। लगता ही नहीं कि हम उसी दौर की पैदाइश हैं, कि हमने वे मोहल्ले, वे शहर और वे इंसान देखे हैं जो अब बिलकुल इस तरह बदल चुके कि पहचान में नहीं आते। भारत के सन्दर्भ में देखें तो नब्बे के दशक में उदारीकरण-निजीकरण और वैश्वीकरण के नाम से जानी जाने वाली परिवर्तन की जो प्रक्रिया शुरू हुई, उसके बहुत सारे नतीजे अब देखने को आ रहे हैं। हालाँकि जो सबसे प्रत्यक्ष दिखने वाला नतीजा है—वह आर्थिक बदलाव है। घरों की संरचनाएँ बदल गई हैं, शहरों के नक़्शे बदल गए हैं, सड़कों पर लोग कम नज़र आते हैं, गाड़ियाँ ज़्यादा दिखती हैं, कभी बहुत दूर माना जाने वाला दूरभाष अब बीते ज़माने की चीज़ है और सबके हाथ में मोबाइल है। अस्सी के दशक में भारत में हुई कम्प्यूटर क्रान्ति पुरानी पड़कर बीत चुकी और इंटरनेट के माध्यम से सामने आई डिजिटल दुनिया अपना एक अलग सामाजिक संसार बसा चुकी है।

सच तो यह है कि इस नई दुनिया की बहुत सारी व्याख्याएँ की जा सकती हैं। उदारीकरण के आर्थिक प्रभावों को पहचानना आसान है क्योंकि बदलते बाज़ारों, शहरों, सड़कों और हमारी ज़िन्दगियों में उनके बहुत सारे स्थूल प्रमाण सहज-सुलभ हैं, लेकिन उसके सामाजिक-मानवीय और भावनात्मक प्रभाव को समझना एक सूक्ष्म और संवेदनशील दृष्टि की माँग करता है। मोटे तौर पर यह जो नई

दुनिया बन रही है, वह ताक़तवर लोगों की दुनिया है—उनके पास पूँजी है, उनके पास सत्ता है, उनके पास सेना है, उनके पास आतंकी गुट हैं, उनके पास तिज़ारत से तस्करी तक के तमाम रास्ते हैं। यही लोग राजनीति की दिशा तय कर रहे हैं, यही लोग इतिहास लिख रहे हैं, यही लोग नया अर्थशास्त्र गढ़ रहे हैं, यही लोग नया समाजशास्त्र भी बना रहे हैं और मनुष्य को एक ऐसी मशीन में बदल रहे हैं जो ज़्यादा से ज़्यादा उपयोगी हो, कुछ बर्बर हो और उसकी आँख पर श्रेष्ठता की पट्टी बँधी हो।

लेकिन इस प्रक्रिया को सबसे सार्थक और मानवीय प्रतिरोध अगर कहीं से मिल रहा है तो वह साहित्य से मिल रहा है—क़िस्सों-कहानियों और कविताओं की उस दुनिया से, जो इंसानी सभ्यता का शायद सबसे पुराना फ़ितूर है, जिसकी असम्भव कल्पनाओं ने सभ्यता के असम्भव लगते सफ़र को यहाँ तक पहुँचाया है। नया राजनीतिशास्त्र या नया अर्थशास्त्र हालाँकि इस कल्पना की भी रासें थामने को बेताब है और अपने ढंग से अपने कवि और कलाकार तैयार कर रहा है, लेकिन फिर भी वह उस पर ऐसी बन्दिश नहीं डाल पा रहा जिससे सारी कथाएँ उसके अनुरूप चलें।

इसलिए हम पाते हैं कि इस तेज़ दौड़ती सभ्यता में जो पीछे छूट गए लोग हैं, ताक़त की पूजा करने वाले इस समाज में जो कमज़ोर लोग हैं, उनकी सबसे विश्वसनीय तकलीफ़ें, उनके सबसे गहरे संघर्ष साहित्य में ही दर्ज हैं। जो बात हमारे राजनीतिविज्ञानी और समाजशास्त्री नहीं बता रहे, जो बात हमारे अर्थशास्त्री नहीं बता रहे, वह बात हमारे समय के कवि और कथाकार कह रहे हैं—बेशक, उनकी आवाज़ कुछ मद्धिम है मगर ठोस है, वह कुछ कम सुनी जा रही है, लेकिन बनी हुई है और चुपचाप अपने समय की विडम्बनाओं को दर्ज कर रही है।

मेरी कहानियाँ भी इन्हीं विडम्बनाओं की पहचान का यत्न हैं—किन्हीं सायास प्रयत्नों से नहीं, बल्कि अनायास अनुभव से। हालाँकि इन्हें किन्हीं समाजशास्त्रीय बहसों की तरह पढ़ा नहीं जा सकता—ये

शुद्ध कहानियाँ हैं—अपने समय की, इस समय के लोगों की और इस दौर में आए बदलावों की—ऐसी कहानियाँ जो बताती हैं कि पैसा कैसे सबसे बड़ा मूल्य होता चला गया है, कि रिश्ते कैसे बनते और दरकते हैं, कि इंसान फिर भी अपने जीवट से किस तरह बचा रहता है। ये कोई करिश्माई कहानियाँ नहीं हैं जिन्हें पढ़ते हुए आप हैरत से भर जाएँ, इनमें किन्हीं जादुई दास्तानों का दावा नहीं है जो आपकी दुनिया से दूर एक अलग तरह की राहत दे, बल्कि ये आपके आसपास की कहानियाँ हैं जिन्हें पढ़ते हुए शायद आप पहचान जाएँ कि अरे, यह तो आपके देखे-जाने लोग हैं, आपके सामने घटी घटनाएँ हैं और ज़्यादा से ज़्यादा इस बात पर चकित हों कि इन्हें इस तरह पहले क्यों नहीं देखा था?

इन तमाम वर्षों में अच्छा-बुरा जो हुआ, उनमें एक बात स्त्री-स्वातंत्र्य के प्रति पैदा हुई नई चेतना है, स्त्रीत्व के प्रति विकसित हुई एक नई संवेदनशीलता है। हमारे समय की लड़कियाँ बदली हुई हैं, उनकी चुनौतियाँ भी। इस बदलाव की छाया इस संग्रह की बहुत सारी कहानियों में है। संग्रह की कम-से-कम आधी कहानियाँ वैसी स्त्री-गाथाएँ हैं जिन्हें हम रोज़ देख रहे हैं और जिन पर मुग्ध हो रहे हैं। हालाँकि फिर दुहराना होगा कि ये कहानियाँ किन्हीं सायास प्रयत्नों से नहीं निकली हैं, बस अपने आसपास की कहानियों को पहचान कर लिख देने के सहज अभ्यास का नतीजा हैं।

'उसके हिस्से का जादू', 'बारिश, धुआँ और दोस्त' और 'हत्यारा तथा अन्य कहानियाँ' के बाद यह मेरा चौथा कहानी-संग्रह है। एक-दो को छोड़कर इस संग्रह की लगभग सभी कहानियाँ बीते दो-तीन सालों में लिखी गई हैं, लेकिन कहानियाँ दो-तीन बरसों का रोज़नामचा नहीं हैं, उनमें बीते हुए बरसों की छायाएँ हैं, आने वाले दिनों की उम्मीदें हैं—वे यथार्थ हैं, लेकिन मेरी कल्पना से निकली हैं। तो इन्हें बिलकुल इनके देशकाल के चौखटे में कसकर पढ़ना इनके साथ अन्याय होगा। साहित्य की जो अपनी सार्वजनीनता या सार्वकालिकता होती है, उसकी

छाया हर कृति पर पड़ती है—न पड़े तो यह कृतिकार की विफलता है। इस लिहाज़ से कह सकता हूँ कि ये कहानियाँ इस समय की हैं, लेकिन इनकी अनुगूँजें इस समय के पार जाती हैं।

पिछले कुछ वर्ष हमारी सभ्यता के लिए बहुत बुरे गुज़रे हैं। कोविड ने सारी दुनिया का कारोबार जैसे ठप्प कर दिया था। उसके बाद पैदा हुई शिथिलता को तोड़ते हुए दुनिया फिर से रफ़्तार पकड़ रही है। नई कहानियाँ लिखी जा रही हैं, नया साहित्य रचा जा रहा है। प्रकाशन की दुनिया भी इन वर्षों में डाँवाँडोल रही। इसी स्थिति में यह संग्रह आ रहा है। इसके लिए अशोक महेश्वरी जी, सत्यानन्द निरुपम और राजमकल प्रकाशन समूह का आभार।

जनवरी, 2023 **—प्रियदर्शन**

भूल गई थी अम्मा?

रात के तीन बजने को थे। उसे ध्यान नहीं था कि आख़िरी बार वह कब इतनी देर रात तक जागती रही थी। हाल के वर्षों में उसकी तबीयत अच्छी नहीं रहा करती थी। डॉक्टर ने कहा था, वह जल्दी खाकर सो जाया करे। यह सिलसिला सात साल से जारी था। अब वह 48 साल की हो गई है।

लेकिन आज की रात अलग थी। खाना उसने पहले ही खा लिया था। बस, सोना स्थगित कर रखा था। आज की रात वह वह काम करने वाली थी जो उसे तीस बरस पहले करना चाहिए था।

तीस बरस पहले! एक लम्बी साँस की तरह जैसे तीस बरस जीवन से निकल गए। और इन तीस सालों में क्या हुआ?

उसकी शादी हुई, उसके बच्चे हुए, बच्चों की पढ़ाई हुई, बच्चों की शादी भी हुई और उनके बच्चे भी हो गए। वह दादी बन गई!

उसकी इकलौती बची सहेली हँसती है। 48 साल में कौन दादी बनता है, रे? वह फीकी हँसी भी हँस नहीं पाती है। बस, मासूमियत से बताती है कि 18 साल में शादी हो गई, 22 साल तक दो बच्चे हो गए। बड़ा बेटा 23 साल में इंजीनियर हो गया, पढ़ाई के दौरान ही उसने लड़की भी पसन्द कर ली और 25 साल में शादी कर ली। तब वह 47 की थी। अब इसी साल वह दादी बन गई है।

उसकी सहेली उसे देखती है—"तूने जीवन क्या जिया, रे?" वह भोलेपन से मुस्कुराती है—"जितना जी लिया, वह कम है क्या? नाती-पोते वाली हो गई।" सहेली उसे देखती रहती है। फिर धीरे-से पूछती है—"और वह ज़िद्दी लड़की कहाँ गई जो स्कूल में दौड़ती थी तो कोई बराबरी नहीं कर पाता था? और जब

किसी की नकल या कोई और एक्टिंग करती थी तो सब दंग रह जाते थे?"

ऐसी कोई ज़िद्दी लड़की थी क्या? सहेली से उसने नहीं पूछा था। सहेली के जाने के बाद अपने-आप से पूछा था। बस, एक गीला तकिया गवाह था।

वह गीले तकिए पर अपनी उँगलियों से खरोंच रही थी, जैसे समय की तहें उधेड़ रही हो। एक साल, दो साल, धागे पर धागे, पीछे लौटते दिन-बरस, गर्मी, सर्दी, बरसातें, ऐसी ही बरसात में किताबों से माथा बचाती दो चोटी वाली एक लड़की।

और एक लड़का भी। उसके पास छाता था। पास आकर उसने सकुचाते हुए कहा था, "आ जाओ भीतर।" पहले वह भी संकोच में पड़ गई, मना किया। लेकिन बारिश तेज़ हो रही थी। अपने से ज़्यादा अपनी किताबों के भीगने का डर था। ये मालूम था कि किताबें बहुत मेहनत से आई हैं। भीग कर ख़राब हो गईं तो दुबारा नहीं आएँगी। वह तेज़ होती बारिश के साथ तेज़ होते अन्तर्द्वंद्व को झटक कर अचानक एक काली परिधि के भीतर आ गई। ऊपर दाएँ-बाएँ से आसमान देखने लगा था, बादल कुछ और गरज उठे थे, बारिश इस हिम्मत पर टूट-टूट पड़ने पर आमादा थी। गीली सड़क कुछ चौंकती-सी भागने लगी थी।

लेकिन लड़की को बस अपने कन्धों को छूती किसी कमीज़ के बाजुओं के स्पर्श का ही एहसास था। उसकी नज़रें पूरी तरह झुकी हुई थीं, कॉपी-किताबें उसकी छाती से चिपकी हुई थीं और लड़के के साथ लगी-लगी वह धीरे-धीरे स्कूल की ओर बढ़ रही थी। लड़के का चेहरा भी देखने का साहस उसे नहीं हो रहा था। बस, पानी में छपाछप उसके जूते दिख रहे थे जो शायद हँस रहे थे।

आने वाले दिनों में यह छतरी बड़ी होती चली गई थी। जब बारिश नहीं होती तब भी वह उसके ऊपर तनी रहने पर आमादा रहती। कई बार वह झुँझला जाती, छतरी को परे धकेल देती, याद दिला देती कि वह ज़्यादा तनी न रहे। फिर छतरी विनम्र मुद्रा में साथ-साथ चलने लगती। फिर लड़की पूरी इठलाहट के साथ इस छतरी को जैसे-तैसे घुमाया करती। उसे लगता कि दुनिया की यह इकलौती नेमत उसकी अपनी है और उसके पास है। वह जो चाहेगी, छतरी वही करेगी।

इस दौरान सड़क भी बहुत लम्बी हो गई थी। बल्कि बहुत सारी सड़कें हो गई थीं, लेकिन वे सड़कें कहीं नहीं ले जाती थीं। वैसे पहुँचना भी किसे था?

तमन्ना बस यही थी कि सड़कें बनी रहें, चलती रहें, नए-नए मोड़ों से गुज़रती रहें।

लेकिन मंज़िलें घात में थीं। अलग-अलग मंज़िलें। उसके अलग-अलग रास्तों पर निकलने की ख़बर सुनकर घर कुछ चौकन्ना हो गया था, कुछ सिकुड़ गया था। अब माँ बार-बार पूछती, कहाँ जा रही है, पिता टोकते, क्यों जा रही है, भाई बताता, मुझे मालूम है कि किधर जा रही है—बस, उसे यह पता नहीं था कि धीरे-धीरे उसके लिए एक नया रास्ता तैयार किया जा रहा है।

और एक दिन घर ने कहा, वह तैयार हो जाए। उसे कुछ समझ में नहीं आया। पता चला, कुछ लोग आने वाले हैं। वे लोग आ गए, कुछ दिन बाद उसे ले भी गए। उसे सचमुच कुछ समझ में नहीं आया। 18 साल की ही तो थी वह! क्यों नहीं कर पाई विरोध? क्यों कहा कि यह शादी की उम्र नहीं है? क्यों नहीं बताया कि एक छतरी उसके जीवन में चली आई है जो देर-सबेर उसका हाथ थाम लेगी या बताया था? माँ के सामने ख़ूब रोई थी, पिता से भी सहमते-सहमते कहा था—लेकिन किसी को सुनना नहीं था—सब बेटी से मुक्ति पाने का जश्न मनाने में लगे थे।

उसने भी ख़ुद से मुक्ति पा ली। 18 साल की बच्ची को दफ़न कर दिया। छतरी छितरा गई। वह घर आ-आकर लौटती रही। एकाध बार उसे बेइज़्ज़त भी होना पड़ा। लेकिन फिर सबकुछ ख़त्म हो गया। स्मृतियों की राख से जो नई औरत निकली, वह दरअसल एक परछाईं थी। ज़िन्दगी इस परछाईं पर भी भारी पड़ी थी। तीस सालों ने उसे बिलकुल बदल दिया। वह किसी की पत्नी थी, बहू थी, माँ थी, सास थी—बस, वह ख़ुद नहीं थी—वह सबसे तेज़ दौड़ने वाली ज़िद्दी लड़की ज़िन्दगी के किस मैदान में दफ़न हो गई थी, यह याद करने या जानने की भी फ़ुरसत नहीं थी। वह एक्टिंग करते-करते एक नया जीवन जीने लगी थी, जिसमें पुरानी लड़की को मरना था।

बस, उसे यह पता नहीं था कि परछाइयाँ लौट आती हैं। दुनिया भर की बरसातें झेलती हुई छतरियाँ आख़िर वह पता खोज लेती हैं जहाँ किसी दिन उन्हें पहुँचना था।

तो एक दिन वह परछाईं उसके दरवाज़े पर खड़ी थी—तीस साल पुरानी एक क़ब्र उसके भीतर हिलने-डुलने लगी थी। उस क़ब्र में इतने वर्षों से सोई

एक लड़की धीरे-धीरे जाग रही थी। वह बेचैन हो उठी थी। यह कौन-सी लड़की उसके भीतर से निकल पड़ने को आमादा है? क्या वह उसे पहचानती है? क्या वह लड़की भी इस औरत को पहचानती है?

और यह छतरी क्यों और कैसे चली आई? कहाँ-कहाँ की बरसातें झेलती हुई? किन घाटियों, किन पहाड़ों से पाँव सँभालते गुज़रती हुई? किन बूँदों को अपने भीतर सहेजे हुए? वे इतने बरसों में सूख क्यों नहीं गईं? लेकिन क्या वे उसके भीतर भी सूखी थीं? वह क्यों नहीं नामालूम-बेख़बर और उचटी हुई-सी नज़रों से इसे देखकर आगे बढ़ पाती?

इतने सारे सवाल थे, मगर जवाब एक भी नहीं था। बस, फ़ोन की स्क्रीन पर एक मैत्री-अनुरोध था और एक बहुत पहचाना हुआ चेहरा, जिसके बाल कुछ सफ़ेद हो गए थे, जिसकी मूँछें धूसर-सी थीं, लेकिन जिसकी मुस्कुराहट बस वही थी जिसे वह बिलकुल अपनी सम्पत्ति समझती थी।

वह बस एक दिन चाहता था—जब दोनों मिलें और वह अनजिया हुआ जी लें जो उनके भीतर किसी लौ की तरह थरथराता हुआ तीस साल से बचा था और तमाम झंझावातों के बावजूद बुझने को तैयार नहीं थी।

वह बिलकुल सहमी हुई थी। पहली बार उसने मना कर दिया। तय किया कि दुबारा वह उससे बात तक नहीं करेगी। उसकी ज़िन्दगी अलग है, वह लड़की अलग है। अब वह एक खाते-पीते घर की गृहस्थन है। उसे पति को देखना है, बच्चों को देखना है, बच्चों के बच्चों को देखना है। उसे अतीत की ओर नहीं देखना है।

लेकिन अतीत पलट-पलटकर उसे देख रहा था। वह उसकी त्वचा छील रहा था। उस पर चढ़ी वक़्त की परतें हटा रहा था। उससे मनुहार कर रहा था कि वह लौटे, एक बार उन दिनों में लौटे।

वह इस मनुहार को झटकती रही। यह अव्यावहारिक है। असम्भव है, लेकिन जो कुछ उसके जीवन में घटा, वह क्या किसी असम्भव से कम था? उसे तिल-तिल मारा गया था, उसे फिर से गढ़ा गया था—लड़की मर गई थी, पहले पत्नी और फिर माँ पैदा हो गई थी—और अब तो दादी भी। क्या यही है उसका जीवन?

यह सवाल उसके भीतर कई दिन से चल रहा था। उसने बार-बार इसे झटकना चाहा—हाँ, यही है उसका जीवन। यह ऐसा अनूठा जीवन भी नहीं है। इस देश की करोड़ों लड़कियाँ यही जीवन जीती हैं। ठीक है कि सबकी शादी 18 साल में नहीं हो जाती, लेकिन लौटती तो सब इसी रास्ते हैं। और बहुत सारी लड़कियाँ तो 18 का होने से पहले ब्याह दी जाती हैं।

और कितनी सुखी है वह? निस्सन्देह शादी के बाद बहुत झेलना भी पड़ा था। तेज़ स्वभाव वाली सास और उसकी भावजें—सबने सबसे पहले उसकी पढ़ाई का मज़ाक़ बनाया था। उसके बाद उसके दौड़ने का। उसके दौड़ने को लेकर चुटकुले बनते थे। वह एकाध बार हँसी, फिर बार-बार रोई—लेकिन अकेले में। धीरे-धीरे उसने उन चुटकुलों को ऐसे सुनना शुरू कर दिया कि वे किसी और की कहानियाँ हों। धीरे-धीरे वह भूल गई कि सबसे तेज़ दौड़ने वाली लड़की वही थी। लोग उसकी नक़ल उतारते थे। और वह यह भी नहीं बता पाती थी कि यह काम वह उनसे अच्छा कर सकती है। वह लड़की कोई और थी जो सपनों में आती थी, मगर फिर सबकुछ ठीक और आसान होता चला गया। सबकुछ एक ढर्रे पर।

वह ग़नीमत मनाती थी कि किसी को उस छतरी की ख़बर नहीं है जो कई बरस उसके साथ साये की तरह लगी रही। यह ग़म भी बरसों तक उसे खाता रहा कि इस छतरी के बारे में उसने अपने पति तक को नहीं बताया है। माँ ने सख़्त ताक़ीद की थी—वह उल्टा-सीधा न बोल जाए, ज़िन्दगी बहुत भारी हो जाएगी—पति छोड़ भी सकता है।

एक बार घर छूट जाने के बाद छोड़े जाने का डर बहुत बड़ा होता है न? उसने अपने-आप से नहीं पूछा था कभी।

बस, घर के अनुकूल बनती चली गई। घर भी उसके अनुकूल बनता चला गया। अब तो सबकुछ ठीक है। वह बुढ़ापे की ओर बढ़ रही एक औरत है, जिसके सारे अरमान अब बच्चों और पोते तक केन्द्रित हैं। अब उसकी कोई परवाह नहीं करता। अब उसके दौड़ने पर नहीं, ठहरे रहने पर चुटकुले बनते हैं। पति, बेटे-बहू—सब उस पर हँसते हैं—उठने में कितना समय लगाती है अम्मा? धीरे-धीरे उठेगी, धीरे-धीरे चलेगी, ड्राइंग रूम तक पहुँचते-पहुँचते उसकी चाय

ठंडी हो जाएगी। किसी को नहीं मालूम है कि वह कभी चाय ठंडी होने का मौक़ा नहीं देती थी। चाय चढ़ी ही रहती थी कि दो चक्कर लगाकर लौट आती थी।

मालूम है तो बस उसके नए स्मार्टफ़ोन को, जिसने उसे नए सिरे से पहचाना है। इस फ़ोन ने उसे बहुत सारी पुरानी सहेलियों से मिलाया है। स्कूल की लड़कियों ने अपना व्हाट्सऐप ग्रुप बना रखा है। वे सब अब अधेड़ गृहस्थनें हैं—कोई लन्दन में, कोई लातेहार में, कोई बेटे की पढ़ाई की ख़बर दे रही है, कोई बेटी की नौकरी लगने की। वहीं कुछ पुराने दिनों को खरोंचकर सामने ला देने वाली घटनाओं का चुलबुलाता ज़िक्र आ जाता है तो वह लड़की हिलने-डुलने लगती है।

लेकिन इस हिलती-डुलती लड़की को भी कहाँ पता था कि एक तूफ़ान उसकी तरफ़ बढ़ा चला आ रहा है। वह छतरी जैसे अचानक खिड़की से आ टकराई थी।

क्या वह इस तूफ़ान को रोक दे? बन्द कर दे मज़बूती से खिड़कियों के वे पल्ले, जिनके सहारे भीतर आती हवा सीधे उसे उड़ाए ले जाने पर आमादा है? उसने बहुत कोशिश की। वाकई कोशिश की। बार-बार मन को समझाया। उस पुरानी लड़की को भूल जा। वह क़ब्र से निकलेगी तो कई प्रेत निकलेंगे। जीवन तहस-नहस हो जाएगा।

लेकिन कैसे? उसका कोई जीवन है कहाँ जो तहस-नहस होगा? उसके भीतर एक ज़िद्दी लड़की अब जैसे न दबने पर आमादा थी। वह किसी के छू लेने भर से क़ब्र से निकल आई थी और रोज़ उससे लड़ रही थी।

यह 48 साल की औरत और 18 साल की बच्ची के बीच की लड़ाई थी। 48 साल की औरत पूछती, वह कब निकल सकती है? सुबह बहू के साथ नाश्ता बनाने में लग जाती है। पति आठ बजे नाश्ता कर दुकान के लिए निकल लेते हैं। फिर बेटा-बहू दोनों बच्चे को उसके हवाले कर दफ़्तर निकल जाते हैं। वह इस खिलौने से दिन भर खेलती रहती है। वह सो जाता है तो टीवी देखती है, शाम के खाने की तैयारी करती है और घर में आने वाली कामवाली से लगभग सहेलियों की तरह रोज़ के दुःख-सुख साझा करती है। बीच में दोपहर को पति घर लौटते हैं, खाना खाने के बाद दो घंटे आराम करके फिर तीन बजे निकलते

हैं। शाम सात बजे तक बेटा-बहू लौट आते हैं। फिर चाय-नाश्ता और फिर गपशप और फिर टीवी और फिर रात का खाना। और फिर सो जाना। उसके पास समय कहाँ है? वह कैसे निकल सकती है कभी भी? बिलकुल नहीं, कहीं नहीं जाना। वह सिर झटक देती है।

लेकिन 18 साल की लड़की भी सिर झटकती है। समय तेरे पास कब था? तू समय चुराती थी या नहीं? बाक़ी घर पाँच बजे उठता था, तू चार बजे उठकर अँधेरे में चुपचाप दौड़ लगाने निकल जाती थी या नहीं? याद है, जब घर में पहली बार सबको पता चला तो पापा ने कितना डाँटा था और माँ किस तरह घबराई थी? उसके बाद सुबह 4 बजे भी ज़ंजीर लग गई थी। निकलना बन्द हो गया था, लेकिन वह समय निकालती रही थी। अब तो कोई उसके साथ ज़बरदस्ती नहीं कर सकता।

वाकई? 48 साल की औरत ने 18 साल की लड़की के इस तर्क पर सोचा। तीस साल में क्या किसी ने उस पर ज़बरदस्ती नहीं की? नहीं की। लेकिन कोई क्यों करता? वह सबके मुताबिक़ ढलती चली गई थी। पति को उसने कभी शिकायत का अवसर नहीं दिया। बेशक, कुछ बातों पर वे झुँझलाते रहे, लेकिन हमेशा उसे इज़्ज़त दी।

हमेशा? 18 साल की लड़की ने उसे कुरेदा। याद है, पहली बार उसने पति से अपने दौड़ने की प्रैक्टिस की बात साझा की तो वे हैरान रह गए थे? उसे इस तरह झिड़क दिया था कि वह हमेशा-हमेशा के लिए सहम गई थी? ऐसे कितने अवसर आए जब उसे बिलकुल पालतू बनाया जाता रहा और वह इसी में अपनी ख़ुशी देखती रही। अब पालतू मत बन।

लेकिन कैसे? वह कब निकलेगी? क्या बताएगी? कोई उसे अकेले क्यों जाने देगा? 48 साल की औरत को लग रहा था कि उसकी तबीयत ख़राब हो जाएगी। लेकिन 18 साल की लड़की तो जैसे क़ब्र से जाग उठी थी—वह प्रेत थी और इस प्रेत को अपना हर प्रतिशोध लेना था। किस बात का प्रतिशोध? लोगों ने उसके साथ किया क्या है? यह 48 साल की औरत कातर ढंग से पूछना चाहती। जवाब तत्काल निकल कर आता—उसकी आत्मा को तिल-तिल कर मारा है। वह न जाने कब से प्यासी भटकती रही है। आधी-आधी रातों को उसकी नींद

टूटती रही है। रात के आख़िरी पहर, जब सब सोए रहते हैं तो वह जागती रही है।

हाँ, यही एक पहर उसका है। जब कोई उससे नहीं पूछता कि वह क्यों जाग रही है, अपनी कल्पनाओं में कहाँ जा रही है, अपनी उम्र से कैसे निबट रही है? प्रेत आधी रात के बाद निकलते हैं। इसी समय वह भी निकलेगी।

इस तरह उस 18 साल की ज़िद्दी लड़की ने तय किया कि हाँ, वह छतरी से मिलेगी। छतरी से कहा—मिलना है तो रात तीन बजे मिलना होगा। छतरी हैरान-परेशान थी। कुछ नाराज़ भी। यह बेतुकी बात है। इतनी रात गए कौन मिलता है? कहाँ मिलता है? लेकिन छतरी के भीतर भी तीस साल पुरानी एक स्मृति हिल-डुल रही थी—उस दुबले-पतले 18 साल के लड़के की, जो एक चुप्पा लड़की की नासमझ ज़िदों के आगे अक्सर हार जाया करता था। उसके लिए उसने न जाने कितने बेमानी जोखिम उठाए थे। इस बार भी उसे हारना ही था। तो वह तैयार हो गया। छतरी ने कहा, वह अपनी कार के साथ बाहर खड़ी रहेगी। वह बस घर से निकल ले। वे कार में घूमते रहेंगे। रात तीन बजे से पाँच बजे तक। दूसरों के उठने से पहले वह घर लौट आएगी।

उसने हामी भर दी, लेकिन फिर सहम गई। अब 48 साल की औरत 18 साल की लड़की पर भड़क उठी थी। यह क्या मतलब है? कैसी बेवकूफ़ी है? वह आदमी क्या सोच रहा होगा? उसे ऐसी-वैसी औरत समझ बैठेगा जो रात तीन बजे भी किसी के साथ घूमने को तैयार रहती है।

सहमी हुई 18 साल की लड़की भी थी, लेकिन वह फिर भी एक दिलासा ढूँढ़ रही थी। वह कुछ नहीं समझेगा। वह उसे तीस बरस से जानता है। कम से कम उस लड़की को तो जानता है जिसके साथ वह घूमता था। लेकिन फिर भी एक घबराहट जैसे जीना मुहाल किए हुए थी। दिल का धड़कना क्या होता है, यह उसे अब समझ में आ रहा था।

फिर वह दिन आ गया, जब निकलना था। उसके बाद एक-एक लम्हा काटना भारी हो गया था। इन्तज़ार था तो बस रात का। यह भी हैरानी की बात थी। रात उसे बचपन से डराती रही है। रात को निकलने से अब भी वह बचती है। फिर यह कैसी रात है जो उसे पुकार रही है? यह किसकी रात है जो उसे अपनी ओर अवश खींचे जा रही है? यह रात है या जादू?

लेकिन रात आई तो वह क़यामत की रात थी। वह बिलकुल भीतर थर-थर काँप रही थी। उससे ठीक से खाना भी न खाया गया। सबने पूछा, तबीयत ठीक है न? उसने मुस्कुराने की कोशिश की, बताया कि ठीक है। एक-एक लम्हा रात बीतनी शुरू हुई। 12 बज गए। जागे हुए बेटे-बहू कमरे में चले गए। एक बज गया। पति के कमरे का दरवाज़ा खुला, वह बाथरूम आए और चले गए। बीते एक साल से वह अलग कमरे में सो रही है—जब से पोता हुआ है, तब से। कई बार पोते को लेकर भी। दो बज गए। ओह। लगता है, बहू उठी है। बेटे का दूध गर्म कर रही है। उसे हर तीन घंटे पर दूध पीने की आदत लगी हुई है।

ढाई बज गए। पूरा घर सन्नाटे में था। अलग-अलग कमरों से सबकी साँस की ऊपर-नीचे होती लय गूँज रही थी, लेकिन उसका दिल बिलकुल नगाड़ा बना हुआ था—धम-धम-धम-धम। कहीं उसे दिल का दौरा न पड़ जाए। उसे पसीना भी आने लगा था। कहीं उसकी तबीयत ख़राब न हो जाए।

दो पचास। दो इक्यावन। दो बावन। उफ़! वह क्या करे? 18 साल में जो नहीं किया, वह 48 साल की करने की नादानी क्यों कर रही है?

लेकिन अठारह साल की लड़की बिस्तर से खड़ी हो चुकी थी। वह 48 साल की औरत की चप्पलें पहन चुकी थी। वह बहुत सधे क़दमों से दरवाज़े की तरफ़ बढ़ रही थी। 48 साल की औरत लगातार मनुहार कर रही थी कि रुक जाओ, रुक जाओ, यह सही नहीं है। 18 साल की लड़की कुछ सुनने को तैयार नहीं थी।

उसने दरवाज़े का लॉक बहुत सावधानी और धीरे-से खोला। यह बाहर-भीतर दोनों तरफ़ से बन्द हो जाने वाला लॉक था। हल्की-सी आवाज़ हुई थी, लेकिन कोई जागा नहीं। वह लॉन से निकलकर घर के बाहर थी।

बाहर रात थी—वही रात, जो उसे उम्र भर डराती रही, लेकिन 48 साल की औरत अब जैसे बेहोश हो गई थी और 18 साल की लड़की किसी से डरने को तैयार नहीं थी। पाँच मिनट बाद उसे एक गाड़ी दिखी, गाड़ी के बाहर धूसर केश दिखे, वही मुस्कुराती आँखें दिखीं जो 30 बरस बाद भी पुरानी नहीं पड़ी थीं। गाड़ी का दरवाज़ा खुला। वह अब सीट पर बैठी हुई थी। गाड़ी स्टार्ट हो चुकी थी। वह सड़क के बीच फिसल रही थी।

और 48 साल की औरत जैसे ग़श खा रही थी। उसने क्या किया है यह? रात के तीन बजे घर से भाग आई है? एक ऐसे अजनबी के साथ कुछ घंटे गुज़ारने के लिए, जिसे वह बिलकुल नहीं जानती। 30 साल पहले जिस लड़के को वह जानती थी, वह तो कोई और है? यह तो वह है ही नहीं!

लेकिन नहीं, ड्राइविंग सीट पर भी जो था, वह 48 साल का दिख ज़रूर रहा था, मगर 18 साल का ही लड़का था। उसने आगे जाकर पार्क के पास गाड़ी रोकी। वह उसे बस देखता-देखता-देखता रहा। वह भी उसे बस देखती-देखती-देखती रही। फिर धीरे-धीरे आँखों से पानी निकले, फिर कोई बाँध टूटा, फिर जैसे बातों का एक सोता बह चला। न जाने कितनी बातें, कहाँ-कहाँ की बातें, किन-किन लोगों की बातें, किन-किन ज़मानों की बातें—पता नहीं, भीतर जमी कौन-सी बर्फ़ थी जो पिघल रही थी।

दो घंटे बीतने को थे। सुबह की बहुत हल्की लाली क्षितिज पर दिखने लगी थी। अख़बार वाले, दूधवाले साइकिल टुनटुनाते गुज़र रहे थे। यह एक नई सुबह थी। सूरज जैसे छुपकर इन्हें देख रहा था। आसमान हैरान था कि तीस बरस बाद ये साझा आवाज़ें कहाँ से आ रही हैं?

18 साल की लड़की अपने साथ केक लाई थी जो 48 साल की औरत ने बनाया था। उसने अपने हाथों से 18 साल के लड़के को केक खिलाया जो 48 साल वाली धूसर मूँछों के पार हँस रहा था।

लेकिन वापस लौटना था। 48 साल के लोगों को यक़ीन नहीं था कि दुबारा वे मिल पाएँगे या नहीं, लेकिन उनके भीतर बैठे 18 साल के लड़के-लड़की वादा कर रहे थे कि अब एक-दूसरे का हाथ नहीं छोड़ेंगे।

सवा पाँच बज चुके थे। कार फिर वहीं रुकी, जहाँ 18 साल की लड़की उस पर बैठी थी। कार से 48 साल की औरत निकली और धीरे-धीरे घर की ओर चल दी। उसे पता था कि सात बजे के पहले घर में कोई नहीं उठेगा। तब तक वह अपने कमरे में होगी। सो लेगी कुछ घंटे। बता देगी, तबीयत ठीक नहीं है। इतनी रात गए जागने का अभ्यास नहीं रह गया है न!

लेकिन घर पहुँचते उसका कलेजा बैठ गया। घर की जैसे सारी बत्तियाँ जली हुई थीं। बेटा-बहू, पति, एकाध पड़ोसी—सब हैरान से खड़े थे। उसे आता

देख एक शोर-सा उठा। उसने बेटे की आवाज़ पहचानी—"माँ, माँ, कहाँ थीं तुम? कहाँ चली गई थीं आधी रात? हम लोग पुलिस के पास जाने वाले थे।" वह अकेला नहीं था, जैसे सब लोग यही कह रहे थे। 48 साल की औरत अब बिलकुल ख़ामोश थी। जैसे उसका कलेजा धाड़-धाड़ कर रहा था। तीस साल बाद उसने यह गलती कैसे कर ली? सोचा भी नहीं कि घर वाले क्या सोचेंगे? उनकी इज़्ज़त का क्या होगा?

बेटा बता रहा था कि चार बजे उसकी नींद टूटी तो वह यों ही झाँकने चला आया। उसने देखा कि माँ नहीं है। पहले सोचा कि बाथरूम में होगी, लेकिन कुछ देर बाद उसने घबराकर सबको उठाया। सब उसे खोजने के लिए निकलने ही वाले थे। लेकिन अब बहू बोल रही थी, "माँ, तबीयत ठीक है न आपकी? आप भूल गई थीं क्या? किधर चली गई थीं?"

48 साल की औरत को तत्काल ध्यान आ गया। पड़ोस के सक्सेना जी भी एक रात ऐसे ही निकल पड़े थे। पता चला, डाइमेंशिया के शिकार हैं, सबकुछ भूल जाते हैं। सुबह बेटे तालाब किनारे से पकड़कर लाए। वे किसी को पहचान नहीं पाते।

यानी किसी ने यह कल्पना ही नहीं की है कि वह रात को एक लड़के—नहीं, 48 साल के आदमी—के साथ गप करके लौटी है! उसे जैसे सहारा मिला। 48 साल की औरत के भीतर 18 साल की लड़की फिर चौकन्नी हो उठी। वह अभिनय करना जानती थी। उसने कमज़ोर-सी आवाज़ में कहा—"कुछ समझ नहीं आ रहा है। मैं कहाँ निकली, कैसे यहाँ पहुँची? तुम लोग लेकर आ रहे हो मुझे?"

सबने पहली राहत की साँस यही ली—माँ सबको पहचान रही हैं—यानी स्मृतिलोप नहीं हुआ है। शायद कोई अटैक रहा हो, जिसमें वह भूल-भाल कर घर से निकल पड़ी हों। "अच्छा हुआ, पुलिस के पास हम नहीं पहुँच गए। बड़ा बखेड़ा होता। चलो-चलो, सब भीतर चलो।"

पति ने फिर तस्दीक की—"अब ठीक हो न पूरी तरह? क्या हुआ था, कुछ भी याद नहीं है?" लड़की ने बेचारगी में सिर हिलाया, कुछ भी याद नहीं। "बस, बहुत थकान लग रही है," औरत बोली, जो बिलकुल सच था। बेटा

आगे आया, "माँ, तुम सो जाओ, कुछ देर सो लोगी तो आराम रहेगा। फिर डॉक्टर के पास चलेंगे।"

माँ ने सिर हिलाया। कमरे में सोने चली गई। थकान थी, लेकिन नींद ग़ायब थी। कमरे के अपने एकान्त में वह सनसनाहट लौट आई थी जो अचानक घर लौटकर सबसे घिर जाने के बाद गुम-सी हो गई थी। वह देर तक याद करती रही—उन उँगलियों और हाथों का स्पर्श। उसने उसकी आँखें छू ली थीं। इससे ज़्यादा आगे जाने की कोशिश दोनों में किसी ने नहीं की। लेकिन एक-एक बात वह याद करती रही। और फिर नींद ने जैसे उसे थपकी देकर सुला दिया।

आँख खुली तो बहू सामने खड़ी थी। कुछ चिन्तित सी। "माँ, आप आठ घंटे सोती रही हैं—दो बज गए हैं। उठ कर कुछ खा लीजिए।"

औरत हैरान थी। उसकी सारी थकान दूर हो चुकी थी। बीती रात उसे एक सपने की तरह लग रही थी। रात को निकलना, कार में घूमना, लौट के आना और फिर कुछ याद न आने का बहाना।

बेटा भी कमरे में चला आया। उसने कहा कि वह जल्दी से कुछ खा ले, तीन बजे डॉक्टर का समय लिया हुआ है।

औरत बिलकुल आज्ञाकारी माँ की तरह समय पर तैयार होकर डॉक्टर के पास चली गई। डॉक्टर ने देर तक मुआयना किया। कई तरह के सवाल पूछे। पहले भी क्या वे नाम और जगहें भूलती रही हैं? जवाब बेटे ने दिया, "माँ कई बार 'रामनारायण' को 'रामकिशोर' और 'श्यामनारायण' को 'श्यामबहादुर' बोल दिया करती हैं। जगहें भी बार-बार भूल जाती हैं।" डॉक्टर ने 'हाँ-हूँ' में सिर हिलाया। सारी जाँच के बाद कहा कि उसे कोई समस्या अभी नहीं दिख रही है, लेकिन वह दवाएँ दे रहा है। महीने भर खा लें। फिर दिखाना होगा। इस बीच घरवाले इन पर नज़र रखें। इन्हें अकेला न छोड़ें। कहीं आने-जाने न दें।

तो माँ-बेटे बहुत सारी दवाएँ और नसीहतें लेकर घर लौटे। यह एक नई मुसीबत थी। अब माँ के साथ 24 घंटे कोई न कोई बना रहता। उसके लिए स्मार्टफ़ोन से सोशल मीडिया पर जुड़ना भी मुश्किल होने लगा था। फिर भी वह समय निकाल ले रही थी। उसने हँसते-हँसते छतरी को बताया था कि उसके जाने के बाद उसे क्या-क्या भुगतना पड़ा था?

लेकिन दवाएँ उसने खाईं नहीं। 18 साल की लड़की नियमपूर्वक दवाएँ फेंकती रही थी। सुबह दो गोलियाँ, शाम दो गोलियाँ। हालाँकि 48 साल की औरत को कुछ अफ़सोस हो रहा था। इतनी महँगी दवाएँ कोई ऐसे फेंकता है? लेकिन उपाय क्या है, अम्मा? बता दोगी सबको कि कुछ भूली नहीं हो, सब याद आ गया है? अपने आशिक से मिलने गई थी? 18 साल की लड़की ने उसे छेड़ते हुए कहा। 48 साल की औरत का चेहरा इस ख़याल से ही लाल हो गया था।

पूरा महीना पार हो गया। घर में सबने राहत की साँस ली कि माँ अब ठीक हैं। उनकी याददाश्त बनी हुई है। ढील देने का क्रम भी टूट गया। वह वापस अपने कमरे में लौट आई। धीरे-धीरे बेटे ने भी रात की पहरेदारी छोड़ दी।

18 साल की लड़की ने भी राहत की साँस ली और 48 साल की औरत ने भी। लड़की ने हँसकर औरत से पूछा—क्या एक दिन फिर वह अपनी याददाश्त गुम कर एक और रात छतरी के साथ न गुजारे? औरत ने हँसते हुए डपटा—चुप रहो। दोनों ने माना कि उस एक मुलाक़ात की स्मृति भी बहुत सघन है—बहुत जीवन और ऊर्जा देने वाली। दोनों ने तय किया कि फिर किसी दिन मन हुआ तो स्मृति से खिलवाड़ का यह प्रयोग दुहराया जाएगा।

फिर औरत ने ठंडी साँस ली। जब स्मृति लौटी और वह जी उठी तो दुनिया ने सोचा कि स्मृति चली गई है। अपनी यह प्रेम कहानी वह दुनिया से छुपाए रखेगी।

कट्टा

मुन्ना भाई अब भी कभी-कभी मायूसी से भर जाते हैं जब उन्हें 30 साल पुराना वह लम्हा याद आता है।

उन्होंने शिव के मुँह में कट्टा घुसा दिया था और फ़ायर कर दिया था।

मायूसी यह नहीं कि उन्होंने ऐसी हरकत क्यों की थी?

मायूसी यह थी कि वह देसी कट्टा मिसफ़ायर कर गया था।

थरथराता शिव अगले कुछ मिनट बिलकुल हक्का-बक्का-सा देखता रहा—जैसे उसकी साँस रुक गई हो। लगा कि कट्टे से नहीं, वह हार्ट फेल हो जाने से मर जाएगा। उसके चारों तरफ़ खड़े लड़के भी बिलकुल सन्नाटे में डूबे थे।

लेकिन जैसे यह सन्नाटा टूटा—सबने मुन्ना भैया को घेर लिया था। फिर कौन कहाँ मार रहा था, यह समझने का होश मुन्ना भैया में नहीं रह गया था।

आँख उनकी अस्पताल में खुली थी—एक कराह के साथ।

पहले एक नर्स की तीखी-सी निगाह से सामना हुआ। उन्होंने आँख बन्द कर ली।

दुबारा खोली तो पाया कि माँ की गीली आँखें सामने हैं।

तभी माँ ने क़सम ली थी कि मुन्ना कॉलेज में सिर्फ़ पढ़ाई करेगा, दादागीरी नहीं।

तीस बरस बाद भी मुन्ना भाई उस लम्हे को याद कर ठंडी साँस लेते हैं। काश कि माँ ने क़सम नहीं ली होती। काश, वे बाद में उन लड़कों से बदला ले पाते जिन्होंने उनकी पिटाई की थी। काश कि वे छात्र राजनीति की राह पर आगे बढ़े होते। आज राज्य सरकार में मंत्री तो बन ही गए होते।

हालाँकि यह कट्टाबाज़ी भी कितनी बेमानी थी। बस, एक सुबकती हुई लड़की को देखकर। मुन्ना भैया सबकुछ देख सकते थे, रोती हुई लड़की नहीं देख सकते थे। वह दौड़ कर आशा शर्मा के पास जा पहुँचे—"अरे, आप रो काहे रही हैं?" अटकते-पटकते बस इतना ही बोल पाए। एम.ए. में पढ़ने के बाद भी लड़की लोग से बतियाने में मुँह हकलाने लगता था। लेकिन लड़की ने जो वजह बताई, उसे जानकर वे और बौखला गए। पता चला कि वह एसएफ़आई को एनएसयूआई से अच्छा बता रही थी। इसी पर एनएसयूआई के लड़कों ने उसके साथ बदतमीज़ी की यानी कुछ अनाप-शनाप कहा और कुछ मज़ाक़ बनाया। "कौन था साला? नाम बताइए।" मुन्ना भैया बिफर पड़े। आशा शर्मा ने सुबकियों के बीच ही बताया कि वह शिव है।

इसके बाद मुन्ना भैया शंकर हो गए। उनकी तीसरी आँख नहीं निकली, लेकिन जेब से कट्टा निकल आया। मैदान के ही दूसरे कोने पर हँसी-ठट्ठा कर रहे शिव और उसके दोस्तों के बीच जा पहुँचे। शिव कुछ कहता, उसके पहले कट्टा उसके मुँह में था—और फिर फ़ायर—नहीं मिसफायर।

ख़ैर, माँ ने कट्टा ही नहीं छुड़ाया, क़लम पकड़ा दी। कहा—तू बड़ा आदमी बन। फिर बड़ा आदमी बनने के लिए मुन्ना भाई ने बड़े-बड़े पापड़ बेले। सबसे बड़ा पापड़ आईएएस का एग्ज़ाम था। इसके लिए दिल्ली भी चले आए, लेकिन रात-रात जागकर आँख फूट गई, पापड़ हाथ न आया। फिर राज्यों की सिविल सर्विस परीक्षा दी। वहाँ भी फेल हो गए। फिर बैंकों का इम्तिहान दिया। वहाँ भी क़िस्मत पापड़ खिलाती रही। फिर क्लैरिकल ग्रेड तक उतर आए—यहाँ भी किसी लायक नहीं निकले।

तब मुन्ना भैया ने सोचा—छोड़ो यह सब—पी-एच.डी. करेंगे—कहीं प्रोफ़ेसर लग जाएँगे। लेकिन पी-एच.डी. में पाँच साल लग जाते। बहुत मुसीबत थी।

ऐसे में माँ की दी हुई क़लम ने ही रास्ता निकाला। वह मंडल कमीशन का साल था। मंडल कमीशन के ख़िलाफ़ निकलते जुलूसों में वे भी उत्साह से शामिल हुए। किसी भी प्रतियोगिता परीक्षा में पास न कर पाने की कसक उनके भीतर थी और उनको लगता था कि उनके बड़ा आदमी बनने की राह में

यही छोटे लोग रोड़ा बन रहे हैं, जिनको आरक्षण चाहिए। फिर वे जुलूसों की ख़बर अख़बार के दफ़्तर में भी पहुँचाने लगे। आईटीओ के पास बहादुरशाह ज़फ़र मार्ग का माहात्म्य पहली बार उन्हें समझ में आया और एक अखबार में आते-जाते पत्रकार संजय भैया उनके गुरु बन गए। उन्होंने ही सुझाया—क्या इस नौकरी-वौकरी में रखा है, पत्रकार बन जा। यूनिवर्सिटी की ख़बर देते रहियो। बहुत इज़्ज़त है—पैसा कम है, लेकिन चाहने पर पैसा भी बहुत है।

तो मुन्ना भाई ऐसे में पत्रकार बन गए। पहले उनको लगा कि कुछ पढ़ना-लिखना ज़्यादा पड़ेगा, लेकिन ये समझ में आया कि फेल आईएएस भी पत्रकार से ज़्यादा पढ़ा-लिखा होता है। इसके पहले वे अपने एक प्रोफ़ेसर के साथ लग लिए थे—इस उम्मीद में कि उनसे कुछ ज्ञान मिलेगा। लेकिन प्रोफ़ेसर मिश्रा ज्ञान कम देते थे, अपने लेख ज़्यादा—और चाहते थे कि मुन्ना भैया इसको छपवा दें। मुन्ना भैया के वश का ये काम था नहीं, फिर भी वे संजय भैया को बोलते, संजय भैया उनको डाँटते-डपटते। एकाध बार बॉस की चापलूसी कर कुछ छपवा देते।

धीरे-धीरे मुन्ना भैया पक्के पत्रकार बन गए। क़िस्मत से टीवी का जमाना आया तो क़लम छूट गई और कैमरे के आगे खड़े हो गए। यह आसान भी था मुश्किल भी। यहाँ मुन्ना भैया के क़लम वाला कम कट्टे वाला अनुभव ज़्यादा काम आया। अक्सर रिपोर्टरों से ठेलाठेली करके किसी दृश्य को सबसे पहले पकड़ने में वे आगे रहते। एकाध रिपोर्टरों को हड़का भी देते। नेताओं को बेशर्मी से घेर लेते। बेधड़क सवाल पूछते। एक बार कृषि मंत्री से पूछ लिया, "प्याज़ के दाम कब घटेंगे?" कृषि मंत्री ने कहा कि यह सवाल वित्त मंत्री से पूछो। मुझे सपना आता है क्या?

बस, मुन्ना भैया ने सपने को सच कर दिया। ख़बर चलवा दी कि कृषि मंत्री महँगाई घटने के सवाल पर कहते हैं, उनको सपना आता है क्या? इसके बाद तमाम टीवी चैनलों पर कृषि मंत्री का सपना ही था। मुन्ना भैया के माइक पर जो बात कही गई थी, मुन्ना भैया उसको चुपके-चुपके पैसे लेकर दूसरे चैनलों को भी दे चुके थे। अन्त में कृषि मंत्री को सफ़ाई देनी पड़ी।

मुन्ना भैया को नहीं देनी पड़ी। तब मुन्ना भैया को लगा कि अच्छा किया

कि कट्टे की जगह क़लम पकड़ी। इसी क़लम से देश के कृषि मंत्री से माफ़ी मँगवा ली।

इसके बाद तो मुन्ना भैया पत्रकारिता के चाणक्य बन गए। जान गए कि किसी भी नेता-मंत्री से कुछ विवादास्पद कहला दो और तीन दिन छाए रहो। अब उनके पुराने सम्पर्क भी उनके काम आने लगे थे। एक दिन शिव भी आया—वही, जिसके मुँह में लगा कट्टा मिसफ़ायर कर उसका भविष्य बना गया और मुन्ना भैया का बिगाड़ गया। उसने मुन्ना भैया से माफ़ी माँगी। शुक्रिया भी अदा किया कि अगर उस दिन कट्टा अड़ाकर गोली न मारे होते तो रिस्क लेने की आदत नहीं पड़ती। "उस दिन समझ में आया मुन्ना—जब तुम्हारा कट्टा मिसफ़ायर हो गया न—कि जान तो ऊपरवाले के हाथ में है। उसके पहले कोई मार नहीं सकता।" अब शिवशंकर सिंह हो चुका शिव बता रहा था। मुन्ना भैया उसे कुछ ज़ख़्मी निगाहों से घूर रहे थे। अचानक याद आ गया कि कट्टा मिसफ़ायर होने का मामला भर नहीं था, उसके बाद शिव और उसके साथियों ने उनकी भरपूर पिटाई की थी, जिसका बदला नहीं लिया जा सका।

लेकिन बदला लेने के हालात नहीं थे। शिवशंकर सिंह अब मंत्री थे। शिव को भी एहसास था कि मुन्ना भैया के भीतर पुरानी चुभन बची हुई है। तो उन्होंने बताया कि मुन्ना भैया भले पॉलिटिक्स के सीन से ग़ायब हो गए हों, लेकिन उनके दोस्तों ने शिव की बहुत पिटाई की थी—"बहुत मारा था रे।" शिव बता रहा था।

मगर मुन्ना भैया के पास भी इरादे थे। मुँह में घुसा कट्टा मिसफ़ायर हो जाए, मुँह में घुसा माइक नहीं होना चाहिए। तो उन्होंने शिवशंकर को अपनी दोस्ती का हवाला देते हुए एक बयान दिलवा ही लिया—"गाय काटने वालों को काट डालेंगे। पाकिस्तान भेज देंगे।"

अगले दो दिन शिवशंकर सिंह के इस बयान पर बवाल होता रहा। विपक्ष उनसे इस्तीफ़ा माँगता रहा। उनकी पार्टी ने भी कहा कि वह माननीय शिवशंकर सिंह के इस बयान से सहमत नहीं हैं। उसने अपने-आप को इससे अलग कर लिया।

मुन्ना भैया प्रमुदित थे। उन्हें लग रहा था कि अब तो शिव को जाना पड़ेगा। ऐसा बयान देने के बाद पार्टी कम से कम उनसे मंत्री पद तो ले ही लेगी। उनको

लग रहा था कि शिव उनसे नाराज़ होगा। उन्होंने तय किया कि अगले कुछ दिन वे शिव से नहीं मिलेंगे।

लेकिन एक सुबह जब उनका फ़ोन घनघनाया तो लाइन के दूसरी तरफ़ शिवशंकर सिंह मिले—"का मुन्ना? कहाँ गायब हो?" मुन्ना भैया एक क्षण के लिए सकपकाए, लेकिन तुरन्त सँभलकर उन्होंने कहा, "अरे नहीं यार, लगा कि तुम परेशान होगे मेरी वजह से। तुम्हारा बेकार-सा बयान तीन दिन चलता रह गया।"

मगर शिवशंकर सिंह परेशान नहीं, हो-हो-हो हँसते दिखे। "अरे मुन्ना, तुमने तो कमाल कर दिया। क्षेत्र में मेरा जय-जयकार हो रहा है। पार्टी कहाँ मुझे हटाना चाहती थी और कहाँ लोग मेरा सम्मान कर रहे हैं। तुम तो आओ गुरु, तुमको और धाकड़ बयान देते हैं। जनता फिर पूरी तरह मेरे साथ होगी।"

मुन्ना भैया मायूस हो गए। इस बार माइक भी मिसफ़ायर कर गया? उन्हें लोगों पर गुस्सा आया। भारतीय राजनीति से वितृष्णा हुई। माँ ने ठीक कहा था—इन सबसे दूर रहना। मुन्ना भैया को समझ में आया, ये कमीने लोग सिर्फ़ नफ़रत की राजनीति कर रहे हैं। हालाँकि वे कुछ मायूस भी थे। यह काम भी वे शिव से बेहतर कर सकते थे। शिव की हिम्मत उनके सामने खड़े होने की नहीं होती थी।

कोई बात नहीं। इस बार वे शिव को छोड़ेंगे नहीं। शिव से उन्होंने मेल-जोल बढ़ाना शुरू कर दिया। हालाँकि यहाँ एक उलझन उनको साफ़ नज़र आने लगी। शिव जब लोगों के बीच होता था तो उनसे दूरी बरतता था—जैसे मुन्ना भैया की कोई हैसियत ही न हो। पहली बार जब उनसे मिलने गया तो शिव ने सबके बीच उसके कन्धे पर हाथ रखा—"आ गए, मुन्ना? बैठो-बैठो, तुम भीतर बैठो। परेशान मत होओ, तुम्हारा भी काम करता हूँ।"

मुन्ना भैया परेशान नहीं हैरान थे। उन्होंने कब शिव को अपना काम करने को कहा था? पुराने दिन होते तो वह उसे पटककर मारते, लेकिन अब उनकी उमर 55 छूने जा रही थी—ऐसा नहीं कर सकते थे। इसके अलावा वह मंत्री था और वे मामूली पत्रकार—यह बात उनकी समझ में ख़ूब आती थी।

तो वे कुछ थके क़दमों के साथ शिवशंकर सिंह की बैठकी के भीतरी कमरे में चले गए। सोचते रहे कि शिव का कट्टा उनकी क़लम पर अब भी भारी पड़ रहा है। कुछ देर बाद शिव भीतर आ गया। आते ही उसने माफ़ी माँगी—"मुन्ना भाई, पब्लिक फ़ेस कुछ अलग होता है। उन सबको बता दिए हैं कि तुम एक ख़ास इंटरव्यू के लिए आए हो। नहीं तो लोग कुछ का कुछ सोचने लगते हैं।"

मुन्ना भैया चुप रहे। कोई आकर दो चाय रख गया था, सो उठा कर पीते रहे। शिव पुराने दिनों की बात कर रहा था—"मुन्ना, तुम अलग हो गए राजनीति से, बहुत अच्छा किए। बहुत कीचड़ है। गन्दगी है। जिस-तिस की चापलूसी करनी पड़ती है। तुम अच्छी लाइन में हो। तुम शुरू से अलग थे।"

मुन्ना भैया अब भी चुप रहे। शिवशकंर अनजाने में उनकी दुखती रग छू बैठा था। पत्रकारिता ने भी उन्हें क्या दिया? बेशक, एक पहचान दी, लेकिन यहाँ की इंटरनल पॉलिटिक्स कम है? कभी उनसे जूनियर रहने वाला राजीव चापलूसी करके ही टॉप पर पहुँच गया और अब तरह-तरह के पुरस्कार जीतकर मसीहा बना हुआ है। वे बस मुन्ना रह गए। अब उनका असली नाम—मनमोहन ठाकुर—भी लोग जैसे भूल जाते हैं—सब उनको 'मुन्ना भैया' ही बोलते हैं।

लेकिन तभी कमरे के बाहर शोर मचने लगा था। कोई आकर शिवशंकर के कान में कुछ फुसफुसा गया और उनके चेहरे का रंग बदल गया था। फिर अचानक शिव उठा, "मुन्ना, निकलो तुम, कुछ इमरजेंसी आ गई है। हम लोग करते हैं बात।" उसने मुन्ना के निकलने का इन्तज़ार तक नहीं किया और तीर की तरह कमरे से निकला।

लेकिन मुन्ना भैया नेता नहीं थे तो क्या हुआ, पत्रकार तो थे ही। उनको मालूम था कि यह निकलने की घड़ी नहीं है। नेता की इमरजेंसी पत्रकार की ब्रेकिंग न्यूज़ होती है। वे चहलक़दमी करते बाहर आए। बाहर सन्नाटे जैसा हाल था। सब लोग कहाँ निकल गए? मुन्ना भैया ने इधर-उधर देखते हुए अचानक गार्ड रूम के पास खड़े एक आदमी से पूछा—"कहाँ गए सब लोग, जी?"

"का बताएँ मुन्ना भैया, कांड हो गया है।"

मुन्ना भैया चौंके, यह परिचित लहज़ा किसका है? सवाल का जवाब सोचने की ज़रूरत नहीं पड़ी।

"पहचाने नईं भैया, हम सूरज हैं न!"

सूरज! अगले ही क्षण मुन्ना भैया ने पहचानन लिया—यह तो उनका चेला था, उनका बहुत भरोसेमन्द आदमी—शिव के साथ कब से है?

"का कहें भैया, शिव भैया ठेका-ऊका दिला देते हैं कुछ-कुछ। इसी से कट रहा है जीवन।"—सफ़ाई देने में सूरज ज़रा भी देर नहीं कर रहा था। हालाँकि मुन्ना भैया को लग रहा था कि सूरज उन पर तोहमत मढ़ रहा है कि उनसे तो कुछ हुआ नहीं।

फिर नेता की जगह पत्रकार बनने के अपने फ़ैसले पर कुछ मायूस-से हुए मुन्ना भैया। लेकिन यहाँ एक बार फिर सूरज ने उन्हें उबार लिया—"भइया, लेकिन असल पॉवर तो आपके पास है। पत्रकार चाहे तो चुटकियों में नेता को बना दे और बिगाड़ दे।"

अचानक मुन्ना भैया को ख़याल आया—यह बनाने-बिगाड़ने की घड़ी है। उन्होंने सूरज से पूछा—"अभी हुआ क्या है जी? शिव अचानक भाग कर कहाँ चला गया?"

सूरज के चेहरे पर एक चौकन्ना, ख़ुफ़िया मुस्कुराहट उभरी। इधर-उधर देखकर फुसफुसाया—"बहुत बड़ा मामला है, भैया। आपसे नहीं छुपाएँगे, लेकिन...।"

मुन्ना भैया उसे देखते रहे। सूरज ने आवाज़ और मद्धिम कर ली—"सीडी बन गया है। सेक्स सीडी।"

मुन्ना भैया बिलकुल सनसना उठे। यही, कुछ इसी तरह का मसाला उनको शिव के ख़िलाफ़ चाहिए। अचानक उनकी आवाज़ उत्तेजना से भर गई—"कहाँ है सीडी?" सूरज बस मुस्कुराता रहा। मुन्ना भैया एक लम्हे को उसका कॉलर पकड़ने को हुए, लेकिन फिर ख़याल आया कि वे क़लम वाले हैं, कट्टे वाले नहीं—और सूरज भी उनका नहीं, शिव का आदमी है। लेकिन यही मौक़ा है जिसे किताबों में 'मत चूको चौहान' कहा जाता है। तो कॉलर पकड़ने को उठा हाथ कन्धे पर दोस्ताना ढंग से टिक गया—"सूरज, बचपन का यार है तू। जानता है, मैं हमेशा ग़लत के ख़िलाफ़ लड़ता रहा। शिव भी ग़लत करेगा तो नहीं करने दूँगा। क्या है उस सीडी में? कहाँ से मिलेगी?"

सूरज हँसता रहा। ज़िन्दगी ने उसे इतना सिखा दिया था कि जीवन में ऐसी घड़ियाँ कम होती हैं जब चीज़ें बिलकुल उसके हाथ में हों। इन घड़ियों को ज़ाया नहीं होने देना चाहिए। उसने कहा, "मुन्ना भैया, भरोसे की बात है। शिव भैया बोले हैं कि उनको बस हमही पर भरोसा है। ई भरोसा कैसे तोड़ें? आप के ही चेले हैं, आपका ही सिखाया उसूल है।"

मुन्ना भैया बेचैन हो गए। समय कम है। कभी भी शिव लौटेगा और कहानी पलट देगा। सूरज से उगलवाना होगा कुछ न कुछ। "सूरज, देख, शिव का तो अता-पता नहीं है। आज मंत्री है तो कल सड़क पर होगा। मैं हूँ पत्रकार। जब रहूँगा, किसी चैनल, किसी अख़बार में रहूँगा—हाथ में माइक और क़लम होंगे ही। तो समझ ले। ये बहुत बड़ा मौक़ा है। और देख, शिव जाएगा तो मैं तेरा ही नाम टीवी पर बोल दूँगा—कि तू ही पार्टी सँभालने लायक है शिव की जगह।"

सूरज के सामने यह एक नई सम्भावना थी, जिस पर उसने विचार ही नहीं किया था। हालाँकि उसे मालूम था कि मुन्ना भैया चारा जितना बड़ा फेंक रहे हैं, उसमें उतना दम नहीं है। लेकिन एक बार अपनी रिपोर्ट में टीवी पर मुन्ना भैया उसका नाम भर ले लें तो दिल्ली से लेकर शहर तक में उसका वज़न तो बढ़ ही जाएगा। लेकिन इतने भर से वह मुन्ना भैया को सीडी कैसे सौंप दे?

"मुन्ना भैया, देखिए, ये लाखों की सीडी है। इसको ऐसे बरबाद नहीं कर सकते।"

अब मुन्ना भैया का सब्र जवाब देने लगा था, "साले रहोगे हमेशा अपनी बस्ती के। हर जगह दुकानदारी और पैसा देखते हुए। तुमसे न दोस्ती सँभलेगी और न राजनीति। जाओ, मत दो। हम निकाल लेंगे कहीं न कहीं से।"

अब सूरज ने राज़ खोला कि सीडी उसके पास भी नहीं है, लेकिन उसे पता है कि सीडी में क्या है? ये सब लोग जब नैनीताल गए थे तो रास्ते में किसी रेस्ट हाउस में रुके थे। वहीं यह सब बन गया। किसी विपक्षी ने नहीं, अपने ने ही बनवाया है। कुछ देर पहले ही शिव भैया के मोबाइल पर उसका क्लिप आया है। उनको पता चल गया है कि ये किसका काम है? उसी का मुँह बन्द कराने गए हैं।

फिर सूरज ने बताया कि सीडी तो पूरे आधे घंटे की है, लेकिन तीन मिनट

की क्लिप उसके मोबाइल पर भी है। इतने भर से मुन्ना भैया फड़क उठे—"अरे, मेरा काम इसी से चल जाएगा! बाक़ी छोड़ो।" लेकिन सूरज यह तीन मिनट की क्लिप भी देने में हिचक रहा था। उसे मालूम था कि यह ख़तरनाक मामला है, लेकिन मुन्ना भैया के प्रस्ताव ने लालच का एक बीज तो उसके भीतर रोप ही दिया था। राजनीति में आगे बढ़ना है तो किसी को लंघी मारनी ही पड़ेगी और मुन्ना भैया जैसे पत्रकार से बनाए भी रखना पड़ेगा। तो अन्ततः उसने दोस्ती और इंसानियत का हवाला देते हुए सीडी की क्लिप मुन्ना भैया के मोबाइल पर फ़ारवर्ड कर दी। मुन्ना भैया ने क्लिप देखी तो हैरान रह गए। इसमें भी ख़ूब दोस्ती और इंसानियत भरी पड़ी है साली। इतना प्यार हो रहा है एक-दूसरे से। और शिव तो बिलकुल जानवर दिख रहा है।

मुन्ना भैया बिलकुल दुलकी चाल से दफ़्तर आए। एक बार फिर क़लम के सामने यह साबित करने की घड़ी थी कि वह कट्टे को मात दे सकती है। यह क्लिप तो उनका दफ़्तर चलाएगा ही। ऐसे सनसनीख़ेज़ मसालों के लिए ही टीवी चैनल बने हैं।

बॉस ने भी मुन्ना भैया की पीठ थपथपाई। कहा कि असल में आजकल के कॉलेजों से पढ़े लड़के जो पत्रकारिता में आ रहे हैं, वे नहीं समझते कि न्यूज़ कहाँ है। यह तो मुन्ना भैया जैसे लोग ही जान सकते हैं जिन्होंने राजनीति में लम्बा समय काटा है कि ख़बर कहाँ मिलती है और कैसे चलती है?

तो उस शाम ठीक सात बजे—पहले से इसका प्रोमो किया जा चुका था—ठीक सात बजे ब्रेकिंग न्यूज़ की पट्टियाँ लपेटे मुन्ना भैया अपने टीवी चैनल पर प्रगट हुए। अगले आधे घंटे में वह क्लिप आठ बार चली—और मुन्ना भैया बताते रहे कि राजनीति का स्तर कहाँ पहुँच गया है, कि यह कैसा पाखंड है कि गोरक्षा की बात करने वाली पार्टी का मंत्री एक लड़की के साथ अनैतिक स्थिति में पकड़ा गया है।

मुन्ना भैया ने बिलकुल रंग जमा दिया। विपक्ष मंत्री शिवशंकर सिंह का इस्तीफ़ा माँग रहा था और पक्ष सबूत। उसका कहना था कि यह क्लिप असली है या नकली—यह तो पता चले, किसने किस मक़सद से बनवाया है, यह तो समझ में आए—और सबसे बड़ी बात—यह दो बालिग़ लोगों के बीच का

सम्बन्ध है—इसमें अनैतिक कुछ नहीं है, अनैतिक इसकी रिकॉर्डिंग है और इसके आधार पर ब्लैकमेलिंग की कोशिश है, बल्कि शिव की पार्टी के प्रवक्ता ने लगे हाथ यह भी याद दिला दिया कि विपक्ष के कई नेता हैं जिन पर बलात्कार का आरोप है। पहले वे इस्तीफ़ा दें, फिर शिवशंकर सिंह से इस्तीफ़ा माँगें।

लेकिन उस शाम सभी चैनलों की दुकानें इसी क्लिप से सजी रही थीं। शिवशंकर सिंह ने प्रतिक्रिया देने से मना कर दिया था। उनकी पार्टी की ओर से एक छोटा-सा प्रवक्ता मोर्चा सँभाल रहा था। दुर्भाग्य से अभी सत्र नहीं चल रहा था वरना वहाँ भी इस मुद्दे पर बवाल होता।

खैर, मुन्ना भैया ख़ुश थे। उनको मालूम था कि इस बार उनका जलवा चलेगा। दफ़्तर में तो सब उनकी तारीफ़ कर ही रहे थे, बाहर भी तरह-तरह की सुगबुगाहट चल रही थी। यह ख़बर भी आ रही थी कि पूरी क्लिप में कई लोग हैं, मगर मुन्ना भैया ने जान-बूझकर बस शिवशंकर सिंह को दिखाया। बचपन की दुश्मनी निकाल ली है।

मुन्ना भैया कुछ मायूस ज़रूर थे कि पूरी क्लिप हाथ लग जाती तो कई दिन का तमाशा मिल जाता। यह भी उन्हें ख़याल आया कि कहीं सूरज ने आधी ही बात न बताई हो, लेकिन फिर भी वे मगन थे। उन्हें भरोसा था कि इस बार भी देर-सबेर शिव का फ़ोन आएगा—इस नाराज़गी से भरा कि उनकी वजह से उसका कॅरिअर चौपट हो गया।

वाकई, एक हफ़्ते बाद शिव का फ़ोन आ गया—"कहाँ बच-बच के घूम रहे हो, मुन्ना? तुम तो मेरा रिऐक्शन लेने का भी कोशिश नहीं किए जबकि पत्रकारिता में तो यह नियम चलता है न कि जिसके ख़िलाफ़ ख़बर दो, उसकी भी बात रखो।"

मुन्ना ने सफ़ाई देने की कोशिश की कि उस दिन शिव का फ़ोन ही नहीं लग रहा था। "बहुत कोशिश की, लेकिन फ़ोन बन्द आता रहा तुम्हारा, इसलिए तुम्हारी पार्टी के प्रवक्ता को बुलाना पड़ा, शिव। और तुम जानते हो, बड़ी ख़बर हो तो रोकना मुश्किल होता है। हालाँकि मैं हिचक रहा था, लेकिन मेरे बॉस को मालूम हो गया था कि मेरे पास क्लिप है।" मुन्ना भैया ने हल्का-सा झूठ जोड़ने की कोशिश की।

इस बार शिव हँसा, "मुन्ना, हमको मालूम है कि तुमको क्लिप कहाँ से मिला? हम ही उसको बोले थे कि तुमको दे दे। तुम क्या समझते हो, सूरज हमसे अलग होने की हालत में है?" मुन्ना भैया के लिए यह 'काटो तो ख़ून नहीं' वाला मामला था, लेकिन शिव पर वे भरोसा नहीं कर सकते थे। सूरज का असमंजस उनको तब भी दिखाई पड़ रहा था। तो शिव बस जानना चाह रहा था कि सूरज ने ही उन्हें क्लिप दी है या नहीं?

"अरे भूल जाओ शिव, मेरे और भी सोर्स हैं। सूरज का तो मुझे पता भी नहीं।" मुन्ना भैया ने इस बार साफ़ झूठ बोला, लेकिन शिवशंकर सिंह इसे पहले ही भूल चुके थे—"आज शाम आओ, बहुत दिन बाद निश्चिन्त होकर बैठे हैं। कुछ गप करते हैं।"

मुन्ना भैया की भी छुट्टी थी। उन्होंने तय किया कि वे शिव से मिलेंगे। तो शाम को फिर उसके बंगले पर वे हाज़िर थे। फिर वही हलचल थी, जिसके पार वह कमरा था जहाँ पिछली बार शिव और मुन्ना बैठे थे।

"मुन्ना, फिर तुमको धन्यवाद देना है।" शिव के इस अन्दाज़ पर मुन्ना भैया की कुछ समझ में नहीं आया। वे कुछ हैरान-से शिव की ओर देखते रहे।

"देखो, अब इसको अपनी क़िस्मत कहो या मेरी—तुम्हारा कट्टा बार-बार मिसफ़ायर कर जाता है। इस बार तुमने जो क्लिप दिखाई, उससे भी मेरा भला ही हुआ।"

"कैसे?" मुन्ना भैया हैरान थे।

इसके बाद शिवशंकर सिंह ने पूरी कहानी सुनाई—"देखो, धीरज रखते तो हमही तुमको पूरा सीडी दिखा देते। उसमें हम अकेले नहीं थे। और सीडी भी एक ही नहीं है, कई हैं। तो मेरा मामला उछला तो हमने कहा कि हम दूसरों का मामला भी उछालेंगे। भाई, सब एक पार्टी में हैं तो सबके लिए इंसाफ़ होना चाहिए।

"इसके पहले अध्यक्ष जी सलाह दे रहे थे कि हम इस्तीफ़ा दे दें। उनकी मुख्यमंत्री से बात भी हो गई थी, लेकिन हमने समझा दिया कि हम अकेले नहीं जाएँगे, पूरी सरकार जाएगी। इस्तीफ़ा सबको देना पड़ेगा। इसके बाद फिर सब हमको समझाने लगे। हमने भी मौक़े का फ़ायदा उठाया। तन गए। तो जानते

हो मुन्ना, पार्टी ने मेरे साथ डील की है। अगली बार और मलाई महकमा।"

लेकिन मुन्ना भैया के दिमाग में एक सवाल और था, जिसे पूछे बिना वे नहीं रह पाए—"यार शिव, मुझे चिन्ता है कि जब तुम अपने इलाक़े में जाओगे तो जनता क्या कहेगी? तुम्हारे विरोधी लोग तो तुम्हारी सीडी मुफ़्त में बँटवा रहे होंगे।"

इस बार शिवशंकर सिंह ने गगनभेदी ठहाका लगाया—"अरे मुन्ना, तुम पुराने ढंग से सोचते हो। अब राजनीति पूरी तरह बदल गई है। अच्छा-बुरा नहीं चलता, अपना-पराया चलता है। जो अपना है और ताक़तवर है, वह ठीक है। और जनता, उसके पास बड़े सवाल हैं—अब धर्म और देश को बचाने का मामला है। इसके लिए मैंने काफ़ी कुछ किया है। पता है, अपने इलाक़े के शहीदों के लिए पेंशन का भी इन्तज़ाम किया है।"

मुन्ना भैया चुप थे और शिवशंकर बोले जा रहे थे—"अरे, हमको शिवाजी बचाएँगे, राणा प्रताप बचाएँगे, झाँसी की रानी बचाएगी, भगत सिंह बचाएँगे। देश के बड़े-बड़े सवाल के सामने ये छोटा-मोटा सीडी क्या है, मुन्ना?"

हँसते-हँसते शिवशंकर सिंह ने मुन्ना के कन्धे पर हाथ रखा। "असल में इस बार हम नहीं, तुम्हारी भौजायी तुमसे बहुत नाराज़ हैं। कहती हैं कि मुन्ना आएगा तो ज़रूर मिलाइएगा।"

मुन्ना भैया के लिए यह भी अचरज की बात थी। शिव ने कभी अपनी पत्नी की उससे चर्चा ही नहीं की। क्या वह उसे जानती है?

लेकिन शिवशंकर सिंह ने उसे यह सवाल पूछने का अवसर नहीं दिया। वे किसी को आवाज़ दे रहे थे—"आ जाइए, भाई। आपके पुराने परिचित आए हुए हैं।"

एक महँगी साड़ी में लिपटी हुई जो सकुचाती काया मुन्ना भैया के सामने प्रगट हुई, उसे पहचानने में एक लम्हा लगा, लेकिन फिर मुन्ना भैया अवाक् रह गए। बाल कुछ सफ़ेद हो गए हैं, गालों पर भी हल्की झुर्रियाँ हैं, लेकिन यह तो वही है—आशा शर्मा, जिसके लिए उन्होंने शिव के मुँह में कट्टा घुसाया था।

आशा शर्मा मुन्ना भैया को नमस्कार कर रही थी, लेकिन यह तो बिलकुल अलग आशा शर्मा थी। यह उनके साथ कॉलेज में पढ़ने वाली सुबकती हुई

लड़की नहीं थी, यह नथुने फुलाए सामने आई एक गृहस्थन थी। वह नाराज़ थी, लेकिन दोनों से—"इनको तो हम बाद में देख लेंगे। गन्दा-गन्दा हरकत करते हैं। सोचिए, बच्चा लोग बड़ा हो गया है, लेकिन सीडी कांड में पकड़ाए हैं। बहुत बार बोले, छोड़ दीजिए पॉलिटिक्स, पेट्रोल पम्प से चल जाएगा काम।"

मुन्ना भैया को पहली बार मालूम हो रहा था कि शिवशंकर सिंह ने पेट्रोल पम्प भी खोल रखा है। लेकिन आशा शर्मा कुछ और कहती दिख रही थी—"आप बहुत अच्छा हैं, मुन्ना भाई। छोड़ दिए ई सब। बहुत बड़ा पत्रकार हैं। अच्छा लगता है? लेकिन अब इनका इज़्ज़त आपके हाथ में है और इनके साथ मेरा इज़्ज़त भी जुड़ा हुआ है। आपसे हाथ जोड़ते हैं—आगे ई सब मत चलाइएगा।"

मुन्ना भैया कुछ बोल नहीं पा रहे थे। उन्होंने बस सिर हिलाया। अगले दस मिनट में कैसे चाय पी, कैसे आशा शर्मा के बार-बार आग्रह पर रसगुल्ला निगला, कैसे आशा शर्मा ने हँस-हँस कर बताया कि वह शिव के क़रीब आई, कैसे उसके घर से निकले—कुछ याद नहीं रहा—बस, बी.ए. में पढ़ी एक कहानी याद आ रही थी—उसने कहा था। उनका मन कर रहा था, किसी से कहें—लहना, पानी पिला। लेकिन वहाँ कोई नहीं था। क़लम फिर मायूस थी कि कट्टा नहीं चला।

(पाखी, सितम्बर, 2021)

प्रतीक्षा का फल

कवि की देह में एक अजब-सी सनसनाहट दौड़ पड़ी थी। यह सुकन्या कौन है जिसने इतनी बेबाक़ी से उनसे प्रणय निवेदन किया है? इसे ही कहते हैं रचना का सार्थक होना। वे रोमांचित थे। 16 साल की उम्र से कविता लिख रहे हैं—40 साल हो गए लिखते हुए। कविता के लिए उपहास झेला, उपेक्षा झेली, किंचित असफलता भी झेली, जीवन में न जाने कितने कष्ट झेले—शायद इसी क्षण के लिए। उनकी आँखों की कोर भीग-सी गई।

उन्होंने फिर अपना मोबाइल निकाला और देखने लगे वह थरथराता हुआ एसएमएस—"आपकी कविताओं से स्पर्श हुआ, आपके स्पर्श की प्रतीक्षा है।" कौन है यह बाला? इस युग में ऐसी सुसंस्कृत भाषा की अधिकारिणी? एक भी शब्द अशुद्ध नहीं, एक भी शब्द अतिरिक्त नहीं। उनके भीतर फिर एक पुलक-सी जागी। वे बार-बार वह सन्देश पढ़े जा रहे थे। शब्द कैसे सजीव हो उठते हैं, यह अनुभव बहुत ही विरल है जो उन्हें अब हो रहा है।

उन्हें स्मरण हो आया—उत्तर तो देना होगा—ऐसा उत्तर, जो अपनी गरिमा के अनुकूल भी हो और उसके आग्रह की रक्षा भी कर ले, ऐसा उत्तर जो उसके आमंत्रण की उपेक्षा भी न करे और अपने अन्तर की आतुरता का परिचय भी न दे, ऐसा उत्तर जो संक्षिप्त हो, सारगर्भित हो, लेकिन ऐसा ठंडा नहीं कि वह पाँव पीछे खींच ले। उन्हें यह भी याद आया कि कभी ऐसी आतुरता उनके अपमान की भी वजह बन चुकी है। तब स्नातकोत्तर हिन्दी की एक शोध छात्रा ने उनकी कविता की प्रशंसा की थी और वे आह्लादित होकर उसी पर कविता लिख बैठे थे। उसके बाद उनका जो उपहास हुआ, वे उसे भूल नहीं पाए। हालाँकि वे यह

भी अनुभव करते हैं कि उस उपहास ने उनकी काव्य-चेतना को कुछ गहराई ही दी, दुःख ने उन्हें इस तरह माँजा जैसे किसी और को माँजा न था। इन पंक्तियों के रचयिता कवि अज्ञेय को भी नहीं।

उफ! एक सन्देश ने उन्हें स्मृतियों के किस भवसागर में उतार दिया है। एक वाक्य तक नहीं सोच पा रहे। सच्चा साहित्य शायद यही होता है—जब भावना ही शब्द का अनुसन्धान करने लगे। उन्होंने फिर अपना मोबाइल ऑन किया। ये नई मशीनें उन्हें रुचती नहीं। वे पृष्ठों पर क़लमों से लिखने वाले साधक रहे। टाइपराइटर, कम्प्यूटर या मोबाइल में वह उदात्तता नहीं जो अपने अक्षरों से पृष्ठों पर उतर रही भावनाओं में होती है। लेकिन अभी उन्हें अनुभव हुआ, सच्ची भावना हो तो मोबाइल भी जीवित हो उठता है। उन्होंने बहुत चिन्तन किया और लिखा—"प्रतीक्षा रहेगी।"

अगले दो मिनट उनके मोबाइल की स्क्रीन निहारते कटे। यह आशा से अधिक उनकी इच्छा थी, कामना थी कि उत्तर मिले। अचानक स्क्रीन चमकी तो उनका हृदय कुछ और धड़क उठा। फिर उसी अनजान नम्बर से सन्देश है—"आपको मेरा नाम कैसे मालूम? आप कवि हैं या ज्योतिषी? कैसे पता चला कि मेरा नाम प्रतीक्षा है?"

प्र..ती..क्षा। उनके भीतर की सनसनाहट जैसे चार गुना बढ़ गई। थरथराती उँगलियों से कोई नया सन्देश लिखने से पहले अपने काँपते हृदय में उन्होंने उसके प्रारूप के बारे में सोचा। वे क्या लिखें—क्या लिख दें कि यह जीवन संयोग है सुन्दरी, जिसने तुम्हारे नाम को प्रत्यक्ष कर दिया। नहीं, 'सुन्दरी' शब्द लिखना अभी उचित नही होगा। फिर इस उत्तर में वह काव्यात्मक उदात्तता नहीं है जो इसे एक व्यापक अर्थ दे। उन्हें दूसरा उत्तर सूझा—कवि इसीलिए कवि होता है कि वह ज्योतिषी भी होता है, भविष्यद्रष्टा भी—यह त्रिकालदर्शिता ही उसे सम्पूर्ण बनाती है।

ऊँह, यह उत्तर तो अतिरिक्त वज़नी है। कन्या कहीं इस बौद्धिकता से आक्रान्त हो भाग न निकले, लेकिन वे क्या लिखें? जिस कविता ने तुम्हें स्पर्श किया, उसी ने मुझे यह शक्ति दी कि प्रतीक्षा को पहचान सकूँ। हाँ, यह सही वाक्य है—कुछ अनिश्चित भी, कुछ आमंत्रित करता हुआ भी। यह छोटा-सा

सन्देश उन्होंने धड़कते दिल से टाइप किया और भेज दिया।

अनायास पत्नी ने उनकी तन्द्रा भंग की—"अरे, का हुआ है आपको? खोए-खोए काहे हैं? और किस बात पर मुस्काए रहे हैं?"

कवि का कलेजा धक्क-से रह गया। मोबाइल उनके हाथ से छूटते-छूटते बचा। अभी दस हज़ार का नुक़सान हो जाता। दूसरा समय रहता तो वे क्रुद्ध हो चुके होते। पत्नी को याद दिला दिया होता कि वह किस अनपढ़ ख़ानदान की है और कैसे उनका ध्यान भंग कर एक बड़े चिन्तन को प्रभावित करती है। लेकिन यह उनके भीतर उमड़ता प्रेम था, जिसने क्रोध को भाप की तरह उड़ा दिया था। प्रेम की शक्ति यह भी है। वह आपको क्षुद्रता से ऊपर उठाता है।

कवि ने फिर अनमनी मुद्रा ओढ़ ली—कहा, नहीं, महादेवी की एक काव्य पंक्ति याद आ गई थी। महादेवी का नाम लेते-लेते हृदय में एक हिलोर-सी उठी। विरह और वेदना की कवयित्री ने प्रेम की पुकार को भी कितनी मार्मिक अभिव्यक्ति दी है—कंटकित रसालों से उठता है पागल पिक, मुझको पुकार, लहराती आती मधुर बयार। कविता और प्रेम जीवन को बदल देते हैं—यह अनुभव आज जैसे बार-बार होगा। उनकी दृष्टि फिर अपने मोबाइल फ़ोन पर थी। फ़ोन फिर चमका। "स्पर्श? सिर्फ़ कविता का?"

हे ईश्वर। अब उनकी टाँगें काँपने लगी थीं। यह लड़की है या माया? या महामाया? उन्हें 'कुरु कुरु स्वाहा' की पहुँचेली याद आई। मनोहर श्याम जोशी के इस चरित्र में उन्हें किंचित कल्पना की उर्वरता दिखती थी—ऐसी लड़कियाँ होती कहाँ हैं? लेकिन जोशी जी ने साबित किया, वे बड़े लेखक हैं। महामाया होती है। इस युग में भी होती है—सम्भवामि युगे-युगे।

मगर अब वे क्या करें? वे कमरे में जाकर चहलक़दमी करने लगे। आईने के सामने ठहरकर ख़ुद को निहारा—बाल बेशक सफ़ेद हो गए हैं, कुछ झुर्रियाँ भी हैं, मगर उनके गौरवर्ण की शोभा अब भी खिलती है। सहसा उनकी दृष्टि फिर कुछ औत्सुक्य से उन्हें देखती पत्नी पर पड़ी। वे अचानक सकपका-से गए। फिर मुस्कुराने की कोशिश की—बूढ़ा हो गया हूँ न? पत्नी बस अचरज से देखती रहीं—"चाय लेंगे क्या?"

पत्नी के इस असमय मनुहार के बावजूद उनमें जैसे अपार करुणा उमड़

आई। यह ख़याल भी आया कि पत्नी चाय बनाने में व्यस्त रहे तो उनकी चिन्तन प्रक्रिया अबाध चल पाएगी। उन्होंने किंचित मृदुता के साथ कहा—"तनिक पकौड़े भी तल देना।" पत्नी के चेहरे पर एक सलोना सुख उभर आया। अक्सर रुक्षता से बात करने वाले पंडित जी ने कितने दिन बाद कुछ पका देने को कहा है। चिन्ता भी हुई, तबीयत ठीक तो है? लेकिन पूछने की हिम्मत न पड़ी। बस, वे रसोईघर की ओर जाकर कड़ाही खँगालने लगीं।

कवि ने फिर मोबाइल देखा—प्रतीक्षा, चुप क्यों हो? कुछ और तो कहो। फिर उन्हें ख़याल आया, बातचीत की कड़ी तो उन्होंने तोड़ी है। प्रतीक्षा ने तो पूछा है, सिर्फ़ कविता का स्पर्श? क्या उत्तर हो? नहीं, उत्तर उन्हें पता है—वे सम्पूर्ण स्पर्श को तैयार हैं—दैहिक-आत्मिक मिलन के इस महान अवसर को वे स्थगित होने नहीं दे सकते। यह प्रीति-लता सूख न जाए या किसी और दिशा में मुड़ न जाए। प्रश्न यह है कि यह उत्तर दिया कैसे जाए? उन्होंने कुछ देर तक सोचा और फिर महामाया के रहस्यवाद की शरण ली—"तुम महामाया हो, तुम्हारे लिए कुछ भी अस्पृश्य नहीं, मैं भी नहीं। हर सुकोमल स्पर्श की कामना है।" लिखते-लिखते एक युवा देह की कल्पना से उनके होंठ सूखने-से लगे। डर भी लगा—ऐसा सीधा सन्देश भेजें या नहीं? लेकिन अन्ततः उन्होंने 'सेंड' वाला संकेत दबा ही दिया।

कवि के लिए यह नया द्वार खुलने जैसा था। प्रेम की कविता की संकेतात्मकता प्रेम सम्बन्धों के गद्य की स्पष्टता में ढल रही थी। प्रेम और अभिसार के संकेत धीरे-धीरे अभिधा में बदलने लगे थे। स्पर्श की कामना का दैहिक भूगोल धीरे-धीरे खुलने लगा था। कवि सहमते-सहमते अमृत कलशों के पान की कामना तक कर चुके थे और यह देखकर आश्चर्यचकित थे कि कन्या ने उनके इस बिम्ब को भी सराहा था। उन्हें अब भी सन्देह होता कि कोई उनके अन्यथा उदास-उद्विग्न जीवन के साथ मज़ाक़ तो नहीं कर रहा? एक क्षण को वे उदास हो जाते, लेकिन अपने मोबाइल पर दृष्टिपात करते ही जैसे कोई नई ऊर्जा उन्हें अपने भीतर संचरित होती लगती। भावनाओं के तीव्र प्रवाह में कई बार उन्हें भाषा अपर्याप्त लगती—पहली बार कवि को कविता का वास्तविक अर्थ ज्ञात हो रहा था।

जीवन में अगर प्रथम बार नहीं तो वर्षों बाद कवि ने अपने कपड़ों, बालों और चप्पलों तक पर ध्यान दिया। पहली बार उन्हें यह ख़याल आया कि यह खिचड़ी दाढ़ी उनकी उम्र को कुछ और बढ़ा देती है। क्या वे अपने बाल रँगना शुरू करें? एक उदास संकोच ने उन्हें घेर लिया। अब बाल रँगना शुरू करें तो लोगों से क्या कहेंगे? ऊँहूँ, यह उचित नहीं होगा। फिर उन्हें उनके यथार्थबोध ने भी घेर लिया—मैं जैसा भी हूँ, उसी रूप में उस कन्या को मुझे स्वीकार करना होगा। आख़िर पहला आमंत्रण तो उसी की ओर से आया था। उसने मेरी छवि देखी तो होगी।

किन्तु, प्रतीक्षा थी जो अब तक पूरी नहीं हो रही थी। मोबाइल सन्देश तृप्त कम अतृप्त अधिक कर रहे थे। जीवन में कहीं भी मन नहीं लगता। कक्षा में आलम को पढ़ाते-पढ़ाते प्रतीक्षा की अनदेखी छवि घूमती रहती। वे अपने को आलम और प्रतीक्षा को शेख़ रंगरेज़िन मान बैठते। कक्षा में पढ़ाते-पढ़ाते एकाध बार विह्वल भी हो गए। बच्चों ने भी कदाचित् यह परिवर्तन लक्ष्य कर लिया था। वे सावधान रहते—आँखों की कोरों में आए गीलेपन को छुपाने का यत्न करते और सबकुछ सहज-सामान्य बनाए रखते।

प्रतीक्षा और प्रेम ने कवि जी के भीतर वैज्ञानिकता और प्रयोगशीलता का संचार किया। उन्हें अचानक ख़याल आया कि जो फ़ोन उनके पास है, वह फ़ोन नहीं, स्मार्टफ़ोन है। इस फ़ोन में व्हाट्सऐप होता है, फ़ेसबुक होता है, इंटरनेट होता है और सबका फ़ोटो देखा जा सकता है। संकट बस यह था कि पूरी आधुनिक सभ्यता को शंका से देखने वाले पंडित जी ने यह सुविधा नहीं ले रखी थी। फ़ोन पर एक जगह व्हाट्सऐप मिला भी, मगर इसका प्रयोग उनके लिए दूभर साबित हुआ। उन्हें समझ में आया कि किसी की सहायता लेनी होगी। लेकिन अपने जिस आवारा बेटे को दिन भर फ़ेसबुक पर आँख गड़ाए रहने के लिए वे दुत्कारते रहते थे, उससे वह यह नहीं कह सकते थे कि वह उनके फ़ोन पर यह सब नए ज़माने का तामझाम खोल दे। इसका ख़तरा भी था। बेटे ने अगर देख लिया कि पिता किसी प्रतीक्षा के चक्कर में हैं और माँ को बता दिया तो कोहराम मच जाएगा—इसी धरती पर वे नरक के भागी होंगे।

एक पल के लिए वे शर्मिन्दा हुए। इस उम्र में ऐसी हरकत क्या उन्हें शोभा देती है? लेकिन प्रेम उनके इस संकोच से अधिक प्रबल निकला। पहले कुछ कातरता से और अन्त में पूरे विश्वास से कवि ने सोचा कि कविता ने उन्हें जो दिया है, वह इस जीवन से अधिक मूल्यवान है। उन्हें यह भी याद आया कि जीवन तो अन्ततः उन्हें उपेक्षित का ही जीना पड़ा है। पत्नी उनके पूरे कृतित्व को हिकारत और सन्देह से देखती रही हैं और उससे ज़्यादा खुद उनको। बेटा उनकी परवाह नहीं करता और दिन भर मटरगश्ती करता रहता है। जीवन की इस सूख रही लता को अगर किसी ने सींचा है तो वह प्रतीक्षा है। उन्होंने तय किया कि सबकुछ छोड़ देंगे, प्रतीक्षा को नहीं छोड़ेंगे।

लेकिन प्रतीक्षा मिले तब तो? अभी तक तो वह दिखी भी नहीं है। फिर उन्हें व्हाट्सऐप का ख़याल आया। किसी ने उन्हें बताया था कि उसमें सन्देश भेजने वाले का फोटो होता है। तो पहले व्हाट्सऐप सीखना होगा। सीखेंगे। उन्होंने निश्चय किया। इस बहुप्रतीक्षित प्रेम के लिए इतना त्याग और श्रम तुच्छ है।

मगर किससे सीखें? पत्नी पर फिर क्रोध आने लगा। उसको अगर चाय-रोटी-साग से समय मिले तब तो तकनीक के बारे में जाने। बस, टीवी देखने का एक शौक़ पाल रखा है। अपने आसपास के लोगों का स्मरण करते सहसा उन्हें पूजा की याद आई। पड़ोस की बच्ची। वह आठवीं में पढ़ती है। सब जानती होगी। तेरह वर्ष पहले पूजा का नामकरण उन्होंने ही किया था। यह और बात थी कि पूजा के जन्म में उनकी भी एक विफलता छुपी थी। पड़ोस में रहने वाले शर्मा जी से उन्होंने अपने ज्योतिषीय ज्ञान के आधार पर कहा था कि उन्हें पुत्र रत्न होगा और शर्मा जी ने इस ज्ञान पर विश्वास करते हुए दूसरी बार अपनी पत्नी का गर्भपात नहीं करवाया था। जब पुत्री हुई तो शर्मा जी बिलकुल रुष्ट-से उनके पास आए। पंडित जी हतप्रभ थे, लेकिन उन्होंने ढाढस बँधाया था। अगली बार पुत्र ही होगा। मगर अगली बार की बारी नहीं आई। शर्मा जी भले दुखी हों, उनकी पत्नी सुखी थीं कि चलो, बेटी तो हुई। यह बेटी बड़ी मुश्किल से हुई है। अब इससे आगे कोशिश नहीं करेंगे।

बहरहाल, यह कहानी पुरानी है। पंडित जी प्रतीक्षा करने लगे कि अब पूजा कब उनके घर आती है? ज़्यादा प्रतीक्षा नहीं करनी पड़ी। दो ही दिन बाद

पंडित जी को पूजा अपनी माँ के साथ आती दिखी। अपने स्वर को यथासम्भव मुलायम, आत्मीय और गरिमामय बनाते हुए पंडित जी ने कहा, "पूजा बेटी, तुझसे कुछ काम है।" उनका यह अतिरिक्त मीठा स्वर बालिके और उसकी माता, दोनों को अचम्भे में डाल गया है—यह समझते हुए उन्होंने झेंपते हुए कहा—"असल में मोबाइल सीखना है यानी व्हाट्सऐप कैसे चलाते हैं? इतना महँगा ख़रीद लिया है, सारे कामकाज सीखने चाहिए न?"

पूजा, उसकी माता और पंडितजी की पत्नी—तीनों ने कुछ सम्भ्रम में सिर हिलाया—कि बात तो सही बोल रहे हैं, लेकिन क्यों बोल रहे हैं—यह समझ नहीं पाई हों।

बहरहाल, पंडितजी की मोबाइल-कक्षा शुरू हो गई। पूजा बहुत मनोयोग से उनको बताने लगी—व्हाट्सऐप कैसे खुलता है, फ़ेसबुक क्या काम करता है? हालाँकि इससे पहले उसने बताया कि आपको इंटरनेट रिचार्ज कराना होगा। पूजा की सलाह पर उन्होंने 300 रुपये का एक 'प्लान' ले ही लिया। उन्हें अनुभव हुआ कि पूजा ने उनकी भविष्यवाणी गलत नहीं होने दी। यह लड़की नहीं, साक्षात् लड़का है। कोई लड़की कैसे मोबाइल और इंटरनेट के बारे में इतना जान सकती है? निस्सन्देह पूजा के मुँह से अपने लिए 'दादाजी' का सम्बोधन सुन कर वे किंचित मुरझा से गए। नहीं, पूजा से उनकी कोई अपेक्षा नहीं थी। बस, पूजा ने याद दिला दिया था कि वे दादाजी जैसे हो चुके हैं।

लेकिन इस अनजाने अन्याय के अलावा पूजा ने उन्हें सबकुछ सिखा दिया। अब पंडित जी प्रमुदित थे। उनके आगे एक नवीन विश्व खुल-सा गया था। उन्होंने व्हाट्सऐप के अलावा फेसबुक पर भी खाता खोल लिया था और आते-जाते मैत्री-अनुरोध देखकर अभिभूत थे। यहाँ तो प्रतीक्षाएँ ही प्रतीक्षाएँ हैं। उन्होंने एक-एक कर कई युवा लड़कियों को मित्र बना लिया।

मगर अपना पहला प्रेम नहीं भूले पंडित जी। 'प्रतीक्षा' का नाम व्हाट्सऐप पर खोजा और चिंहुक गए—इतनी सुन्दर, इतनी खुली? इतनी कमनीय पीठ वाली लड़की? अपने भाग्य पर उन्हें ईर्ष्या हुई। लेकिन सहसा उन्हें ध्यान आया—यह चितवन तिरछी कर देखती लड़की तो जानी-पहचानी है। ओहो, यह तो वह है—कौन-सी फ़िल्म थी—'हम आपके हैं कौन'—उसकी माधुरी दीक्षित। उन्हें

मायूसी और कोफ़्त, दोनों ने घेर लिया। पूजा ने सबकुछ सिखाया था, यह नहीं सिखाया था कि व्हाट्सऐप पर लोग कई बार अपनी असली तस्वीर नहीं लगाते। कोई बात नहीं। कवि ने ठंडी साँस ली—फिर प्रतीक्षा को सन्देश भेजा—'यह किसकी तस्वीर लगा रखी है अपनी जगह?' व्यग्र होकर देखते रहे। पहले एक धारी दो धारियों में बदली और फिर दोनों धारियाँ नीली हो गईं। यह भी एक जादू था उनके लिए—यह जान जाना कि सन्देश पढ़ लिया गया है। यही नहीं, वे देख पा रहे थे कि उधर से कुछ लिखा जा रहा है। इतने भर से उनकी धड़कनें तेज होने लगी थीं। "वाऊ! आप तो बिलकुल टेक्नोसेवी निकले। माधुरी दीक्षित पसन्द नहीं है? आप जिसकी कहें, उसकी लगा दूँ। कहिए तो कोई हॉट हीरोइन डाल दूँ?"

इतने भर से पसीना-पसीना हो गए पंडित जी। उफ़, यह लड़की कितनी शैतान है? सोच ही रहे थे कि क्या जवाब दें, तब तक तस्वीर बदल गई। उस पर जाकर क्लिक किया तो सहमकर फ़ोन जेब में डाल लिया। ऐसी तस्वीर कोई और देख न ले। जल्दी से मुड़कर अपने कमरे की ओर बढ़े। पत्नी को कुछ उलझी और सन्दिग्ध निगाहों से अपनी ओर देखता पाकर कुछ सकपका भी गए। पहले का समय रहता तो क्रोध में कम-से-कम दो बातें तो सुना दी होतीं, लेकिन जब से प्रेम हुआ है, तब से पंडित जी को क्रोध आना बन्द हो गया है।

कमरे में जाकर फिर से फ़ोन जेब से निकाला। तस्वीर भी थी और सन्देश भी चमक रहा था—"बिपाशा बसु भी पसन्द नहीं आई? कितनी सेक्सी है, नहीं?" पंडित जी ने अब ध्यान से और इत्मीनान से तस्वीर देखी। वाक़ई यह तस्वीर देखकर वे भीतर से लाल हो गए थे। इतनी कमनीय!—कई क्रीड़ाओं का ख़याल उन्हें आया। उन्होंने धीरे-धीरे ख़ुद को नियंत्रित किया। गुरुदेव टैगोर याद आए—प्रेम में 'मैं' को विसर्जित करना पड़ता है। इस बार उन्होंने मँजे हुए खिलाड़ी की तरह लिखा, "माधुरी और विपाशा नहीं, प्रतीक्षा चाहिए—बिलकुल सम्पूर्ण। इतना साहस है?"

वे कामना कर रहे थे कि यह चुनौती वह लड़की स्वीकार करे और फिर अपनी तस्वीर भेज दे। लेकिन चुनौती दूसरी तरफ़ से भी आ गई—"प्रतीक्षा चाहिए तो मिलना होगा। बिलकुल अकेले। इतना साहस है?"

कवि जी भीतर से थरथरा रहे थे। यह आमंत्रण है। बहुत स्पष्ट। अब तो प्रतीक्षा ने उनकी तस्वीर भी देख ली है। उन्हें ख़याल आया कि एक बार प्रतीक्षा को देखने की कोशिश वे फेसबुक पर भी कर लें, लेकिन फेसबुक पर कई प्रतीक्षाएँ थीं। उन्होंने सबकी प्रोफाइल बहुत ध्यान से देखी। फिर एक कन्या पर रुक गए। इसने तो अशोक वाजपेयी की प्रेम कविता लगा रखी है। वाह, शमशेर से भी परिचित है। यही है उनकी प्रतीक्षा। हालाँकि यहाँ भी उसने अपनी तस्वीर की जगह फूल-पत्ती लगा रखी थी, लेकिन वे आश्वस्त थे। सोशल मीडिया की इस सतही दुनिया में शमशेर को पढ़ने वाला और कौन हो सकता है? एक पल को उन्होंने सोचा और फिर उसे सन्देश भेज दिया—"वह तुम्हीं हो न? मेरी प्रतीक्षा? माधुरी और बिपाशा से बढ़कर?"

धड़कते दिल से पंडित जी उत्तर की प्रतीक्षा करते रहे। फिर एक व्याकुलता ने घेर लिया। यह व्यग्रता दिखाकर उन्होंने ठीक नहीं किया, लेकिन तब तक उनकी स्क्रीन पर जवाब चमका। जवाब देखकर उनके हाथ-पाँव ठंडे पड़ गए, हलक सूख गया। यह तो कोई और प्रतीक्षा निकली। मगर इस मुक्तिबोधीय भूल-गलती से ज़्यादा डर उन्हें उस सन्देश से लगा। "पंडित जी, इस उम्र में शर्म नहीं आती? कॉलेज में पढ़ाते हैं, बहुत शरीफ़ बनते हैं और यहाँ अपनी बेटी की उम्र की लड़की को इनबॉक्स में ऐसा मैसेज भेजते हैं? लगा दूँ स्क्रीन शॉट?"

पूजा ने सब सिखाया था, लेकिन 'स्क्रीन शॉट' नाम की बला क्या होती है, यह नहीं सिखाया था। लेकिन पंडित जी समझ गए थे कि अनर्थ हो चुका है, अघटित घट चुका है। उनका अब बस सार्वजनिक अपमान होना शेष है। उनकी घिग्घी बँध गई। काँपते हाथों से तत्काल दूसरा सन्देश लिखा—'बेटी, क्षमा करना। मेरे शैतान बेटे की कारस्तानी है। मैं कमरे से बाहर गया ही था कि उसने शरारत कर दी। बेटी, इस वृद्ध का सम्मान रख लेना।'

लगभग जूड़ी के बुखार की तरह उनके भीतर कम्पन हो रहा था। जवाब आया तो जान आई—हालाँकि जवाब से साफ़ था कि प्रतीक्षा ने उनकी बात पर भरोसा नहीं किया है, बस उन्हें छोड़ दिया है। उसने लिखा था—"बाप हो

या बेटे, दुबारा ऐसी हरकत की तो छोड़ूँगी नहीं, साइबर सेल में भी कम्प्लेन करूँगी। दुबारा दिखना मत।"

पंडित जी बिलकुल ग्लानि में डूबे हुए थे। इस उत्तर की वजह से भी और अपने बेटे के नाम अपने हिस्से का दोषारोपण करने के चलते भी। जीवन में प्रथम बार अपने उस पुत्र के प्रति उनका ममत्व जागा था, जिसे वे हमेशा कोसते रहे थे। उस बेचारे को पता भी नहीं है कि बाप की सज़ा वह गालियाँ खाकर भुगत रहा है। ईश्वर, उसका अनिष्ट न होने देना। पंडित जी ने तय किया, अब फेसबुक पर वे नहीं जाएँगे।

लेकिन बड़े बेआबरू होकर एक प्रतीक्षा के कूचे से लौटे पंडित जी के मन में दूसरी प्रतीक्षा अब भी शेष थी। व्हाट्सऐप पर उस प्रतीक्षा का सन्देश अब भी चुनौती उछाल रहा था। हालाँकि उनका मन उचट चुका था, लेकिन कामना इस उचाटपन से बड़ी साबित हुई। उन्होंने फिर सन्देश टाइप किया, "प्रतीक्षा बताए—प्रतीक्षा कब और कहाँ ख़त्म और पूरी होगी?"

उन्हें अपनी वाक्य रचना पर रोमांच हो आया। इतना अर्थपूर्ण तो वे पहले कभी नहीं लिखते रहे। यमक और श्लेष कक्षा में पढ़ाते रहे—कभी प्रसाद का उदाहरण देते रहे, खग कुल कुलकुल-सा बोल रहा, कभी कनक और कनक का अन्तर समझाते रहे। लेकिन यह रूपक उनके अन्यथा रसविहीन, काव्यविहीन जीवन में इस तरह साकार होगा, क्या उन्होंने कभी इसकी कल्पना की थी? यह सारा दैव का रचा हुआ है—उसी का मनोरथ है।

इस तर्क से उन्हें कुछ और बल मिला। जब दैव ने रचा है तो भला-बुरा, शुभ-अशुभ सोच कर ही रचा होगा। तो वे प्रतीक्षा और प्रतीक्षा की कल्पना, दोनों करने लगे।

प्रतीक्षा कुछ और पास आती दिखी। हतभाग, नहीं वह किंचित दूर साबित हुई। इस बार उसका साफ़-सीधा प्रश्न था—"जयपुर आएँगे?"

जयपुर? तो प्रतीक्षा जयपुर में रहती है। वे कुछ मायूस हुए। दिल्ली का मामला होता तो प्रतीक्षा प्रतिदिन मिलन में बदल सकती थी, लेकिन जयपुर? जयपुर जाने का बहाना खोजना होगा। उन्होंने लम्बी साँस ली। हालाँकि साँस लेते-लेते उन्होंने पाया कि यह दूरी भी शुभ है—सिर्फ़ इसलिए नहीं कि इससे

विरह की तीव्रता और वेदना और अन्ततः प्रेम में वृद्धि होती है, इसलिए भी कि जयपुर जाकर किसी प्रवाद से बचे रहेंगे। उन्हें ख़याल आया कि दिल्ली में कोई दो बार उन दोनों को देख लेता तो कहानी बना देता। पंडित जी पर मिथ्या आरोप लग जाता कि अपनी नई शिष्या को वे पी-एच.डी. करा रहे हैं। ऐसा आरोप उन पर पहले भी लग चुका है, लेकिन वे विचलित नहीं हुए। यह सत्य है कि प्रतीक्षा भी अगर चाहेगी और सुयोग्य साबित होगी—आख़िर क्यों नहीं होगी? इतनी अच्छी भाषा लिखती है—तो उसे भी वे पी-एच.डी. कराएँगे।

तो दिल्ली से जयपुर वे जाएँगे। लेकिन अभी तो स्थान ही तय हुआ है, समय भी तय हो जाए। इस बार उन्होंने फिर लिखा—"प्रतीक्षा कहाँ पूरी होगी, यह तो बता दिया, यह भी बता दो कि कब पूरी होगी? और पूरे जयपुर में प्रतीक्षा की खोज में कहाँ-कहाँ भटकूँगा?"

उत्तर बिलकुल शताब्दी एक्सप्रेस की गति से आया। ओह, इसी ट्रेन से जाने की योजना बनाते-बनाते पंडित जी ने इसे रूपक में बदल डाला था। वे फिर अपनी क्षमता पर—और प्रेम के रसायन का अपने ऊपर पड़ रहा प्रभाव देखकर—मुग्ध हुए।

और उत्तर पढ़कर पंडित जी कुछ और चकित हुए। यह प्रतीक्षा कितनी विलक्षण है। उनके लिए होटल तक बुक कर दिया है। "अगले रविवार, दोपहर तीन बजे होटल सिटी इन के कमरा नम्बर 306 में। तीसरे माले पर है। पूछने की ज़रूरत नहीं। मैप अलग से भेजती हूँ।"

ओह, आज मंगलवार है। बस चार दिन बचे हैं, लेकिन अचानक अगले रविवार जयपुर चले जाने का बहाना वे क्या बनाएँगे? ऊँहूँ। यह कोई भारी बात नहीं है। कॉलेज में कह देंगे—घरेलू काम से जयपुर जाना है, और घर पर कह देंगे—एक कविता पाठ है। पत्नी बस यही पूछेंगी कि कुछ पईसा-वईसा मिली—कह देंगे, मिलेगा-मिलेगा।

तो रविवार के सफ़र की तैयारी शुरू हो गई। एक शिष्य से उन्होंने जयपुर शताब्दी का टिकट बुक कराने को कह दिया। शिष्य ने पूछा, "गुरुजी, कहाँ जा रहे हैं, साथ चलूँ?" उन्हें अफ़सोस हुआ, कुछ घरेलू काम करा लेने की एवज़ में उन्होंने कुछ अयोग्य-खल शिष्यों को कितना मुँहलगा होने की स्वतंत्रता दे दी

है। जयपुर से आकर इस प्रवृत्ति पर रोक लगाएँगे। लेकिन ऊपर-ऊपर उन्होंने बस उदासीनता का परिचय दिया—"अरे, एक लड़की देखने जाना है।" फिर अपने अर्धसत्य पर हँसे। लेकिन शिष्य इतने पर नहीं रुका, उसने पूछ लिया—"परितोष भैया के लिए? परितोष भैया, यानी उनका पुत्र। अब वे झुँझलाने लगे। कहा, "अरे नहीं, एक पुराने मित्र के लिए—वे उदयपुर से पहुँच रहे हैं और ज़ोर दे रहे हैं कि मैं भी जयपुर पहुँच जाऊँ।"

"अरे, तो टिकट का पईसा तो उन्हीं को देना चाहिए न?" शिष्य लगभग गुस्ताख़ी पर उतारू था। इस बार पंडित जी क्रुद्ध हो गए—"इसी वजह से तुम्हारी पी-एच.डी. तीन साल से अटकी हुई है। काम कम करोगे, प्रश्न ज़्यादा पूछोगे।" शिष्य 'ही-ही' करता हुआ चला गया।

तो टिकट आ गया, घर में पंडित जी ने सूचना भी दे दी, एक नया कुर्ता-पाजामा भी ख़रीद लिया और एक नफ़ीस शॉल खोजने लगे। शॉलों की उनके पास बिलकुल भरमार थी, मगर वे सब कार्यक्रमों के दौरान मिले सफ़ेद शॉल थे। घर में चल जाते, लेकिन बाहर गरिमा के अनुकूल न होते। तो उस शाम वे अपनी जानी-पहचानी दुकान पर पहुँचे, मगर यहाँ भी कोई शॉल रुचिकर साबित न हुआ। अचानक दुकान में उनका शिष्य भी आ धमका। "गुरुजी, घर गए थे, पता चला, शॉल ख़रीदने आप यहाँ आए हैं। बढ़िया ख़र्चा करा रहा है दोस्त आपका तो।" पंडित जी का क्रोध सातवें आसमान पर था, मगर यह घड़ी धीरज को उससे भी ऊपर अवस्थित करने की थी। उन्हें शॉल के लिए किसी मॉल में जाने की ज़रूरत महसूस हो रही थी। वे आश्वस्त न थे—वहाँ भी शॉल मिलेगा या नहीं? उन्होंने शिष्य से किंचित विचारमग्न अवस्था में पूछा—"अच्छा शॉल कहाँ मिलेगा, जी?"

"चलिए न गुरुजी, दिलवाता हूँ।" शिष्य ने बिलकुल मोटरसाइकिल सेवा ऑफ़र की। पंडितजी को किंचित सन्तोष हुआ—रिक्शा भाड़ा तो बचा। चमचमाते मॉल की एक दुकान से उन्होंने शॉल देखना शुरू किया। क़ीमत जानकर ही उनके होश उड़ गए। ऐसा नहीं कि उनके पास पैसों की कमी थी, लेकिन इतना महँगा शॉल वे कभी खरीदेंगे, उन्होंने सोचा भी नहीं था। बीते ही महीने पुत्र को इस बात के लिए भरपूर डाँट पिलाई थी कि उसने तीन हज़ार रुपये के जूते

ख़रीद लिए थे। अब चार हज़ार का शॉल ख़ुद कैसे ख़रीद लें?

मगर शिष्य ने रास्ता दिखाया। कहा—"गुरुजी, इतने साल से आप नौकरी कर रहे हैं। कभी अपने ऊपर एक धेला भी खर्च किया आपने? भैया महीना में दू शर्ट दू-दू हज़ार का ले लेते हैं, आप शॉल तो कई साल चलाएँगे। और जयपुर जाएँगे तो आपकी शान बढ़ेगी।"

हालाँकि इस तर्क से ज़्यादा फिर प्रेम की ताकत थी जिसने जीवन और क्रय-विक्रय को लेकर पंडितजी के विचार सर्वथा बदल डाले। पहली बार उन्होंने अपने होने को पहचाना था, उसे मान दिया था। उन्होंने माना कि कभी अपने ऊपर कुछ ख़र्च कर सकने का अधिकार उनको है। इस बीच शिष्य कहीं से इत्र की एक शीशी भी ले आया—"गुरु जी, इसको भी ले लीजिए।" गुरुजी ने मौन भाव से उसका भी मूल्य चुकाया।

तो सारी तैयारी पूरी हो गई। मंगलवार के बाद बुधवार आया, मंथर गति से गुरुवार भी आया, हाँफता-हाँफता शुक्रवार भी आया। इतना लम्बा सप्ताह तो उन्होंने जीवन में कभी जिया ही नहीं था। एक-एक पल युग-युग की तरह लग रहा था। कृष्ण के प्रेम और विछोह में तपती गोपियों का वास्तविक दर्द अब वे महसूस कर रहे थे। प्रतीक्षा की स्थिति का भी उन्हें अन्दाज़ा था। इस बीच उसके कई सन्देश आ चुके थे, सावधानी बरतने के भी। पहली बार उनके सामने राज़ खुला कि प्रतीक्षा तो किसी की परिणीता है। एक पल की मायूसी के बाद उन्होंने इसे भी शुभ माना। यह ऐसा प्रेम है, जिसका बोझ किसी के कन्धों पर नहीं पड़ेगा—शुद्ध-सात्विक प्रेम जो दो वयस्क लोगों के बीच होता है। उन्हें लगा कि प्रतीक्षा अगर अविवाहित होती और उनके साथ विवाह के लिए मचल जाती तो वे कैसे स्थिति सँभालते? तो अच्छा है, मामला प्रेम का ही है, विवाह की हद तक नहीं जाने वाला है।

फिर शनिवार आया, शनिवार की रात आई, मगर नींद नहीं आई। भोजन करके नौ बजे सो जाने वाले और प्रातः पाँच बजे उठ जाने वाले पंडित जी ने पाया कि रात के 11 बज रहे हैं और नींद ओझल है। वे डर गए कि सुबह्-सबेरे नींद न टूटी तो ट्रेन न छूट जाए।

मगर नींद भी आई और उनके जाने बगैर सुबह भी आ गई। वे अपनी

आँखों के भारीपन के बावजूद उठ चुके थे और भीतर से बहुत उत्फुल्ल महसूस कर रहे थे। फिर उनका शिष्य भी ऑटो लेकर आ गया जो उन्हें स्टेशन छोडने वाला था। वे स्टेशन पहुँचे, ट्रेन भी आई और ट्रेन में थकी हुई-सी नींद भी आई।

फिर जयपुर भी आ गया। स्टेशन से बाहर निकल कर उन्होंने रिक्शा लिया और इसके बाद होटल भी चला आया। उनके पाँवों में फिर कम्पन लौट आई, हृदय की धड़कन बिलकुल नगाड़ा हो गई। होटल में प्रवेश करने से पहले उन्होंने शिष्य का दिया इत्र अपने कपड़ों पर छिड़का। ध्यान से देखा—कहीं सिलवटें तो नहीं हैं? शॉल को गरिमापूर्ण ढंग से कन्धे पर डाला। फिर रिसेप्शन की ओर देखे बिना सीधे लिफ़्ट की ओर बढ़ लिये। अन्देशा था कि रिसेप्शन पर कुछ प्रश्न-उत्तर हो गए, इस जयपुर में भी कोई जान-पहचान वाला निकल गया तो वे क्या करेंगे? तो वे अब लिफ़्ट में थे, उनकी उँगली तीन नम्बर का बटन दबा चुकी थी। लिफ़्ट ऊपर जा रही थी, तीसरा फ़्लोर आ गया था। पंडित जी की टाँगें बिलकुल काँपने लगी थीं। लिफ़्ट से बाहर आकर उन्होंने देखना शुरू किया। 306 नम्बर के कमरे के आगे रुके। हल्के-से दस्तक दी। दरवाज़ा खुल गया।

पंडित जी कुछ घबरा भी गए। माथे पर पसीना आ गया। भीतर झाँककर देखा। कमरा ख़ाली था। उन्होंने प्रवेश किया, लेकिन किसी की उपस्थिति के प्रमाण नहीं मिले।

तब तक एक लड़का वहाँ चला आया—"आप यहाँ क्या कर रहे हैं?"

पंडित जी और परेशान हो गए। कहा, "मैं इस कमरे में ठहरे हुए लोगों से मिलने आया हूँ।"

"लेकिन वे तो सुबह नौ बजे ही निकल गए।" कमरे का बिस्तर झाड़ते हुए उस लड़के ने कहा। "आप मैनेजर से बात कर लीजिए।"

"जी, जी," करते हुए पंडित जी नीचे उतर आए। मैनेजर से बात नहीं की। तीर की तरह होटल से बाहर आ गए। बाहर की चमकती धूप में उनको कुछ राहत मिली, लेकिन वे समझ नहीं पा रहे थे कि क्या करें? उन्होंने सहसा मोबाइल निकाला, प्रतीक्षा ने कोई नया सन्देश भेजा हो, लेकिन कुछ नहीं था। इन्होंने जल्दी-से टाइप किया, "प्रतीक्षा, कहाँ हो? मैं जयपुर में हूँ, तुम्हारे बताए होटल के ठीक सामने।"

कोई जवाब नहीं आया। दो-चार मिनट उसी सम्भ्रम में कटे। इच्छा हुई, सीधे फ़ोन कर लें। लेकिन प्रतीक्षा ने स्पष्ट हिदायत दे रखी थी—किसी भी सूरत में फ़ोन नहीं। आवाज़ और अन्दाज़ से एक साथ परिचय होगा—यह उसका शरारती-सा सन्देश काफ़ी पहले से उनके पास था—व्हाट्सऐप से पहले एसएमएस के ही ज़माने का।

तभी अचानक घंटी बजने लगी। देखा, प्रतीक्षा का फ़ोन है। पंडित जी को जैसे संजीवनी मिल गई। "हलो, प्रतीक्षा-प्रतीक्षा!"

लेकिन इसके बाद अचानक वे चुप हो गए। मस्तिष्क बिलकुल सुन्न हो गया। क्योंकि उस तरफ से आ रही आवाज़ किसी पुरुष की थी—"प्रतीक्षा कहीं नहीं है, श्रीमान। बस, एक माया है जो लोगों को दिल्ली से जयपुर तक घुमाती है। लौट जाएँ।"

पंडित जी का सिर घूमने लगा। वे वहीं सड़क किनारे एक दुकान के बाहर लगी बेंच पर बैठ गए। ख़रीद कर पानी पिया। अपने मोबाइल को देखा, जो उन्हें किसी वाद्य यंत्र-सा लगता था, अभी नागनाथ लग रहा था। जैसे वह मोबाइल उनकी खिल्ली उड़ा रहा हो। उन्हें महाप्राण निराला याद आए—"धिक जीवन जो पाता ही आया है विरोध धिक साधन जिसके लिए सदा ही किया शोध।" वे बिलकुल टूट से गए। जिस थकान को चार दिन अनुभव करने का अवकाश न था, वह उन पर अब आक्रमण कर बैठी थी। क्या महाप्राण की यही पीड़ा थी जो राम की ओट में व्यक्त हो रही थी?—"वह एक और मन रहा राम का, जो न थका।"

क्लान्ति के बाद क्रोध आया। किसने? किसने किया होगा यह सब? पंडित जी के मस्तिष्क में जैसे झंझावात उठ रहे थे। क्या उनके किसी प्रतिस्पर्द्धी शिक्षक ने? क्या उनके किसी चेले ने?

लेकिन अचानक फिर बजा मोबाइल। उनके उसी शिष्य का फ़ोन था जिसने उन्हें स्टेशन छोड़ा था—"गुरुजी, कहाँ हैं आप? मैं जयपुर में हूँ।"

अचानक पंडित जी को लगा—हो न हो, इसी नीच, अधम ने यह हरकत की है। प्रण किया कि उसकी पी-एच.डी. पूरी नहीं होने देंगे, लेकिन उन्हें मालूम था कि वे एक दुश्चक्र में हैं। इसलिए बस डूबे गले से इतना पूछ पाए कि वह कहाँ है और कैसे पहुँचा?

लेकिन शिष्य इस मामले में भी गुरु साबित हुआ। उसने विस्तार से जो जानकारी दी, उसके अनुसार घर और कॉलेज में दी गई अलग-अलग सूचनाएँ परस्पर मिल गईं तो पत्नी चिन्तित हुईं।

घर में उन्होंने कविता गोष्ठी में जाने की बात कही थी। कॉलेज में कहा था—किसी लड़की को देखने जा रहे हैं—अपने किसी दोस्त के लिए।

"इसलिए चाची ने कहा, तुमको अपने गुरु जी की क़सम। अभी जाओ, देखो, कहाँ हैं ऊ? उनको तुरन्त लाओ।"

गुरुजी को समझ में आने लगा था कि यह प्रपंच किसने शुरू किया और कैसे बढ़ाया, लेकिन नया संकट उनके सामने यह था कि अपनी पंडिताइन को कैसे समझाएँगे? कोई दूसरा मामला होता तो डाँट-डपट देते, लेकिन एक शहर से दूसरे शहर बहाने से चले आए।

यहाँ भी शिष्य ने उबारा, "जाने दीजिए न गुरुजी, चाची को बोल देंगे कि हमहीं को ग़फ़लत हुई थी। वो तो किसी और दोस्त की बात कर रहे थे। हम जब पहुँचे तो होटल में बहुत बढ़िया से कविता पाठ कर रहे थे। लीजिए न, अभिए फ़ोन कर देते हैं।" और वह आश्वस्त भाव से फ़ोन मिलाने लगा।

गुरुजी ने बस यह प्रण किया—आइन्दा किसी कन्या से प्रणय की बात सोचेंगे भी नहीं। मोबाइल, एसएमएस और व्हाट्सऐप पर तो कतई नहीं। और सोचते-सोचते उनकी आँख भर आई—"प्रतीक्षा, कुछ न देकर भी तुमने कुछ दिन के लिए मुझे जीवन तो दे ही दिया।"

किन्तु दिल्ली पहुँचकर और पत्नी की कुछ लानत-मलामत और मित्रों-शिष्यों की कुछ हीही-खीखी झेलकर पंडित जी ने फिर फ़ेसबुक का रुख़ किया—बस, इस प्रण के साथ कि किसी कन्या से तभी मैत्री या प्रेम करेंगे, जब उसकी सूरत देख लेंगे, जब यह पक्का कर लेंगे कि वह वास्तव में कोई कन्या ही है।

(हंस, अप्रैल, 2018)

पत्थर

"कभी-कभी मुझे लगता है, मैं एक बेआसरा शख़्स हूँ।"

"बेआसरा मतलब? शहर में फ़्लैट है तुम्हारा, नौकरी है तुम्हारी, कार है तुम्हारे पास। तुम्हारा बेआसरापन शौक़िया है। सारे मज़े लूटो शहर के और लिखते हुए बेआसरा बन जाओ।"

"हाँ, क्योंकि लिखते हुए मैं वह होती हूँ जो शायद पीछे छूट गई है।"

"ज़्यादा बनो मत, यह निर्मल वर्मा की बिट्टी है—दिल्ली की बरसाती में इलाहाबाद को याद करती हुई। तुम लेखक लोग एक ही थीम बार-बार दुहराते रहते हो। घर पर रहते नहीं, लेकिन उसे पीठ पर टाँगे घूमते हो, सबको दिखाते हुए कि पीठ कितनी ज़ख़्मी है?"

"तुम नहीं समझोगे। बिट्टी के अकेलेपन और मेरी बेआसरा मानसिकता में अन्तर है। और पीठ ज़ख़्मी है—घर को ढोते हुए नहीं, बल्कि अकेलेपन और परायेपन के कोड़े सहते हुए।"

"कौन मार रहा है तुम्हें कोड़े?"

"तुम्हें दिखाई नहीं पड़ता। क्योंकि बाज़ार तुम्हें कुछ देखने नहीं देता।"

"तुम बाज़ार में नहीं हो? और बाज़ार है तो ये सारी चमक-दमक है।"

"हाँ, इतनी रौशनियाँ हैं कि अँधेरे का पता तक नहीं चलता। और सड़कों पर भीड़ भी तो देखो। गाड़ियों का आना-जाना जैसे ख़त्म ही नहीं होता।"

"मुझे तो लगता है कि बाज़ार है तो राहत है। पैसे दो सामान लो और जीवन जियो। इस बाज़ार में हम ख़ुश हैं। बाज़ार चलता रहे। बाज़ार खुला रहना अमन और अमीरी की गारंटी है। बाज़ार तब बन्द होता है जब दंगे होते हैं, जब तोड़-फोड़ होती है।"

"कौन करता है दंगे? कौन करता है तोड़-फोड़?"

यह सवाल रुख़साना को अटका गया। आगे क्या? अब वह क्या लिखे? तीन दिन के भीतर उसने यह नाटक पूरा कर देने का वादा किया हुआ है। इसे कॉलेज के सालाना जलसे में खेला जाना है। 'आज़ादी के अमृत महोत्सव' के नाम पर एक बड़ा फंड मिला है, जिससे यह सब हो रहा है। तो वह जल्दी-जल्दी लिख रही थी, बिना पूरा प्लॉट सोचे। यह मान कर कि उसके किरदार ही उसकी कहानी आगे बढ़ा देंगे। ऐसा पहले भी हुआ है। वह अपने किरदारों पर बहुत भरोसा करती रही है। वे अक्सर उसका हाथ थाम उसे उन गलियों में ले जाते रहे हैं जहाँ अकेली शायद वह नहीं जा पाती। कोई उसे जाने नहीं देता। लेकिन कई बार उसे लगता है कि अपने किरदारों की तरह वह भी काल्पनिक हो उठती है। उसका वजूद किसी शून्य में चला जाता है, वह किसी भी दरवाज़े, रौशनदान या सूराख़ तक से निकल सकती है। वह अदृश्य उस जंगल में घूम सकती है, जिसका नाम शहर है। उसकी क़लम जैसे कोई फ़र्राटा गाड़ी होती जिस पर वह अपने किरदारों को बैठाकर एक अनूठी दुनिया की सैर का आनन्द लेती और लिखती।

लेकिन अभी यह फ़र्राटा गाड़ी—उसकी क़लम—रुकी हुई थी। लैम्प की झरती रौशनी में काग़ज़ के आधे कोरे पन्ने जैसे उससे पूछ रहे थे—कौन करता है दंगे? कौन करता है तोड़-फोड़?

इसका जवाब शमीम कई बार दे चुका है—वे बेरोज़गार, निठल्ले लड़के जिनकी फौज बड़ी होती जा रही है और जिन्हें समाज में अपनी पहचान के लिए सबसे आसान और माकूल तरीक़ा धार्मिक झंडे उठाने, साम्प्रदायिक नारे लगाने और देशभक्त बन जाने का लगता है। "इसलिए बेरोज़गारी सरकार के एजेंडे पर नहीं है। बेरोज़गार चाहिए पथराव के लिए, बेरोज़गार चाहिए कारसेवा के लिए, बेरोज़गार चाहिए झंडे उठाने के लिए, दंगे करने के लिए।" अक्सर अपनी राय बहुत साफ़ शब्दों में रखने वाला शमीम इसीलिए उसे अच्छा लगता है, लेकिन क्या चीज़ें वाक़ई इतनी साफ़ हैं?

रुख़साना को स्टाफ़ रूम की बातचीत याद आती है। प्रोफ़ेसर आशुतोष पांडेय अफ़सोस के साथ कह रहे हैं—"1947 में जो ग़लती हो गई, हम उसी का नतीजा झेल रहे हैं।"

इसके बाद की ग़लती शमीम ने कर दी है। अब अपने उर्दू वाला होने की तोहमत झेलेगा। उसने ताना मारने वाली मासूमियत से पूछा है—"1947 की ग़लती यानी आज़ादी? क्या आप इसी की बात कर रहे हैं? बहुत लोग मानते हैं कि अंग्रेज़ ही रहते तो अच्छा होता।"

आशुतोष पांडेय ने कुछ ज़ख़्मी नज़र से शमीम को देखा था। ठंडी साँस भर कर बोले, "शमीम साहब, सारी आज़ादी यहीं है, दूसरे देशों का हाल देख लीजिए।"

लेकिन शमीम अब इस आज़ादी का लुत्फ़ उठाने के मूड में था। उसने पलट कर कहा, "इसीलिए तो हम हिन्दुस्तान हैं, पांडेय जी। आप इसे कोई दूसरा देश क्यों बनाना चाहते हैं?"

बाक़ी सहकर्मियों ने बात बढ़ने से रोक लिया था। रुख़साना ने भी बाद में कहा, "यार, क्यों बेमतलब उलझना? तुम्हें पता है, वह आदमी नई हुकूमत में लगातार ताक़तवर हुआ जा रहा है। चुप नहीं रह सकते?"

लेकिन शमीम उससे बात करते हुए गम्भीर हो चुका था—"चुप रहोगी तो कल को ये पत्थर मारेंगे। जवाब देना होगा, बताना होगा कि आप यों ही हम पर कीचड़ उछालकर निकल नहीं सकते। कब तक चुप रहोगी?"

रुख़साना और शमीम तब कॉफ़ी हाउस में बैठे हुए थे। रुख़साना के पास जवाब था—"तुम तो आज पत्थर खा रहे हो, मैं तो कब से खाती रही हूँ? बाँझ होने का पत्थर, बदचलन होने का पत्थर, बददिमाग़ होने का पत्थर, तलाक़शुदा होने का पत्थर। सिंगल वूमन होने का पत्थर। मुझ तक तो फूल भी पत्थर की शक्ल में आते हैं, शमीम। मैं कहाँ-कहाँ जवाब देती रहूँ? और तुम पर तो वे कीचड़ उछाल रहे हैं जो तुम्हें पराया मानते हैं। मुझ पर तो उनकी बिजली गिर रही है जो मुझे अपना बताते हैं।" शमीम चुप हो गया था।

रुख़साना ने ठंडी साँस ली। आशुतोष पांडेय हिन्दी पढ़ाते हैं, शमीम उर्दू और वह ख़ुद इतिहास पढ़ाती है। आशुतोष हमेशा से ऊँची आवाज़ में बोलने वाले रहे—बेशक अंग्रेज़ी वालों से कुछ दबते रहे, लेकिन आम तौर पर उनकी देशभक्ति उनकी साहित्यिक समझ के साथ एक होकर लेखकों के क़द तय करती थी। मगर इन दिनों वे कुछ ज़्यादा देशभक्त हो गए थे।

और शमीम? उसमें एक शायराना-सूफ़ियाना मुलायमियत थी—शायद अभावों में पले बचपन के बाद मीर-ग़ालिब की संगत ने उसे एक बेफ़िक्री दी थी, लेकिन इन वर्षों में बस पांडेय जी ही नहीं, वह भी बदल रहा था। अब वह पहले से ज़्यादा चिड़चिड़ा हो गया था।

बेशक, रुख़साना के पास आकर उसकी मुलायमियत लौट आती। वह शायरों की बात करता, दिल्ली की ऐतिहासिक जगहों की बात करता, अपनी लाइब्रेरी से गिर कर मरे हुमायूँ में उसकी बड़ी दिलचस्पी थी, कविताओं और ग़ज़लों और उपन्यासों की भी बात करता। लेकिन मौजूदा माहौल के ज़िक्र से अचानक वह बचने लगा था मानो उसे न जाहिल दिखते मुसलमानों की परवाह थी न बर्बर नज़र आते हिन्दुओं की। वह जैसे अपनी ही खोल में सिमटता, अपने ही भीतर खोया हिन्दुस्तान था।

रुख़साना को लगा कि इन टुकड़ों से नाटक को आगे बढ़ाया जा सकता है। क्या वह इसे चरित्रों की बातचीत में जोड़ दे? क्या बहुत फ़ॉर्मूला टाइप लेखन नहीं लगेगा? वह अनमने ढंग से कागज़ के ऊपर क़लम फिराती रही। देखती रही अपने-आप एक क़लम की तस्वीर बन रही है।

ऐसा तो पहले कभी नहीं हुआ। उसके किरदार जैसे उसका हाथ झटककर, उससे दूर छिटककर जा खड़े हुए हैं। जो रास्ता वह नहीं खोज पा रही है, क्या वे भी नहीं खोज पा रहे हैं? लेकिन क्यों? क्या इसलिए कि वह भी कुछ नकली लिखने की कोशिश कर रही है—अपने अनुभव संसार से बाहर? या वह लिखने से वह बच रही है, जिसका दबाव भीतर से आ रहा है कि लिखा जाना चाहिए? अचानक एक टीस उसके भीतर उभरी। क्या वह ख़ुद भी इन दिनों अकेली महसूस नहीं कर रही है? अकेली तो ख़ैर वह कई बरस से है, लेकिन इन दिनों का अकेलापन कुछ अलग-सा है, जिसमें अकेलेपन से ज़्यादा परायेपन का एहसास है। यह कोरोना का पैदा किया हुआ अकेलापन नहीं है जो दो साल से सबकी ज़िन्दगी में अवसाद पैदा कर रहा है, यह किसी और महामारी का इशारा है। पहले भी सोसाइटी में लोग उसे कुछ अजीब निगाहों से देखते रहे, जैसे जो भी उसके साथ पेश आता है, वह अतिरिक्त उदार हो जाता है या फिर अतिरिक्त सजग। हालाँकि यह बात भी पुरानी है, लेकिन इन दिनों

जैसे एक और नई पहचान उसके साथ जुड़ गई है—या एक तीसरी नज़र, एक गुस्ताख़ नज़र, जो जैसे उससे पूछती हो कि तुम यहाँ क्यों हो? यहाँ तुम्हें रहने का हक़ किसने दिया?

अचानक लिखने से उसका जी उचट गया। उसे लगा, वह सो जाए। हालाँकि अभी रात के नौ ही बजे थे। चाहे तो वह एक घंटा लिख सकती है, लेकिन उसने लिखना सुबह के लिए मुल्तवी किया। खाना इन दिनों वह सात बजे ही खा लेती है। उसने चेंज किया, कमरे की लाइट ऑफ़ कर दी और बिस्तर पर लेट गई।

एक ज़ोरदार झनाक की आवाज़ से रुख़साना की नींद टूटी—जैसे कोई शीशा टूटा हो। एक लम्हा उसे यह समझने में लगा कि वह सपना देख रही है या सच है? आवाज उसके ही बेडरूम से आई है। नीम रौशनी में ही उसने देखा—खिड़की का शीशा टूटा हुआ है। उसे लगा कि क्या हवा इतनी तेज़ थी? खिड़की पर खड़ी होकर उसने नीचे देखने की कोशिश की। अचानक वह सन्न रह गई। तीन-चार 'ही-ही' करते लड़के बाइक स्टार्ट करके भाग रहे थे। क्या इन लोगों ने जान-बूझ कर उसके यहाँ पत्थर फेंका है? उसने घड़ी देखी—दस बज कर चालीस मिनट। एक लम्हे को वह बुरी तरह डर गई। लेकिन दूसरे लम्हे उसने वहीं से चिल्लाना शुरू किया—गार्ड-गार्ड! गार्ड जब तक आते, तब तक लड़के रफ़ूचक्कर हो चुके थे।

उसने बत्तियाँ ऑन कीं, कपड़े पहने, तेज़ी-से अपना घर लॉक किया, चाबियाँ हाथ में झुलाती हुई ही नीचे की ओर दौड़ी। फ़र्स्ट फ़्लौर का अपना फ़्लैट वह कितना सुरक्षित मानती थी!

नीचे गार्ड, प्लम्बर, इलेक्ट्रिशियन—सब इकट्ठा हो चुके थे। उसकी आवाज़ सुनकर एकाध और लोग बाहर आ गए थे। उसने सबको बताया, किस तरह उसके घर पत्थर मारा गया है? उसने गार्ड से पूछा, ये लोग कौन थे? कैसे आए थे? उसने सोसाइटी के सेक्रेटरी को भी फ़ोन किया था जो धीरे-धीरे चले आ रहे थे। गार्ड कुछ बता नहीं पा रहा था। सब उससे हमदर्दी जता रहे थे। सचिव ने कहा, "कुछ बच्चों की शरारत होगी, जाने दीजिए।" वह बुरी

तरह भड़क उठी—"जाने दूँ? यह शरारत है? सोसाइटी में चार लड़के घुसकर एक अकेली रह रही महिला के घर पत्थर मारकर, उसका शीशा तोड़कर भाग जाते हैं और आप कह रहे हैं, ये शरारत है? फिर अपराध क्या होता है? किसी दिन में वे मेरे घर घुसकर मेरे ही साथ कुछ कर बैठेंगे तब अपराध मानेंगे?" वह अपने ही बोले हुए का अर्थ समझ कर सिहर गई। "नहीं, नहीं," अब सचिव महोदय हकलाने लगे थे, "ग़लत तो उन्होंने किया ही है। लेकिन लगता है, नुक़सान पहुँचाने का इरादा नहीं था—बस तंग करने का था।" रुख़साना हैरान थी। हर बात पर नियम-क़ायदे की दुहाई देने वाले इस सेक्रेटरी को क्या हो गया है? यह तो हमेशा दूसरों का बिजली-पानी बन्द करने की धमकी देता रहता है। उसने तमतमाते हुए कहा, "नुक़सान नहीं हुआ? मेरा शीशा टूटा है, और उसी कमरे में मैं सोई हुई थी। अगर काँच मेरे ऊपर आ गिरा होता तो? और रात को साढ़े दस बजे एक अकेली महिला के फ़्लैट में इस तरह पत्थर मारना शरारत है?"

सेक्रेटरी अब चुप थे। रुख़साना अब गाड्‌र्स की ओर मुड़ी। "आप लोग बताइए, ये कौन लोग थे—कैसे एंट्री कर गए? सबके नाम रजिस्टर में होते हैं न? आपने दर्ज किया होगा न? रजिस्टर लाइए।"

गार्ड ने सहमे हुए अन्दाज़ में कहा—"गाड़ी वालों और पैदल चलने वालों को तो हम रोक लेते हैं, लेकिन बाइक वाले लड़के इस छोटे-से गेट से तेज़ी-से निकल जाते हैं। हम समझते हैं कि सोसाइटी के ही लड़के होंगे या फिर उनके दोस्त होंगे—इसलिए टोकते नहीं।"

"तो यही सिक्युरिटी है आपकी?" रुख़साना अब सचिव की ओर मुड़ चुकी थी। सचिव महोदय अब भी चुपचाप थे—"गार्ड्स को भी कुछ नहीं बोलेंगे?"

"ग़लत तो किया है..." अब वे बुदबुदा रहे थे।

"तो मैं पुलिस के पास जा रही हूँ कम्प्लेन लिखवाने। और गेट पर सीसीटीवी कैमरा तो है। उसकी फुटेज निकालिए।"

"आप समझिए मैम, माहौल बहुत ख़राब है।" सेक्रेटरी अब समझाने लगे थे। "माइनॉरिटी को लेकर बहुत सारी बातें कही जाती हैं। हमें कई लोगों ने कहा कि इनको मकान किराये पर क्यों दिया?"

रुख़साना अब बिलकुल अवाक् थी। इस पहलू पर तो उसने सोचा ही नहीं था। हालाँकि यह पहलू बार-बार पहले भी आता रहा था। जब उसने 30,000 रुपये महीने की दर से किराया देना स्वीकार किया था तो एक दोस्त ने कहा भी—"तुम ज़्यादा किराया दे रही हो। किसी भी सूरत में 25,000 से ज़्यादा नहीं देना था।" तब हँसते हुए उसने कहा था कि पाँच हज़ार रुपये तो उसने मुसलमान होने के बढ़ाए हैं। उसे घर कहाँ मिल रहा था?

लेकिन पाँच हज़ार अतिरिक्त रुपये दरअसल उसके लिए एक सुरक्षित नागरिकता की गारंटी भी थे—यह भरोसा कि एक अपार्टमेंट के भीतर घर होगा तो उस अकेली औरत को सुरक्षा का एहसास ज़्यादा होगा। हालाँकि यहाँ भी उसे ख़ूब उलझना पड़ा। वह अकेली है, यह जानकर ही बहुत सारे सवाल खड़े हो गए। उसे कई तरह की फ़ालतू किच-पिच से गुज़रना पड़ा। सोसाइटी में उसकी छवि एक झगड़ालू औरत की बन गई। इससे उसने कुछ सुकून ही महसूस किया, हालाँकि सुकून के भीतर दुःख की एक गहरी रेखा खिंची हुई थी—वह समझे जाने की, जो वह दरअसल नहीं थी, लेकिन फिर भी एक भरोसा था कि वह यहाँ सुरक्षित है।

आज इस भरोसे पर पत्थर चला था। यह पत्थर की सियासत भी अजीब थी। हर जगह पत्थर चल रहे थे—अकबर पर भी, औरंगज़ेब पर भी। गांधी पर भी और नेहरू पर भी। असली पत्थर भी। श्रीनगर में भी, सहारनपुर और इलाहाबाद में भी। पत्थरों से जैसे देश की राजनीति तय हो रही थी। कहीं पत्थर फेंकने वाले आतंकी कहला रहे थे, कहीं देशद्रोही और कहीं देशभक्त भी। सबके पत्थर सब पर चल रहे थे।

लेकिन वह तो इन सबसे दूर खड़ी थी। वह तो हर तरह के पत्थर के ख़िलाफ़ रही। फिर उसके घर यह पत्थर किसने फेंका? यह शरारत है, साज़िश है या सियासत है? वह सोसाइटी में कम्प्लेन करे, पुलिस थाने जाकर एफ़.आई.आर. दर्ज कराए या फिर अपने फ़्लैट में जाकर सो रहे?

वह पहले ही शमीम को फ़ोन कर चुकी थी जो अब उसके बगल में खड़ा था। इस नुकीली दाढ़ी वाले कम्युनिस्ट लगते मुसलमान को सेक्रेटरी साहब पहले से पहचानते थे। उनकी भौंहें और तन गईं। ये एक छोटे-से मामले को तूल देने

पर तुले हुए हैं। ठीक है, वे भी थाने फ़ोन कर देंगे कि कार्रवाई तो हो, लेकिन देखकर, हमारे घरों के बच्चे भी शामिल हो सकते हैं।

सेक्रेटरी साहब का असली डर यही था। उनके पुराने दोस्त और सोसाइटी के प्रेसिडेंट का बेटा इन दिनों तमतमाया घूमता है कि मुसलमानों को सबक सिखाना होगा। उसे उन्होंने कई बार समझाया कि वह इन सबसे दूर रहे, पढ़ाई-लिखाई पर ध्यान दे, लेकिन उसका मन जैसे कहीं और अटका हुआ है। तो उन्हें डर था कि इस शरारत में उसका भी हाथ न हो। सीसीटीवी फुटेज में वह निकल गया तो?

शमीम इस बीच रुख़साना से सारा ब्योरा ले चुका था। घर जाकर देख भी चुका था। उसकी साफ़ राय थी, सोसाइटी के भरोसे रहना ठीक नहीं। पुलिस थाने में शिकायत करनी चाहिए। बेशक वे कार्रवाई न करें, लेकिन यह सन्देश तो जाएगा कि पुलिस तक बात पहुँच चुकी है।

तो पन्द्रह मिनट में रुख़साना और शमीम थाने में थे। आधी रात के आसपास इन दो लोगों को आया देख उनींदा-सा पड़ा थाना कुछ परेशान दिखने लगा था। लेकिन कुछ ऊँघते और उबासी लेते पुलिसवाले ने जब रुख़साना का नाम सुना तो चौकन्ना हो गया। उसे समझ में आ गया कि मामला टेढ़ा होगा। भले पत्थर फेंका है, लेकिन एक अकेली रहने वाली मुसलमान लड़की के घर फेंका है। हालाँकि उसने तत्काल साथ चलने से इनकार किया। कहा कि सबेरे वह तफ़्तीश ज़रूर करेगा और पता करेगा कि कौन इसके पीछे है?

रुख़साना और शमीम भी तब तक कुछ ठंडे पड़ चुके थे। उन्हें एहसास हो चला था कि इस मामले के बस क़ानूनी पहलू ही नहीं हैं, सामाजिक आयाम भी हैं। दोनों लौटे, शमीम रुख़साना के फ़्लैट तक आया, उसने पूछा कि क्या वह रुक जाए? रुख़साना ने मना किया, "नहीं, इससे एक और चर्चा सोसाइटी वालों के बीच चल पड़ेगी।" शमीम ने खिड़की के टूटे हुए हिस्से पर अख़बार चिपका दिया और कहा कि वह सो जाए।

लेकिन शमीम के जाने के बाद रुख़साना की नींद उड़ी हुई थी। वह बिस्तर पर करवट बदलती रही, बार-बार अपनी टूटी हुई खिड़की पर किसी तरह चिपकाए अख़बार को देखती रही। लेकिन आख़िरकार उठ बैठी। उसे लगा कि इस तनाव से ध्यान भटकाना ज़रूरी है। अच्छा हो, वह अपना नाटक आगे बढ़ाए।

हमेशा अपने किरदारों के पास पहुँचकर उसे कुछ राहत मिलती है। अपनी सारी समस्याएँ वह उन्हीं के हिस्से कर देती है। तो उसने फिर लिखना शुरू किया।

"कौन करता है दंगे? कौन करता है तोड़-फोड़?"

यह आख़िरी वाक्य अब भी एक सवाल की तरह उसके सामने टँगा हुआ था और वह जवाब तलाश रही थी।

"तुम्हारा सवाल बहुत ट्रिकी है। मान लो, तुम्हारे घर पर कोई पत्थर फेंके तो तुम क्या करोगे?

"मैं भी पलटकर उसके घर पर पत्थर फेंकूँगा।"

"लेकिन अगर तुम्हें पता ही न चले कि तुम्हारे घर किसने पत्थर फेंका, वह कहाँ रहता है तो क्या करोगे?"

वह फिर कुछ उदास हो गई। बार-बार पूछा अपने किरदारों से—वे क्या करेंगे? यह ख़याल भी आया कि वे जाने-पहचाने निकल गए तब भी वे क्या करेंगे? किसी ने जवाब नहीं दिया। लेकिन एक गाने लगा—"हम देखेंगे, लाज़िम है कि हम भी देखेंगे।" इक़बाल बानो की लरज़ती हुई आवाज़ में फ़ैज़ की ग़ज़ल! वह कुछ अवाक्-सी रह गई। एक साथ रुलाई-सी छूटी और एक संकल्प-सा जागा—हम देखेंगे। उसने फिर लिखना शुरू किया। धीरे-धीरे इस संवाद से वह अपने किरदारों के साथ एक रास्ता खोजने लगी। बीच में दूसरे किरदारों को भी ले आई। शमीम की शक्ल और उसके तेवर को ध्यान में रखते हुए उसने एक किरदार खड़ा किया, लेकिन उसे उर्दू का नहीं, इतिहास का प्रोफ़ेसर बना दिया—और यह ख़याल रखा कि वह हिन्दू हो।

फिर पत्थर की राजनीति में लव जेहाद भी चला आया—उसने एक प्रेमी जोड़ा घुसाया और एक पुलिसवाला भी। एक दाढ़ी वाला नेता भी आ गया, लेकिन इस एहतियात के साथ कि उसकी पहचान किसी से न मिले। वह बहुत मिठास से बोलने वाला किरदार बना। वह हैरान थी, कैसे मुद्दे से मुद्दे जुड़ते जा रहे हैं? उसने तो लिखते हुए यह सब सोचा भी नहीं था। ये लव जेहाद वाला जोड़ा अचानक नागरिकता विरोधी आन्दोलन में भी कैसे दिखने लगा? उसे डर लगा कि फिर उसकी कहानी सरलीकरण की शिकार न हो जाए। और

वह आरक्षण विरोधी 370 हटाने का समर्थक कैसे हो गया? उसने फिर अपने आसपास के क़िस्सों को याद किया—याद आई उनकी हताशा भी। उसने तय किया कि वह अपने किरदारों को इस शहर से भगा देगी और उनके कहीं और बसने का ठिकाना खोजेगी। उसने घड़ी देखी। रात के तीन बज चुके थे यानी उसकी रूटीन पूरी तरह बरबाद हो गई। लेकिन वह फिर भी सन्तुष्ट थी। शीशा टूटने की जो खरोंच मन पर थी, वह लिखने से कुछ कम हो गई थी। वह दुःखी थी, लेकिन एक सुख भी था। वह सो गई।

सुबह दस बजे लगातार बजती कॉलबेल के साथ उसकी नींद टूटी। वह उठी तो उसकी घरेलू सहायिका इमरती हैरान-सी दरवाज़े पर खड़ी थी। अख़बार बाहर पड़ा हुआ था। इमरती ने घुसते ही पूछा, "तबीयत ठीक है न? अब तक सोई हुई थीं तुम?" उसने सिर झटका, मुस्कुराने की कोशिश की, बताया कि तबीयत ठीक है। फिर बताया कि रात क्या हुआ था। इमरती बिलकुल हैरान रह गई। उसने खिड़की के पास गिरा हुआ काँच बहुत सावधानी से चुना--उसे बाहर फेंका। फिर झाड़ू करती-करती बोली—"बाहर से पत्थर कौन फेंकेगा, दीदी? यहीं का लड़का लोग होगा।" रुख़साना के भीतर यह दबा हुआ सन्देह फिर सिर उठाने लगा था—"हाँ न, इमरती! मुझे भी यही लगता है।"

शाम होते-होते दूसरी कानाफूसियाँ भी सुनाई पड़ने लगी थीं। दोपहर को पुलिसवाले आए, उसकी खिड़की का भी मुआयना किया, वहाँ से झाँककर नीचे की जगह देखी, सिर हिलाते आपस में बात करते रहे और फिर सोसाइटी के सेक्रेटरी और प्रेसिडेंट से मिलने चले गए। लौटकर एक पुलिसवाले ने कहा—"निश्चिन्त रहिए मैडम, अब कोई पत्थर फेंकने की हिम्मत नहीं करेगा।" रुख़साना पूछ तक नहीं पाई कि कोई ऐसी हिम्मत क्यों नहीं करेगा?

दो घंटे बाद सोसाइटी का ही एक मैकेनिक एक शीशा लिये उसके घर आया तो उसने धीरे-धीरे बताया—प्रेसिडेंट के बेटे का हाथ है। पुलिसवाले भी जानते हैं। पच्चीस हज़ार रुपये लेकर माने हैं वरना गिरफ़्तार करने वाले थे। कह रहे थे कि साम्प्रदायिक दंगा भड़काने की कोशिश बहुत बड़ा जुर्म है। रुख़साना यह जानकर भी हैरान रह गई। उसे एक सन्तोष भर हुआ कि अपने आवारा बेटे

की वजह से प्रेसिडेंट को पच्चीस हज़ार रुपये का चूना लग गया है। लेकिन कुछ था, जो फिर भी लगातार उसे खटक रहा था। उसे सहसा ख़याल आया कि जो आदमी पच्चीस हज़ार खर्च करके अपने बेटे को जेल जाने से बचा सकता है, वह पचास हज़ार या एक लाख ख़र्च करके उसे जेल भिजवा भी सकता है। अचानक उसके सामने वे सारे चेहरे तैर गए जो अलग-अलग आन्दोलनों की वजह से झूठे आरोपों में जेल काट रहे हैं।

लेकिन फिलहाल इस अन्देशे से जूझने का भी समय उसके पास नहीं था। सुबह से उसके पास फ़ोन का ताँता लगा हुआ था। रात मोबाइल साइलेंट करके सोई थी, इसलिए उठने तक तो पता नहीं चला, लेकिन उसके बाद उसने देखा कि पचासों मिस कॉल पड़े हुए थे। शमीम ने दरअसल सबको बता दिया था। तो उसके तमाम शुभचिन्तक परेशान थे। सब जानना चाहते थे, क्या हुआ, सब पूछ रहे थे, वह सुरक्षित तो है?

वह क्या बताती? बस, एक पत्थर चला था। पत्थर इस देश में रोज़ चल रहे हैं। उसके घर चला पत्थर भी उस पर नहीं, खिड़की पर लगा था। लेकिन फिर ऐसा क्यों लग रहा है कि वह पत्थर तो अब तक बिलकुल उसके दिल में धँसा हुआ है? कहीं ऐसा तो नहीं कि खिड़की से टूटा हुआ कोई काँच उछलकर उसके कलेजे में आ गड़ा हो? सोसाइटी वाले समझा रहे हैं कि ज़्यादा बड़ी बात नहीं है, वह इसे आगे न बढ़ाए। पुलिस वाले रिश्वत खाकर गए और दिलासा भी देते गए कि वह सुरक्षित है। लेकिन क्या वह वाकई सुरक्षित है? क्या जान बचे रहना ही सुरक्षित रहना होता है? क्या महफ़ूज़ रहने का एहसास आज़ादी के एहसास से जुड़ा हुआ नहीं है? उसने फिर सिर झटका। जाने दो, एक बार वह भूलने की कोशिश करेगी।

लेकिन सोसाइटी भूलने नहीं दे रही थी। शाम तक बहुत सारी अफ़वाहें मक्खी की तरह भिनकने लगी थीं। बस, इसलिए कि दोपहर बाद उससे मिलने उसके कई रिश्तेदार चले आए थे। सोसाइटी का दरबान हैरान था कि इतने मुसलमान तो कभी आते ही नहीं। वह कुछ कह तो नहीं सकता था, इसलिए उसने जाने सबको दिया, लेकिन चुपके-से प्रेसिडेंट और सेक्रेटरी को जानकारी दे दी। बस, यहीं से ख़बर पसरने लगी—सबको सावधान किया जाने लगा—यह

बताते हुए कि बहुत सारे अजनबी अचानक सोसाइटी में दाख़िल हो रहे हैं—और फुसफुसाते हुए कि वे मुसलमान हैं, और चुपके-से इशारा करते हुए कि कल रात इस महिला के घर का काँच टूटा है तो वह बवाल कर रही है।

"काँच टूटने पर इतना झगड़ा हो तो हर रोज़ सोसाइटी में झगड़े हुआ करें, बच्चे क्रिकेट-फुटबॉल खेलते हैं और फ़्लैटों के काँच टूटते हैं, अब इसमें इतनी बड़ी बात क्या है?" कोई भनभना रहा था।

रुख़साना हैरान थी। पत्थर फेंकने की वारदात को किस तरह बस काँच टूटने की दुर्घटना में बदला जा रहा है। शाम को उसके मकान मालिक का भी फ़ोन आ गया। उसके पास सोसाइटी के कुछ लोगों का फ़ोन गया था कि वे अपना घर ख़ाली करा लें—एक फ़सादी औरत रह रही है। हालाँकि खुद मकान मालिक बहुत डरी हुई सज्जनता के साथ यह सब कह रहा था—"देखिए जी, हमें तो बस किराये से मतलब है और फिर आप बात-व्यवहार में इतनी अच्छी हैं। पढ़ी-लिखी हैं। इन अनपढ़ सोसाइटी वालों से आपका क्या मुक़ाबला? तो एक बार कोशिश कीजिए कि इन लोगों से मिल-जुलकर रहिए। बाक़ी आगे झगड़ा-वगड़ा हो तो देख लीजिए अपने ही इलाक़े में कोई घर।"

इसको बेदख़ली कहते हैं। रुख़साना ने बहुत मायूसी से सोचा। किस तरह उसे पराया बनाया गया? अब उससे 'अपने ही इलाक़े' में जाने को कहा जा रहा है। लेकिन 'अपना इलाक़ा' कौन सा? जहाँ मुसलमान ज़्यादा रहते हैं? उसने अपने-आप से पूछा और उत्तर समझते हुए चुप रह गई। उसने अपना फ़्लैट देखा, बाहर निकल कर सोसाइटी देखी। कल तक यह फ़्लैट पूरी आश्वस्ति के साथ उसका अपना था। सोसाइटी में उसे कभी डर नहीं लगा। पास-पड़ोस वाले बहुत मिलनसार नहीं तो भी दूर नहीं थे। सब मिलने पर हाल-चाल पूछते थे। शादी-ब्याह, पर्व-त्योहार में बुलाते भी थे। कोरोना के दौर में सब सिमटे-सिकुड़े रहे, सोसाइटी से पाँच लोगों की मौत भी हुई, उनके लिए ऑनलाइन हुई शोकसभा में भी वह शामिल थी।

लेकिन महज चौबीस घंटे में कुछ ऐसा हो गया कि वह खुद को अजनबी, पराया और असुरक्षित महसूस कर रही है। उसे डर रहा है कि अचानक कोई उसके घर में घुसकर उसे बाहर निकलने को न कहे। उसकी क्या ग़लती है?

पुलिस के पास जाना? क़ानून पर भरोसा करना? सोसाइटी वालों के रहमो-करम पर रहने से इनकार करना? वह कहाँ जाए? बस, एक ही जगह उसकी अपनी थी—उसके किरदारों का घर—उसका बन रहा नाटक।

लेकिन उसकी कहानी उसके हाथ से फिसल-फिसल जा रही थी। उसके किरदार बिलकुल बाग़ी हो रहे थे। वे भी किसी के घर पत्थर फेंकना चाहते थे। उसे लग रहा था कि वह भी अपने किरदारों में शामिल हो गई है। वह जो लिख रही है, वह अपनी ही दास्तान है। लेकिन वह चाहती थी कि अपनी तकलीफ़ और गुस्से से उबरकर लिखे। लव जेहाद के नाम पर पकड़े गए जिस जोड़े को वह बस शहर से बाहर निकलवाना चाहती थी, वह अब यह मुल्क ही छोड़ने पर आमादा था। अमन की बात करने वाला बुज़ुर्ग कहीं मायूस किनारे खड़ा था। अब कुछ अट्टहास करते लड़के उसके नाटक में चले आए थे। उनकी बाइकें सड़क पर पार्क थीं और वे हँस रहे थे कि कैसा मज़ा चखाया। लिखते-लिखते उसने पाया कि वह रो रही है। उसे बहुत सारे लोगों की याद आई—शमीम की, जो लगातार उसे फ़ोन कर रहा है और जिसे उसने अपनी सोसाइटी में आने से रोक रखा है। अम्मी-अब्बू की, जिनको ख़बर तक नहीं है कि उनकी बेटी किन हालात से जूझ रही है? उसके तलाक़ के बाद वे जिस तरह टूटे थे, वह उसे याद है। वह उसे फिर से तोड़ना नहीं चाहती।

लेकिन नाटक में एक माँ भी चली आई थी, बेटी का माथा सहलाती हुई। बताती हुई कि औरतें सारे हालात से लड़ लेती हैं। वे कमज़ोर दिखती हैं, लेकिन होती नहीं। और वह तो कमज़ोर दिखती भी नहीं। वह तो कैफ़ी आज़मी की औरत है—"अपनी तारीख़ का उनवान बदलना है तुझे।"

उसने ख़ुद पर काबू पाया। धीरे-धीरे नाटक और किरदारों को सँभालने-समझाने में लगी रही। इसके पहले उसे ख़ुद को समझाना पड़ा। कहानी अब एक शक्ल अख़्तियार कर रही थी। मोहब्बत, बग़ावत, ख़ुद्दारी, देश और दुनिया सब इसमें आ रहे थे। वह धीरे-धीरे जैसे अपने भीतर के भाप को बाहर निकाल रही थी। नहीं निकालेगी तो भीतर से फट पड़ेगी, मर जाएगी। उसने तय किया कि वह जो महसूस कर रही है, वही लिखेगी। जीवन में भले समझौते

करने पड़ें, लेकिन कहानी में नहीं करेगी। उसने जल्दी-जल्दी क़लम चलानी शुरू की। कहानी यक़ीन की, कहानी अलगाव की, कहानी दुराव की, कहानी बेदख़ली की। सब कहानियाँ मिलती चली गईं। वह भी सूत्रधार की तरह नाटक में शामिल हो गई। उसे लगा कि अपनी तकलीफ़ नहीं कहेगी तो नहीं रहेगी। और जाते-जाते उसने सूत्रधार के तौर पर कहा—"अब मैं ये नाटक भी छोड़ रही हूँ और ये मुल्क भी। कहाँ जाऊँगी, पता नहीं। दुनिया में बहुत सारे बेआसरा लोग रहते हैं। ध्यान से देखिए तो ये दुनिया बेआसरा लोगों से बनी है। मुझे वही लोग आसरा देंगे। अलविदा।" उसने कल्पना की कि वह हाथ हिलाते-हिलाते धीरे-धीरे पीछे हटती हुई मंच से नेपथ्य की ओर जा रही है। बत्तियाँ बुझ रही हैं, एक स्पॉटलाइट उसका पीछा करते-करते मन्द हो रही है और फिर बस दर्शकों की तालियों की गड़गड़ाहट है। हालाँकि दुख और बेदख़ली की इस कथा में तालियों का क्या काम? लेकिन शायद दुनिया ऐसे ही चलती है, ऐसे ही बनती है। उसने भी बत्तियाँ बुझाईं और सो गई।

अगली सुबह सामान्य लग रही थी। वह भी अपनी रूटीन पर लौट आई थी और सोसाइटी भी। हालाँकि एक तनाव उसके भीतर बना हुआ था। कल तक जो डर था वह अब गुस्से में बदल रहा था। उसे लग रहा था कि उसके घर पर पत्थर फेंकने की यह जुर्रत किसने की? वह सोच रही थी कि पता लगाएगी, लेकिन आज उसके पहले कॉलेज जाना है। छात्रों को नाटक की स्क्रिप्ट देनी है। उसने फिर कम्प्यूटर खोला, पूरी स्क्रिप्ट पढ़ी और प्रिंट निकाल लिया। उसे पता था कि कुछ झोल हैं, लेकिन यह ख़याल था कि रिहर्सल के दौरान वे दूर हो जाएँगे। नाटक बनते-बनते भी बदल जाता है।

जब वह कॉलेज पहुँची तो हर कोई उसका हाल पूछ रहा था। इतिहास विभाग में हलचल थी। उसने मुस्कुराते हुए सबको वही बताया जो सेक्रेटरी ने कहा था—कुछ शरारती लड़कों की हरकत थी। बाक़ी सब सिर हिलाते रहे थे। बस प्रोफ़ेसर हरेराम भड़क उठे थे—"यह कुछ लड़कों की हरकत नहीं है—हमारा पूरा समाज बीमार हो चला है। वह जैसे किसी को चैन से जीने नहीं देना चाहता। लड़की है, अकेली है और मुसलमान है तो कैसे जी लेगी?"

हरेराम जी की यह पुरानी लड़ाई थी जो इतिहास विभाग में पहले से चला करती थी। कई बौद्धिक प्रोफ़ेसरों ने मुँह बिचका कर इस बातचीत से कन्नी काट ली।

लेकिन आज रुख़साना फिर भी कुछ बेपरवाह थी। छात्रों की बनाई संस्था 'महाविद्यालय आरंगन' के लड़के-लड़कियाँ आ रहे थे। उसने मुस्कुराते हुए स्क्रिप्ट निकाली और उन्हें सौंप दी। सबने हुर्रा किया। अपनी मैम पर उन्हें भरोसा था। वे एक अच्छा नाटक लिख ही देंगी। उन्होंने कहा कि आज शाम से ही इसकी रीडिंग शुरू कर देते हैं। रुख़साना ने कहा कि जब प्रॉपर रिहर्सल शुरू हो जाए तो वह भी उनके साथ रहेगी। वह आज की रीडिंग में भी रहना चाहती थी, लेकिन किसी वजह से घर लौटना उसे ज़रूरी लग रहा था।

घर लौटकर अपने फ़्लैट की सीढ़ियाँ चढ़ते वह अचानक ठिठक गई। उसे कोई चोर निगाहों से देख रहा था। यह तो सोसाइटी के प्रेसिडेंट का बेटा है; उस तक यह बात पहुँच चुकी थी कि शायद इसी ने पत्थर फेंका था। वह एक लम्हे को डर गई। इसका इरादा क्या है? कहीं वह चाकू-वाकू लेकर तो नहीं खड़ा है? क्या करना चाहता है वह? उसे लगा कि वह सीढ़ियों पर न जाए। वह मुड़ी भी। अचानक उसकी निगाह उस लड़के की निगाह से टकरा गई। वह कुछ अनिश्चय में दिख रहा था, जैसे यह समझना चाहता हो कि रुख़साना क्या सोच रही थी, लेकिन रुख़साना कुछ सोच नहीं रही थी। ऐसे मौक़ों पर अचानक कुछ अप्रत्याशित कर गुज़रने वाला कोई उसके भीतर सक्रिय हो जाता है—चाहे डर से या चौकन्नेपन से या फिर विरोध को न सहने की इच्छा के नतीजे से। उसके भीतर का वह बटन फिर दब चुका था। वह लड़के को टोक रही थी—"तुम्हारा नाम राकेश है न?" लड़का बुरी तरह घबरा गया था। उसने बस मुंडी हिलाई—"हाँ।"

"तुमसे कुछ बात करनी है, ऊपर आओ," अपने भीतर के कम्पन के बावजूद अपनी आवाज़ की स्थिरता से वह ख़ुद हैरान थी, जैसे वह उससे अनुरोध न कर रही हो, उसे आदेश दे रही हो, जैसे यह उसका छात्र हो।

लड़का प्रतिरोध तक नहीं कर सका। उसने एक बार इधर-उधर देखा। कुछ परेशान-सा हो गया, लेकिन पीछे-पीछे चला आया। फ़्लैट का दरवाज़ा खोलते ही बन्द कमरे की मुसमुसाई हवा बाहर आई। रुख़साना ने जल्दी से खिड़कियों के

परदे हटाए, एक दरवाज़ा खुला छोड़ा और राकेश को बैठने का इशारा किया। कुछ न समझ पा रहा राकेश हिचकता हुआ सोफे पर एक किनारे बैठ गया।

"क्या करते हो तुम?"

"पढ़ता हूँ—अगले साल ट्वेल्थ देना है।" वह सहमने और अकड़ने के बीच की अजीब-सी मुद्रा में फँसा हुआ बोल रहा था।

"अच्छा।" अब रुख़साना ख़ुद पर नियंत्रण पा चुकी थी। ऐसे अवसरों पर उसकी आवाज कुछ कोमल हो जाती है—"अरे वाह! साइंस?"

"जी, आगे आईआईटी का एग्ज़ाम देना है। कोचिंग भी कर रहा हूँ।" उसकी आवाज़ में भी एक छात्र चला आया था।

राकेश इस कोशिश में था कि वह ख़ुद को बहुत पढ़ने-लिखने वाला बच्चा साबित करे। वह इधर-उधर देख रहा था। कमरे में एक कोने पर रखे गिटार पर उसकी नज़र टिकी हुई थी।

"अच्छा, तब तो बिलकुल समय नहीं मिलता होगा तुम्हें खेलने-कूदने के लिए?" रुख़साना ने उसे गिटार की ओर देखते हुए देखा तो पूछ बैठी—"म्यूज़िक में इंट्रेस्ट है?"

"हाँ, दो साल पहले तक गिटार सीख रहा था। सर आते थे।" वह सिर झुकाए बोल रहा था।

"अरे वाह, चलो बजाकर दिखाओ।" अचानक वह उठ खड़ी हुई, उसने एक झाड़न लेकर गिटार को पोंछा और चमकाया और मुस्कुराती हुई लड़के को देने लगी।

लड़के ने हिचकते हुए गिटार सँभाला, लेकिन फिर कहा—"ज़्यादा नहीं सीखा था, बस कुछ फ़िल्मी धुनें।"

"हाँ-हाँ, वही बजाओ।"

लड़के ने हिचकते हुए गिटार बजाना शुरू किया। यह जाना-पहचाना गीत था—'किसी की मुस्कुराहटों पर हो निसार, मिल सके तो ले किसी का दर्द उधार।'

तब तक फ्रिज से कोल्ड ड्रिंक निकाल कर दो गिलासों में ढालती हुई रुख़साना उसके पास आ खड़ी हुई, गुनगुनाती हुई—"जीना इसी का नाम है।"

लड़के का हाथ रुक चुका था। वह संकोच के साथ रुख़साना को देख रहा था। रुख़साना ने हँसकर कहा—"क्या राकेश, जीना इसी का नाम है?" वह कुछ और बोल नहीं सका। "कुछ और सुनाओ।" उसने फिर बजाना शुरू किया, "दम मारो दम...मिट जाए ग़म।"

रुख़साना हँसने लगी—"अरे ये गाने तो मेरे ज़माने के हैं। हम लोग गाया करते थे—दुनिया ने हमको दिया क्या, दुनिया ने हमसे लिया क्या, तुम्हें भी अच्छे लगते हैं?"

राकेश ने फिर मुँह खोला, "नहीं, सर ने यही सिखाया था। बोला था कि पहले ये सीख लो, उसके बाद इधर के गाने।"

"हूँ, तुमसे मिलकर बहुत अच्छा लगा, राकेश।"

राकेश चुप रहा। अमूमन उसकी आँखों में दिखने वाली हेठी अभी ग़ायब थी और उसकी जगह उलझन थी।

"चलो, आते रहना। देखो न, कल किसी ने पत्थर मारकर घर का शीशा तोड़ दिया। परेशान थी बहुत। अकेली रहती हूँ तो ज़्यादा डर लगता है। तुमसे मिलकर राहत मिली। और हाँ, कहीं भी निकलो तो मास्क ज़रूर ले लिया करो। अभी कोरोना गया नहीं है, बच्चे।" उसने मुस्कुराकर उसे विदा किया।

लेकिन उसके बाद वह उदास हो गई। इस किशोर के भीतर कौन भर रहा है इतनी नफ़रत? यह गिटार बजाने वाला, इंजीनियरिंग की तैयारी कर रहा लड़का अचानक उसको अपना दुश्मन कैसे मानने लगा? उसने सिर झटक दिया। सारी चीज़ों के बावजूद राकेश के साथ इस संक्षिप्त संवाद पर वह स्वयं ख़ुश थी, जैसे उसने अपने आततायी को शर्मिन्दा कर दिया हो।

आने वाले दिन उदासियों, सवालों, उम्मीदों और अनिश्चय से भरे थे। सोसाइटी में उसको लेकर चल रहा विमर्श जैसे ख़त्म नहीं हो रहा था। मकान मालिक का फ़ोन फिर आया था—इस बार उसने घर ख़ाली करने को तो नहीं कहा, लेकिन सावधान रहने का इशारा ज़रूर किया। इसके अलावा रात को आते-जाते लड़के उसे दिखते थे, लेकिन पत्थर या कुछ भी फेंकने की घटना नहीं हुई। उधर कॉलेज में अलग विवाद हो रहा था। लड़के रिहर्सल करते-करते उसे माँज रहे थे, लेकिन अचानक प्रिंसिपल को पता चल गया था कि नाटक में लव

जेहाद और सीएए जैसे मुद्दे हैं तो वह भड़क उठीं। कहा कि ऐसा नाटक नहीं होगा। इसको लेकर तीखी बहस चली। एक बार लगा कि नाटक रुक जाएगा। ग़नीमत बस यही रही कि इस मौक़े पर विभाग ने उसका साथ दिया और छात्रों ने भी। सबने समझाया कि इसमें कोई विवादास्पद बात नहीं है, अन्त में नाटक सद्भावना का सन्देश देता है।

तो आख़िरकार नाटक भी आगे बढ़ता रहा और जीवन भी। पत्थर फिलहाल पीछे छूटा हुआ था, लेकिन उसके क़रीबी लगातार दबाव बना रहे थे कि वह अब जगह बदले। कोई नया मकान देखे। वे याद दिला रहे थे कि वह किराया भी ज़्यादा दे रही है, जबकि कोरोना के बाद मकानों के किराये और घटे हैं। रुख़साना भी उस तरफ़ सोच रही थी। पत्थर प्रसंग ने उसका मन खट्टा कर दिया था। उसे इस बात का दुःख था कि सोसाइटी ने उसे अकेला ही नहीं छोड़ दिया, एक तरह से उसे ही गुनहगार ठहराने की कोशिश की। सोसाइटी के सफ़ाईकर्मी, प्लम्बर आदि आकर उसे बताते कि उसके बारे में कौन क्या बोल रहा है। बस, वह नाटक ख़त्म होने का इन्तज़ार कर रही थी।

नाटक का दिन आ पहुँचा। सुबह-सुबह वह फिर अपना नाटक पलटती रही। अपने किरदारों से मिलती रही। उसे याद आती रहीं वे घटनाएँ, जिनकी वजह से नाटक को यह शक्ल मिली। कभी उदासी ने घेरा, कभी सुकून ने। लव जेहाद वाले जोड़े ने कहा, थैंक्यू दीदी, और वह मुस्कुराई, क्या उसने वाकई इस जोड़े की कल्पना अपने छोटे भाई या छोटी बहन के तौर पर की थी? उसने ऐसा सोचा तो नहीं था। कहाँ से चला आता है ऐसा भाईचारा या बहनापा?

नाटक छह बजे से था। छात्रों में इस नाटक को लेकर बहुत उत्साह है। उसके कुछ छात्र इस सोसाइटी में भी रहते हैं। उन्होंने भी उसी वजह से यहाँ मकान किराये पर लिया है, जिस वजह से रुख़साना ने लिया है—कॉलेज सोसाइटी से बहुत क़रीब है। हालाँकि इन सबसे उसका बहुत संवाद नहीं है। चार लड़कियाँ हैं जो कभी-कभी सामने पड़ जाने पर 'विश' कर देती हैं। उनका इतिहास से नहीं, विज्ञान या अंग्रेज़ी से वास्ता है। कुछ और छात्र भी हैं जो उससे कन्नी काटते हैं। पता नहीं, उनमें कुछ राकेश के दोस्त भी हों।

ख़ैर, अभी यह सब सोचने की फ़ुरसत नहीं है। उसे पहले ही कॉलेज पहुँचना है। वह तीन बजे के आसपास ही कॉलेज पहुँच गई। कॉलेज सजा-सँवरा लग रहा था। तैयारी हो चुकी थी। छात्रों का फ़ाइनल रिहर्सल जारी था। सब मैम को आया देख ख़ुश हुए। सब अपनी-अपनी पोशाक जाँच रहे थे। कुछ मेकअप की तैयारी में लगे थे—एक-दूसरे का मज़ाक़ भी बना रहे थे।

रुख़साना इतनी ख़ुश आख़िरी बार कब हुई थी, उसे याद नहीं था। वह जो कहना चाह रही थी, वह समवेत स्वरों में बाहर आएगा।

गहमागहमी बढ़ती जा रही थी। उसने समय देखा, साढ़े पाँच बज चुके थे। उसने कलाकारों को आख़िरी बार 'बेस्ट ऑफ लक' कहा और दर्शक दीर्घा की ओर बढ़ने लगी।

तब तक दौड़ी-दौड़ी सूत्रधार आई—"मैम, बहुत अच्छा नाटक है। आख़िरी दृश्य आते-आते मुझे डर लगता है कि मैं रोने न लगूँ। लगता है, मैं भी आपके साथ बेआसरा हूँ।" उसकी आँखों में पानी की कोर चमक रही थी। रुख़साना हैरान रह गई। इस लड़की ने नाटक में उसको भी खोज लिया? जान गई कि यह वही है जो बेआसरा है? और वह खुद भी बेआसरा हो गई?

उसकी भी आँख भर आई। वह कुछ कह न सकी, बस उसने लड़की के माथे पर हाथ फेरा।

अब वह दर्शक दीर्घा में थी। शुरुआती दीप प्रज्वलन, कुलपति महोदय के स्वागत और प्रिंसिपल साहब के बाद नाटक शुरू हो रहा था। हॉल की रौशनियाँ बुझ चुकी थीं—सब अँधेरे में थे। मंच भी अँधेरे में था। धीरे-धीरे रोशनी फूटी, धीरे-धीरे एक चेहरा दिखा, धीरे-धीरे एक आवाज़ सुनाई पड़ने लगी—यह सूत्रधार थी—बताती हुई कि यह नाटक नहीं, जीवन है। उसकी आवाज़ में एक तराश है जो जैसे सबको बाँध ले रही है। नाटक बढ़ता जा रहा था। बीच की बहुत हल्की खुसफुसाहटों के अलावा बस एक चुप्पी थी जो बता रही थी कि सब लोग नाटक का हिस्सा बन रहे हैं। जब एक पत्थर चला तो किसी ने दर्शक दीर्घा से कहा—"आह!" जैसे-जैसे नाटक बढ़ता जा रहा था, वैसे-वैसे रुख़साना के दिल की धड़कन भी बढ़ती जा रही थी। वह चोरी-छुपे लोगों के चेहरों पर उनकी प्रतिक्रिया देखने की कोशिश कर रही थी। उसे लग रहा था, क्या लोग

नाटक में उसे पहचान लेंगे? क्या वे अपने-आप को पहचान लेंगे? वे शर्मिन्दा होंगे या नाराज़? अचानक उसे ख़याल आया, कई नाटकों में तोड़-फोड़ की घटनाएँ होती रही हैं। कहीं यहाँ भी कोई बीच में उठकर हंगामा न करे, लेकिन यहाँ नहीं होगा। यह तो उसका कॉलेज है।

इसी उधेड़बुन में नाटक निकलता जा रहा था। लड़कों के अभिनय में कुछ कच्चापन था। वह पेशेवर तराश नहीं थी जो थिएटर समूहों के नाटकों में होती है। लेकिन जैसे एक तरह का अनगढ़पन ही उसे वास्तविक बना रहा था।

और अब बिलकुल आख़िरी दृश्य था। सूत्रधार की चाकू जैसी आवाज़ एक हल्की हिचक के साथ शुरू हो चुकी थी—"अब मैं ये नाटक भी छोड़ रही हूँ और ये मुल्क भी। कहाँ जाऊँगी, पता नहीं। दुनिया में बहुत सारे बेआसरा लोग रहते हैं। ध्यान से देखिए तो ये दुनिया बेआसरा लोगों से बनी है। मुझे वही लोग आसरा देंगे। अलविदा।" यह ठीक वैसा नहीं था जैसा उसने लिखते हुए कल्पना की थी। मंच पर गहरी लाल रौशनी बस उसी पर फोकस कर रही थी, धीरे-धीरे पहले गाढ़ी और फिर मद्धिम होती रौशनी। बस, अब अलविदा बोल कर वह फ्रीज़ हो जाएगी और नाटक ख़त्म। लेकिन यह क्या? वह रो रही है, रोए जा रही है ज़ार-ज़ार। लाइट्समैन जैसे लाइट बुझाना भूल गया है। यह कैसा इंप्रोवाइज़ेशन है? अचानक उसने देखा, बाक़ी सारे कलाकार कतार में उसके पास पहुँच रहे हैं। निर्देशक भी उसकी पीठ थपथपा रही है। इसके बाद बत्ती बुझ गई है।

कुछ सेकेंड जैसे हर तरफ़ अँधेरा रहा, जैसे इस अँधेरे में सब बेसुध हो गए हों। और फिर ज़ोरदार तालियों की गड़गड़ाहट और वापस लौटती रौशनियों से जगमगाता मंच और अपनी दुनिया में लौटती दर्शक दीर्घा।

मंच पर रुख़साना का नाम पुकारा जा रहा था। कलाकारों के परिचय के बाद लेखक का परिचय हो रहा था, लेकिन उसे तो सब जानते हैं। वह भी बहुत सारे लोगों को जानती है। उसने दर्शक दीर्घा में देखने की कोशिश की। हैरान रह गई—उसकी सोसाइटी में रहने वाली कुछ लड़कियाँ भी थीं—उसकी ओर हाथ हिलाती हुई।

वह जैसे किसी खुमार में डूबी घर लौटी थी। दुनिया की सारी फ़िक्रें जैसे मिट गई थीं। उसका नाटक खेला गया, उसकी ज़िन्दगी का नाटक—जिसमें उसने अपनी हताशा, अपना गुस्सा सब उँडेल दिया था।

लेकिन फ़्लैट में दाख़िल होने के बाद वह दुनिया जैसे लौट आई थी, जिसका उसने अपने नाटक से कुछ स्थगित कर दिया था। अब वह बहुत सारे सवालों से फिर घिरी थी। कमरे में टूटे हुए शीशे की जगह लगा हुआ नया शीशा अपने साफ़-सुथरेपन के बावजूद बेमेल लग रहा था—याद दिलाता हुआ कि सारी झाड़-पोंछ के बावजूद वह यहाँ बेमेल है।

लेकिन वह कहाँ बेमेल नहीं है? पत्थर तो उसे हर जगह खाने हैं। कहीं रिवायत पत्थर मारती है, कहीं आधुनिकता पत्थर मारती है। कहीं मोहल्ले के जानने वाले मारते हैं, कहीं अनजान लोग बाइक से मारकर भाग जाते हैं। उसका मन फिर खट्टा-सा हुआ, लेकिन थकान इतनी थी कि वह सो गई।

सुबह नींद फ़ोन की घंटी से टूटी। उसने फ़ोन उठाया तो उधर मकान मालिक था। उसने कहीं से उड़ती हुई अफवाह सुनी थी कि वह नया घर देख रही है। वह गुज़ारिश कर रहा था कि रुख़साना उसके फ़्लैट में बनी रहे—"आपको आगे से कोई तंग नहीं करेगा। मैंने सेक्रेटरी को डाँटा है। उन्होंने भी कहा है कि वे ध्यान रखेंगे।"

रुख़साना को मालूम था कि इस गुज़ारिश के पीछे विनयशीलता से ज़्यादा कोरोना के बाद लग रही पैसे की चपत है। वह मकान ख़ाली कर जाएगी तो तत्काल किराये लगेगा भी नहीं। लेकिन वह तय कर चुकी थी कि वह निकल जाएगी। अब मामला पत्थर और फ़्लैट का नहीं रहा था, नाटक के उस किरदार का हो चुका था जो वह बन गई थी। उसके लिए सूत्रधार बनी अल्पना मंच पर रोई है। वह ख़ुद को बेआसरा मानती है। उसने कहा है कि वह सबकुछ छोड़ देगी। वह उसे कैसे धोखा दे सकती है?

तैयार होकर वह चाय बना रही थी। सोचती हुई कि आगे क्या करेगी? लेकिन फिर फ़्लैट के बाहर उसे कई आवाज़ें सुनाई पड़ीं। फिर बेल बजी। उसने दरवाज़ा खोला तो हैरान रह गई। दस-बारह लड़के-लड़कियाँ एक साथ उसके कमरे में आ गए थे। ये तो उसके नाटक के किरदार हैं—यानी कलाकार, जो महीने भर

से उसके बनाए किरदारों को जी रहे हैं। सूत्रधार भी चली आई है—वही, जो रो रही थी। इनमें वे लड़कियाँ भी शामिल हैं जो यहाँ रहती हैं। सूत्रधार ने फिर सूत्र सँभाला—"मैम, आप कहीं नहीं जा रही हैं।"

"यानी?"

"यानी हमें मालूम है कि आपको कुछ लोग सोसाइटी से निकालना चाहते थे। आपके घर पत्थर फेंका था। आप बाहर घर खोज रही हैं।"

वह हैरान-सी उन्हें देखती रही। अब कोरस की तरह स्वर जुड़ रहे थे—प्लीज़ मैम, कहीं मत जाइए, यहीं रहिए, यहीं रहिए, यहीं रहिए।

एक ने याद दिलाया—"आपने ही नाटक में लिखा है मैम, पत्थर चलाने वाले जीत नहीं पाएँगे।"

वह कुछ बोल नहीं पा रही थी। आँखें धुँधली-सी हो रही थीं। उसने पाया कि एक शख़्स सबसे पीछे चुपचाप खड़ा है। यह तो राकेश है। वह भी काँपते होंठों से कुछ कहने की कोशिश कर रहा था।

रुख़साना ने कुछ नहीं कहा। बस बाँहें फैलाईं, जैसे सबको गले लगाने के लिए बुला रही हो। उसने पाया कि उसकी बाँहें इतनी बड़ी हो गई हैं कि उसमें सब समा गए हैं।

सूत्र

उसकी आँखों में एक अजब-सी ऐंठन और तकलीफ़ थी। वह सड़क किनारे गिरी पड़ी थी और उठ नहीं पा रही थी। एक लम्हे को मैं हिचका। एक घायल स्त्री को उस तरह नहीं उठाया जा सकता जिस तरह किसी पुरुष को उठाया जा सकता है। लेकिन उसकी तकलीफ़ की तीव्रता में यह सोचने का वक़्त नहीं था। मैंने कन्धों के पास से उसे उठाने की कोशिश की। समझ में आ गया, यह कोई स्त्री नहीं है, बस दर्द से ऐंठती एक देह है, जिसे तत्काल सहारा चाहिए। उसने लगभग मुझ पर झूलते हुए पूरा ज़ोर लगाया और उठकर खड़ी हो गई, लेकिन यह जिस्म की ताकत से ज़्यादा मजबूरी थी जिसमें वह फिर बैठने को हुई। मैंने सड़क से लगी पुलिया पर उसे बिठाया। "बच्चे, मेरी बेटियाँ?" वह पूछ रही थी। "हाँ-हाँ, सब ठीक हैं, किसी को चोट नहीं आई है," यह बात मैंने तीनों बच्चियों को धूल झाड़ते, किताबें समेटते और सड़क पर गिरी पानी की बोतलें उठाते हुए देखकर कहा था। बेटियाँ भी तब तक माँ को घेर चुकी थीं—"मम्मी-मम्मी," उनमें से सबसे छोटी वाली रो रही थी। एक भलामानस उनकी स्कूटी किनारे लगा गया था।

"तीन-तीन बच्चियों को इतने सारे सामान सहित स्कूटी पर बैठाने की क्या ज़रूरत थी?" यह बेतुका का सवाल पूछकर मैं अपने-आप में कुछ झेंप गया। यह सुबह का समय था और मैं टहलकर लौट रहा था। बीच रास्ते में यह स्कूटी वाली महिला सबके साथ लदी-फदी दिखी, बड़े बेफिक्र भरोसे के साथ उसने एक टैम्पो वाले को रास्ता देने की कोशिश की और अचानक सड़क के किनारे की ढलान को ठीक से समझ न पाने की वजह से गिर पड़ी। शुक्र है, बच्चों को चोट नहीं आई।

मगर उसे आई थी। वह रो रही थी। कुछ बदहवास भी थी। मैंने फिर टोका, "आपको अस्पताल ले चलते हैं। किसी ऑटो वाले को बुला लेते हैं।"

"नहीं-नहीं," उसने तेज़ी-से सिर हिलाया। इशारा किया कि घर पास में ही है। मैंने कुछ राहत की साँस ली। बेटियों से पूछा। तब तक बड़ी बेटी जाकर पापा को बुला लाई थी।

पापा नाम का यह शख़्स बिखरे खिचड़ी बाल लिए, आँखें मलता हुआ आया। साफ़ था कि वह सोया हुआ था। कुछ नींद में पड़ा ख़लल हो या सुबह-सुबह झेलनी पड़ी यह परेशानी, वह आते ही पत्नी पर बरस पड़ा—"कितनी बार तेरे को कहा, मुझे उठा लिया कर या स्कूटी सँभालकर चला। लगी न चोट? सबको मुसीबत में डालती है।" फिर वह अपनी बेटियों पर बरस पड़ा—"तुम लोग खड़ी क्या देख रही हो? चलो सब घर। अब स्कूल नहीं जाना है।"

चोट और दर्द से कराहती यह पत्नी लेकिन अचानक तड़फ-सी उठी—"स्कूल क्यों नहीं जाएँगी? आप नहीं छोड़ोगे तो मैं छोड़ दूँगी।" वह ठीक-से बैठने की हालत में नहीं थी, लेकिन बेटियों को स्कूल पहुँचाने के जज़्बे में कोई कमी नहीं थी।

उसके पति ने दाँत पीसे—"सुबह-सुबह तमाशा मत कर। एक दिन नहीं जाएँगी तो क्या हो जाएगा?"

तब तक रुआँसी-सी बड़ी बेटी की आवाज़ निकली—"एग्ज़ाम हैं आज से।"

पापा नाम के उस शख़्स ने चिड़चिड़ाते हुए अपनी बेटियों को देखा, फिर कुछ अनचाहे ढंग से वहाँ खड़े एक अनजान शख़्स को—यानी मुझे, और फिर अपनी पत्नी की ओर पलटकर बोला—"तो जा रहा हूँ छोड़ने इन्हें। तू दिखवा लियो डॉक्टर को।"

महिला ने सिर हिला दिया। थोड़ी देर में उस शख़्स ने कार निकाली—तीनों बच्चियों को बैठाया और धूल-धुआँ उड़ाता चला गया।

मैं असमंजस में था। मैंने कहा—"आपको चोट लगी है। मैं ले चलूँ.... डॉक्टर के पास?"

"नहीं भाई साहब, आप जाओ, थैंक्यू।" इस 'थैंक्यू' में कुछ मिनट पहले

उसको सहारा दिए जाने का आभार कम, जल्दी-से मुझसे पीछा छुड़ाने की हड़बड़ी ज़्यादा थी।

मैंने भी सिर हिलाया और तेज़ी-से निकल गया। बाद में वह महिला डॉक्टर के पास गई या नहीं, मुझे पता नहीं चला। हालाँकि मैं रोज़ उसके घर के सामने से टहलता हुआ निकलता था। उसकी स्कूटी भी खड़ी दिखाई पड़ती थी। एकाध बार इच्छा हुई कि जाकर उसका हाल-चाल लूँ, लेकिन हर बार उसके खिचड़ी बालों वाले पति की चिड़चिड़ाई आँखें याद आ जातीं और ख़ुद उस महिला का टालता हुआ 'थैंक्यू।'

इसके बाद एकाध बार सड़क पर स्कूटी से जाती उस महिला से सामना भी हुआ। वह धीरे-धीरे फिर से बच्चों को स्कूल छोड़ने लगी थी। दो-तीन बार तेज़ी-से मेरे सामने से पार हुई, एक बार स्कूटी पर किक मारती भी नज़र आई, लेकिन उसकी आँखों में परिचय का कोई भाव नहीं दिखा। वह बस अनजान की तरह बढ़ जाया करती। बेशक, बच्चों की आँखों में मेरे प्रति परिचय का भाव लगातार दिखता।

लेकिन एक दिन वह महिला अचानक एक दुकान में दिखी—अकेली नहीं अपनी बच्चियों के साथ भी। वहाँ भी मुझे देखकर वह तेज़ी-से दूसरी ओर देखने लगी, लेकिन उसकी बड़ी बेटी ने मुझे पहचाना। कुछ सकुचाए हुए ढंग से 'नमस्ते' की। फिर उसने माँ की ओर मुड़कर कुछ फुसफुसाते हुए कहा। मैं समझ गया, वह बता रही थी कि उसी दिन वाले अंकल हैं। माँ तब भी मेरी ओर नहीं मुड़ी। लेकिन बाक़ी दोनों बेटियाँ मुझे देखने लगी थीं। मैंने मुस्कुराते हुए हाथ हिलाया। वे मुस्कुराने लगीं। मैंने पूछ लिया, "किस क्लास में हो तुम लोग?" बड़ी वाली छठी में थी, दूसरी वाली चौथी में और सबसे छोटी वाली पहली में।

"मम्मी तुम लोगों का बहुत ख़याल रखती है न? रोज़ पहुँचाती है तुम लोगों को।" मैंने जान-बूझकर यह वाक्य कहा—पता नहीं, उस महिला का संकोच तोड़ने के लिए या फिर इस उम्मीद में कि इसके बाद वह मुझसे बात करेगी।

इस बार वह सामान ख़रीदती हुई ही मुस्कुराई। ज़ाहिर है, उसका ध्यान बच्चों के साथ मेरी बातचीत पर था। बड़ी बेटी ने सिर हिलाया—"माँ ही सब करती है।" दूसरी वाली तपाक-से बोल पड़ी—"हमेशा पढ़ने के लिए बोलती

है, खेलने नहीं देती।" बेटी का यह शिकायती लहज़ा सुन मैं हँस पड़ा और माँ झेंप गईं। "बहुत शैतान हैं सब," स्फुट ढंग से बोल पाई। मैंने कहा, "नहीं, बच्चियों को ख़ूब पढ़ाइए।"

इस बातचीत के बाद बस हमारे रिश्तों में इतनी भर क़रीबी आई कि हम सब एक-दूसरे को देखकर मुस्कुरा देते। मैं टहलता हुआ मिलता और वे तीनों—यानी चारों—स्कूटी पर मिलते। एकाध दिन मुझे निकलने में देर हो जाती तो माँ को वापस लौटकर स्कूटी लगाते मैं देखता। इन तमाम दिनों में एक बार भी बच्चों के पापा उन्हें छोड़ते नज़र नहीं आए। हो सकता है, वह काम से देर रात गए लौटता हो और सुबह सोया रहता हो—मैंने सोचा।

एक दिन जब मैं कुछ पहले टहलने निकला तो तीनों बच्चियाँ अपने बैग के साथ खड़ी थीं और माँ की स्कूटी स्टार्ट नहीं हो रही थी। मुझे लगा, मुझे रुक जाना चाहिए। मैं सोच ही रहा था कि बड़ी वाली बेटी तेज़ी-से मेरे पास आई—"अंकल, कल आप टीवी पर थे न?" मैं हँसने लगा। इत्तिफ़ाक़ से कल शाम एक टीवी चैनल वाले ने बुलाया था और मैं शिक्षा के सवाल पर विशेषज्ञ बना बैठा हुआ था। "देखा था तुमने?" उसने सिर हिलाया और कुछ कहना चाह रही थी कि स्कूटी स्टार्ट हो गई। बच्चियाँ जल्दी-जल्दी बैठने लगीं—इस बार माँ ने मुस्कराकर सिर हिलाया और 'नमस्ते' की।

धीरे-धीरे हम लोग परिचित से हो चले थे, कुछ सहज भी। बेशक, एक-दूसरे के नाम और काम से बेख़बर। हफ़्ते में एकाध बार वे मुझे दुकानों में मिल भी जाते। मैंने ध्यान दिया कि शनिवार को वह महिला अक्सर तीनों बच्चों के साथ दुकान पहुँचती है। ऐसी ही एक मुलाक़ात में मैंने पूछ लिया, "आपके पति क्या करते हैं?"

"जी, बिज़नेस है अपना," कुछ सहमे हुए लहज़े में उस महिला ने कहा।

"मैं प्रोफ़ेसर हूँ—कॉलेज में पढ़ाता हूँ।" मैंने अपने बारे में बिना पूछे बताया।

बड़ी बेटी की आँखें फैल गईं—"कॉलेज में?"

"मम्मी बोलती है, हम तीनों कॉलेज में पढ़ेंगे।" यह सबसे छोटी बच्ची थी जो अचानक बोल पड़ी थी।

मैं हँसने लगा—"हाँ, तुम सब कॉलेज में पढ़ोगी।"

इस बार उस महिला ने जैसे कृतज्ञ निगाहों से मुझे देखा।

उस रात मेरे भीतर एक अजब-सी कसक रही। कुछ लोगों के लिए कॉलेज में पढ़ना भी एक सपना हो सकता है। पता नहीं, कैसा है यह परिवार? महिला तो पढ़ी-लिखी लगती है।

कुछ दिन बाद फिर मुझे वे बच्चे दुकान में दिखे। मैंने अगल-बगल देखा, माँ नज़र नहीं आई। बड़ी वाली बेटी ने मुझे देखकर 'नमस्ते' की। पीछे-पीछे दोनों बच्चियों ने भी। मैंने अचानक पूछा—"अरे, मम्मी कहाँ है तुम लोगों की?"

"आज नहीं आई है, तबीयत ख़राब है,"—बड़ी बेटी ने जल्दी-से कहा।

मैं सिर हिला रहा था तब तक छोटी बेटी की बात सुनकर चिहुँक पड़ा—"पापा ने मारा है—बहुत ज़ोर से, चल नहीं पा रही।"

"चुप्प," दोनों बहनें अचानक एक साथ बोलीं—बिलकुल सहमकर अगल-बगल देखती हुई। तब तक बड़ी बहन मुझे देखकर रो पड़ी। मैंने उसको चुप कराने की कोशिश की, लेकिन उसने तेज़ी-से दोनों बहनों का हाथ पकड़ा और लगभग दौड़ती हुई दुकान से निकल गई।

मैं बिलकुल स्तब्ध था। सुनता था, घर में महिलाएँ पिटती हैं, कामवालियों के अपने पतियों से झगड़े और मारपीट की ख़बर भी पता चलती थी, लेकिन तीन-तीन स्कूल जाती बच्चियों के परिवार में स्कूटी चलाने वाली एक महिला की पिटाई—यह मेरी कल्पना से बाहर था।

अगले दो-तीन दिन मैं उनके घर के पास अपनी चाल बहुत मद्धिम कर लेता। बार-बार इच्छा होती कि भीतर जाकर हाल-चाल पूछ लूँ। एक बार मन हुआ कि जाकर उसके पति से मिलूँ और उसे डाँट लगाऊँ। लेकिन क्या पता, इस तरह का दख़ल उस महिला की मुसीबत कम करता या बढ़ा देता?

करीब हफ़्ते भर बाद फिर मुझे स्कूटी दिखी। इस बार फिर महिला ने मुझे देखा, लेकिन पुरानी जान-पहचान का कोई चिह्न चेहरे पर नहीं था। शायद बेटियों ने बता दिया था कि उसकी पिटाई की ख़बर मुझे है। एक पिटी हुई औरत के तौर पर अपना कुचला हुआ अभिमान लिये वह मुझसे मिलना नहीं चाहती थी। एक दिन वह दुकान में भी दिखी, लेकिन मैं टोक पाऊँ, इसके पहले तेज़ी-से निकल गई। साफ़ तौर पर वह मेरे सामने पड़ना नहीं चाहती थी।

इस बीच सड़क पर उसका पति भी दो-एक बार मुझे दिखा। मुझे देखकर उसके चेहरे पर एक तनाव-सा आ जाता। मुझे लगने लगा था कि इसे मालूम है कि मैं इसकी बेटियों से बात करता हूँ। मैंने एक बार अपनी ओर से अभिवादन के लिए सिर हिलाया। उसने कुछ हड़बड़ाए-से अन्दाज़ में अभिवादन का जवाब दिया और फिर निकल गया। क्या उसे मालूम है कि मुझे यह बात भी पता है कि वह अपनी पत्नी को पीटता है? मुझे कोई अन्दाज़ा नहीं था।

लेकिन मैंने तय किया था कि इस आदमी से बातचीत करूँगा। एक दिन इत्तिफ़ाक़ से वह मुझे सैलून में मिल गया। रविवार का दिन था और हम दोनों को अपनी बारी का इन्तज़ार करना था। मैंने उसे देखकर फिर सिर हिलाया। मैंने टोक दिया—"क्या करते हैं आप?" उसने बताया कि उसका कपड़ों का कारोबार है। वह शर्ट बनवाता है और दुकानों तक पहुँचाता है। "सिर्फ़ शर्ट? पैंट नहीं?" मैंने मुस्कुराते हुए पूछा। उसने कहा कि वह शुरू से कमीज़ के ही धन्धे में है। कई लोग ऐसा करते हैं। बस, एक ही काम करते हैं। यह आसान है। मैंने फिर बच्चियों की पढ़ाई के बारे में पूछा। अचानक उसका लहजा कुछ रूखा हो गया—"पढ़ रही हैं सब, पता नहीं क्या करेंगी?"

मुझे हैरानी हुई। 'बेटी पढ़ाओ बेटी बढ़ाओ' के दौर में भी एक बाप ऐसा है जिसे अपनी बेटियों की पढ़ाई पसन्द नहीं। या बहुत सारे पिता ऐसे ही हैं जो बेटियों का पढ़ना नापसन्द करते हों? मेरी और बात करने की इच्छा नहीं हुई। मुझे ख़याल आया कि मैं ऐसे आदमी के साथ बात कर रहा हूँ जो अपनी पत्नी को पीटता है। मैं चुप रहा, वह भी चुप रहा।

लेकिन वह घर और फ़ाटक मेरे लिए जैसे अपने घर और फ़ाटक में बदलते जा रहे थे। यह अलग बात है कि मैं आज तक इस घर में दाख़िल नहीं हुआ था, लेकिन वहाँ से रोज़ गुज़रते हुए मुझे ज़रूर उन बच्चों का ख़याल आता। वे स्कूटी से जाते दिखते तो तसल्ली-सी होती—कि जैसे अपने ही बच्चे पढ़ाई कर रहे हों। वे भी मुझे देखकर जैसे खिल उठते। अगर वे नज़र नहीं आते तो एक बेचैनी-सी लगती जो अगले दिन उनके दुबारा दिखने तक बनी रहती। उनको देखकर चैन आ जाता।

एक दिन फिर हमारी मुलाक़ात दुकान में हुई। इस बार बेटी ने माँ को मेरी

ओर दिखाकर इशारा किया। माँ कुछ हिचकती हुई मेरे पास आई। उसने कुछ हिम्मत जुटाकर कहा—"नमस्ते, भाई साहब।"

"नमस्ते-नमस्ते।"—मैं अचानक ख़ुश हो गया था।

"आपसे कुछ बात करनी है," उसने नज़र झुकाए हुए ही कहा।

"जी बताएँ," मैंने कहा। उसने बाहर चलने का इशारा किया—वह दुकान में बात करना नहीं चाहती थी। बाहर उसकी स्कूटी लगी हुई थी। वहीं वह खड़ी हो गई। अगल-बगल देखने के बाद उसने धीरे-से पूछा—"भाई साहब, कुछ काम मिल सकता है?" मुझे ख़याल आया कि इस परिवार के पास इस स्कूटी के अलावा एक कार भी है। फिर अचानक यह संकट क्यों? लेकिन मैंने यह नहीं पूछा। बस जानना चाहा—वह किस तरह का काम कर सकती है?

"जिससे पाँच-छह हज़ार रुपये मिल जाएँ।" बोलते-बोलते उसकी आँख डबडबा गई। उसने खुद को सँभाला। बताया कि वह दसवीं में पढ़ रही थी कि शादी हो गई। शादी के समय सबने कहा था कि आगे पढ़ने देंगे, लेकिन पति ने कहा—"इसकी ज़रूरत क्या है?" फिर बड़ी वाली बेटी हो गई। इसके बाद उसे भी ख़याल नहीं आया। कई साल बीत गए। लेकिन वह अखबार रोज़ पढ़ती है, टीवी भी देखती है। उसी ने मुझे टीवी पर देखा था और अपनी बेटियों को बताया था, वह बहुत सारे काम कर सकती है, बेटियों को स्कूल छोड़ने के लिए ही उसने स्कूटी सीखी। वह बेटियों को पढ़ाना चाहती है—आगे बढ़ाना चाहती है। बेटियाँ बहुत तेज़ हैं उसकी।

इसके बाद उसने बताया—पति का बिज़नेस मन्दा पड़ गया है। तरह-तरह के नए नियम आ गए हैं। एक दुकान ली थी जो मन्दी में बन्द हो गई। घाटा भी हो रहा है। अब बच्चों की फ़ीस भरना मुश्किल है। पति कहता है, एकाध साल घर में बैठ जाएँगी तो कोई फ़र्क नहीं पड़ेगा, लेकिन वह किसी भी सूरत में पढ़ाई नहीं छुड़वाएगी।

मैं सब चुपचाप सुनता रहा। यह पिटती हुई औरत खुद खड़े होने की कोशिश में है। लेकिन मैं इसको क्या काम बताऊँ? कहाँ इसकी मदद करूँ? मगर मैंने मदद का भरोसा दिलाया और उसे अपना फ़ोन नम्बर दे दिया। कहा कि वह ज़रूर सम्पर्क में रहे।

वह अचानक ख़ुश हो गई, जैसे मेरा फ़ोन नम्बर उस डूबते के लिए वह तिनका हो जो उसे उबार लेगा। उसकी आँखों में कुछ कृतज्ञता भी थी, कुछ आत्मीयता का एहसास भी।

मैं समझ गया था कि वह मुझे फ़ोन करेगी। अगले तीन-चार दिन हर सुबह-शाम मुझे ख़याल आता, लेकिन फ़ोन नहीं आया। रोज़ टहलता हुआ मैं उसके घर के सामने अपनी चाल मद्धिम कर लेता। स्कूटी बाहर खड़ी मिलती, लेकिन कोई नज़र नहीं आता। मुझे डर-सा लगने लगा। कहीं वाकई बच्चियों की पढ़ाई छूट न गई हो। इसके बाद एक दिन मुझे वहाँ ताला लटका मिला। मुझे लगा, परिवार शायद कहीं बाहर गया हो, लौट आएगा। लेकिन न स्कूटी दिख रही थी न कार। मेरा मन अजीब-अजीब रहने लगा। एकाध महीने गुज़र गए। मुझे रोज़ लटका हुआ ताला ही मिलता।

दो-तीन महीने पार हो गए। मेरे पास कोई ज़रिया नहीं था कि उनसे सम्पर्क कर सकूँ। बच्चियों के नाम तक नहीं मालूम थे। किस स्कूल में पढ़ती हैं—यह भी पता नहीं था। कई दिन मेरा मन अशान्त रहा। एक दिन अचानक मैंने देखा कि वह घर खुला हुआ है। मैंने तत्काल फ़ैसला किया—गेट पर पहुँचकर घंटी बजा दी। मुझे उम्मीद थी कि कोई बच्ची निकलेगी या उनका पिता निकलेगा। लेकिन जो शख़्स निकला, वह एक अनजान आदमी था। उसने पूछा, "क्या काम है?" मैंने कहा कि यहाँ जो लोग रहते थे, उनसे मिलना है। उसने बताय़ा कि उसने यह घर ख़रीद लिया है और वही यहाँ रहता है। मेरा दिल डूब गया। फिर मैंने पूछा कि क्या वह मुझे पिछले मकान मालिक का पता दे सकता है यानी उस शख़्स का, जिससे उसने घर ख़रीदा था? उसने सिर हिलाया और आकर दिल्ली के करोल बाग़ का एक पता दिया। साथ में फ़ोन नम्बर भी।

मैंने नम्बर मिलाया। उधर से एक शख़्स की आवाज़ गूँजी—"हाँ जी, बोलो।" मैंने कहा, "जी, मैं इन्दिरापुरम से बोल रहा हूँ—इन्दिरापुरम, ग़ाज़ियाबाद से। उसने फिर कहा, "जी बोलो।" मैंने कहा—"आप वही हैं न जिनका कपड़ों का—यानी शट्र्स का कारोबार है?"

"नहीं जी, वो हमारे किरायेदार थे—सुनील शर्मा जी। कई महीने पहले

छोड़कर चले गए।" कहाँ गए, यह उन्हें नहीं मालूम था। कहाँ उनकी दुकान है, यह भी नहीं मालूम था।

मैं फिर हताश था। बस, मेरी जानकारी में एक नाम आ जुड़ा था—सुनील शर्मा। लेकिन यह इतना आम नाम था कि इससे कहीं भी खोजना बेकार था, लेकिन मैंने सोचा था कि खोज जारी रखूँगा।

लेकिन पूरा साल बीत गया। धीरे-धीरे खोज का मेरा उत्साह भी ठंडा पड़ता चला गया। इसके बाद दो-तीन-चार और छह साल बीत गए। वे लोग मुझे कभी-कभी याद आया करते, लेकिन मुझे पता नहीं था कि वह परिवार मुझे याद भी करता है या नहीं?

ज़िन्दगी फिसलती जाती है, पता नहीं चलता। 12 साल बीत गए। पूरा शहर, पूरा ज़माना बदल चुका था। मैं भी उन सबको भूल चुका था। मेरा टहलना बदस्तूर जारी था। बस, कभी-कभी स्कूटी पर कोई महिला कहीं दिख जाती तो एक लम्हे के लिए उस परिवार का ख़याल आ जाता। लेकिन इसके अलावा मेरी मसरूफ़ियतें बहुत थीं। यूनिवर्सिटी में सेमेस्टर सिस्टम लागू हो जाने के बाद काम बढ़ गया था। इसके अलावा अलग-अलग जगह सेमिनार अटेंड करना, टीवी चैनलों पर जाना—ये सब मुझसे सारी ऊर्जा छीन लेते। धीरे-धीरे मेरी हैसियत भी बड़ी हो रही थी। मुझे कॉलेजों में मुख्य अतिथि बनाया जाने लगा था।

ऐसे ही एक कार्यक्रम में अचानक एक लड़की मुझसे मिली—"नमस्ते अंकल...सर।"

मैंने सिर झटका—"यस बेटा।"

"मेरा नाम निष्ठा है।" मैं सुन रहा था।

"आप इन्दिरापुरम में रहते हैं न?"

"हाँ, तुम भी वहीं रहती हो?"

"अब नहीं। हम रहते थे वहाँ। आप सुबह-सुबह टहलते थे। एक बार हमारी स्कूटी गिर गई थी तो आपने मम्मी को उठाया था।"

मुझे जैसे करेंट लगा। लगा कि कोई जादू हो गया है। बरसों बाद अचानक एक खोया हुआ सामान मिल गया है। मैं बिलकुल आह्लादित हो उठा—"हाँ तुम तीन बहनें थीं—तुम्हारी दो छोटी बहनें?"

वह हँसने लगी—"बड़ी बहनें। मैं सबसे छोटी थी। तीसरी वाली।"

मैं अवाक् था—"इतना समय बीत गया। तुमने मुझे कैसे पहचान लिया?"

"बस, पहचान लिया। आप टीवी पर आते थे। आपने मम्मी को नम्बर दिया था। हम लोग सोचते थे, आपको फ़ोन करेंगे।"

"अब कहाँ हो तुम? कहाँ हैं तुम्हारी मम्मी?"

वह कुछ संजीदा हो गई। हमारे अगल-बगल लोग इकट्ठा थे—ध्यान से सुन रहे थे। मैंने कहा, "तुम रुको, मैं इन सबसे विदा लेकर बात करता हूँ।" उसने कुछ देर प्रतीक्षा की। मैंने सबसे हाथ मिलाया, विदा ली और देखा, निष्ठा इन्तज़ार कर रही थी।

"कहीं बैठते हैं।" मैंने कहा। "आप हमारे घर चलेंगे?" उसने पूछा था।

"घर?" मैं एक पल के लिए हिचका। जिस घर को कई बरस पहले अपना सा मानने लगा था, वहाँ दाख़िल तक नहीं हो पाया, लेकिन वही घर अब आवाज़ दे रहा है। मैंने पूछा, "पास में ही है घर?" उसने बताया, "बस थोड़ा सा आगे है, कीर्तिनगर में।" मैंने अपनी कार निकाली। वह कुछ संकोच के साथ बैठ गई। रास्ते में उसने बताया, दोनों बड़ी बहनें जॉब में हैं। वह कॉलेज के आखिरी साल में है। कम्पीटीशन देने का इरादा है।

"अब मम्मी को हमने नौकरी करने से रोक दिया है।"

मैंने कहा, "अच्छा वह नौकरी करती थीं? और पापा कैसे हैं?"

अचानक निष्ठा चुप हो गई। फिर धीरे-से उसने कहा—"पापा के साथ हम नहीं रहते।" मैं चुप-सा हो गया। मेरी समझ में नहीं आया कि अब आगे क्या कहूँ?

निष्ठा ने ही बात आगे बढ़ाई—"मुझे याद है, मैंने आपको बताया था एक बार कि पापा ने मम्मी को बहुत मारा है। मुझे उस दिन घर में ख़ूब मार पड़ी थी। लेकिन माँ को पापा हमेशा मारते थे। हमारी पढ़ाई छुड़ा देना चाहते थे। ख़ुद पीने पर पैसा ख़र्च करते थे और कहते थे—हमें पढ़ाने के लिए पैसे नहीं हैं। एक दिन अचानक माँ बोली, बच्चियाँ तो पढ़ेंगी। तो उन्होंने बाल पकड़कर मम्मी को घर से निकाल दिया। आस-पड़ोस वाले देख रहे थे, किसी ने कुछ नहीं कहा। हम सब रोते-रोते मम्मी के पीछे-पीछे बाहर आ गए।"

"फिर?" मुझे तो इन सबकी कोई ख़बर ही नहीं थी। एक परिवार किन-किन हालात से गुज़रता है, कैसे बिखरता, टूटता और सँभलता है—यह सब जैसे अब भी मेरे लिए अजूबा था।

"माँ कुछ दिन के लिए हम सबको लेकर मेरठ चली गईं—मामा लोगों के पास। वहाँ सबने कहा, यहीं रुक जाओ। पापा ने भी वो घर छोड़ दिया। फिर माँ कुछ पैसे और अपने गहने लेकर लौटीं—हम लोग इस इलाक़े में आ गए। एक परिचित ने एक फ़र्नीचर दुकान में माँ को नौकरी दिला दी। हम लोग पढ़ते रहे।"

वह जितनी आसानी से कह रही थी, उतनी आसानी से मैं सुन नहीं पा रहा था, जैसे बार-बार कोई गोला हलक में अटक जा रहा हो। आख़िर एक अनजान परिवार से ऐसी हमदर्दी क्यों?

हम लोग एक तंग से कुछ बड़ी गली के भीतर एक मकान के सामने खड़े थे। उसने किनारे गाड़ी रुकवाई और कहा कि ऊपर चलिए।

ऊपर पहुँचकर मेरे पाँव ठिठक गए। एक बुज़ुर्ग महिला ने दरवाज़ा खोला था। वह भी मुझे देखकर एक क्षण को ठिठकी। फिर उसकी आँखें हैरानी से पसर गईं—"आप?"

"मेरे कॉलेज में आए थे, मैंने पहचान लिया। इनको भी सब याद है—मैंने कहा, घर चलिए। ले आई इनको। मम्मी, अच्छी-सी चाय पिलाओ हम लोगों को।" निष्ठा मुझे बैठाते हुए बोल रही थी।

मम्मी—यानी उस महिला को भी—मेरे अप्रत्याशित आगमन के झटके से उबरने में वक़्त लगा। वह धीरे-से बुदबुदाई—"पहले तो मैं पहचान ही नहीं पाई आपको।"

अब वह मुस्कुरा रही थी। उसकी धीमी आवाज़ के बावजूद यह साफ़ था कि वक़्त ने उसे अजनबी लोगों से बात करने का आत्मविश्वास दिया है। "मेरी बेटियाँ आपको याद किया करती थीं। टीवी में आने वाले अंकल!" वह हँसने लगी थी।

"मैं भी आप लोगों के जाने के बाद परेशान रहा। रोज़ देखता था कि आप लोग शायद लौट आएँ।"

"आप अब भी टहलते हैं?"

"हाँ, वह अभ्यास छूटा नहीं। शायद फिर कोई मिल जाए स्कूटी से गिरने वाला, जिसको उठाऊँ।"

वह झेंप-सी गई—"हाँ, आपने उठाया था मुझे।"

लेकिन मेरी शिकायत बाक़ी थी—"आपने फ़ोन नम्बर लिया था—याद है आपको? कहा था, फ़ोन करूँगी, लेकिन जाते हुए भी नहीं बताया।"

अचानक उनके चेहरे पर उदासी का साया मँडरा गया—"हाँ, उन दिनों का सबकुछ याद है। मेरे पति ने...फ़ोन भी छीन लिया था मेरा। आपका नम्बर बचा ही नहीं। आपके घर का पता भी नहीं था।"

मैं इन्तज़ार करने लगा, वह कुछ कहेगी। वह समझ गई। निष्ठा भी समझ गई। उसने कहा, "तुम बात करो, मैं चाय बना लाती हूँ।"

उस महिला की आवाज़ बहुत मद्धिम थी—"मेरा जीवन उन दिनों बहुत मुश्किल था। मैंने काफ़ी कुछ झेला। मुझे हमेशा लगता था कि पढ़ी-लिखी होती तो ये दिन नहीं देखने पड़ते। मैंने इसीलिए तय किया था कि अपनी बेटियों को ज़रूर पढ़ाऊँगी। जब लगा कि इसमें मुश्किल होगी तो सब छोड़-छाड़ कर निकल आई।"

मैंने बहुत हिचकते हुए पूछा, "आपके पति?"

इस बार उन्होंने आँख में आँख डालकर कहा—"मैंने उनको छोड़ दिया। वे यहाँ आते हैं, बात कर लेती हूँ, बेटियाँ मिल लेती हैं, लेकिन हम लोगों ने अपना जीवन ख़ुद बनाया है बहुत मुश्किल से। बहुत छोटी नौकरियाँ कीं, अपमान झेले, गहना बेचा, लेकिन तय किया कि वापस नहीं जाना है। मेरी बेटियों ने भी झेला, लेकिन इससे और मज़बूत हो गईं सब।"

निष्ठा चाय ले आई थी। इस बीच वह मोबाइल पर अपनी बहनों से बात कर रही थी। उसने दोनों बहनों को बताया कि मैं आया हूँ। उन्होंने कहा कि वह मुझे रोके रखें, खाना खिलाकर भेजें, तब तक वे भी चली आएँगी। मैं हैरान था, प्रमुदित भी—सबको मेरी याद है।

माँ समझ गई थी। उसने कहा, "आपको पता नहीं है, आप इन बच्चों के लिए क्या अहमियत रखते हैं। हमारे जीवन में बहुत कम चीज़ें थीं जो हमें सुरक्षा का एहसास कराती थीं। इन बच्चियों को हमेशा याद रहा कि माँ स्कूटी से गिरी

तो आपने कैसे उठाया था? वे आपको देखकर ख़ुश हो जाती थीं। आपसे दो बात हो जाए, इसलिए मेरे साथ दुकान चली आती थीं।"

मेरी आँख में कुछ धुँधला-सा रहा था। मैं कैसे बताता कि इन अनजान चार प्राणियों का घर मुझे अपना घर लगने लगा था, कि वहाँ आकर पाँव थिर हो जाते थे, कि उनके जाने के बाद एक सन्नाटा मेरे जीवन में भी चला आया था।

खाना खाने के लिए मैं नहीं रुका, लेकिन वादा किया कि दुबारा आऊँगा। मैंने अपना फ़ोन नम्बर भी दिया। कहा, इस बार किसी भी सूरत में खोए नहीं।

रास्ते भर सोचता रहा—कौन लगते हैं ये लोग मेरे? क्यों याद करते रहे मुझे? और मुझे क्यों याद आते रहे ये लोग? क्या किसी को एक बार सड़क से उठा देना भी इतना मूल्यवान हो सकता है कि वह जीवन भर की उम्मीद में बदल जाए या यह मेरे जीवन में घटी प्रेम कहानी है, जिससे हम सब बेख़बर रहे?

(कथन, जनवरी, 2019)

जब कहानी मिलती है

एक दिन कहानी ने पलटकर कहानीकार को घेर लिया—"तुम मेरा कवच की तरह इस्तेमाल करते हो।"

हैरान कहानीकार ने पूछा, "कैसे? मैं तो तुम्हारा निर्माता हूँ। अपनी भावनाओं से तुम्हारा निर्माण करता हूँ। तुम मेरी सन्तान हो, मेरी आत्मा के रेशे तुम्हारे भीतर हैं।"

कहानी ठठाकर हँसी—"झूठ! मैं सिर्फ़ तुम्हारी नाकामियों का दर्पण हूँ।"

कहानीकार उदास हुआ, "ठीक है, मैं जैसी कहानियाँ लिखना चाहता था, वैसी लिख नहीं पाया। लेकिन मेरा सबसे ईमानदार रूप तुम्हारे भीतर है। मेरी सबसे ख़ूबसूरत कल्पनाओं का मूर्त रूप हो। तुम मेरे सबसे गहरे अनुभवों का निचोड़ हो।"

कहानी कुछ देर के लिए गम्भीर हुई—"वाक़ई तुम मुझे इतनी गम्भीरता से लेते हो?"

कहानीकार ने भरोसे के साथ सिर हिलाया—"बिलकुल। तुम्हें रचते हुए मैं कई बार आँसू बहाता हूँ। कई बार तुम्हीं मेरा रुख़ मोड़ देती हो। जो लिखना चाहता हूँ, उससे अलग लिख जाता हूँ। तुम तो दरअसल मेरा पूरा जीवन हो, तुम्हारे भीतर मेरे सारे रिश्ते-नाते बसे हुए हैं।"

कहानी कुछ देर चुपचाप सोचती रही। वह कुछ उदास-सी हो गई। उसने कहा, "इस पर यक़ीन करना चाहती हूँ, लेकिन कर नहीं पाती। कई बार मुझे लगता है, मुझे तुमने अपनी हताशाओं का घर बना रखा है। तुम मेरे निर्माता हो, लेकिन तुमने कभी मेरे साथ न्याय नहीं किया।"

कहानीकार चुप रहा। वह समझ नहीं पा रहा था कि क्या कहे? यह भी समझ नहीं पा रहा था कि कहानी ही पलटकर उससे सवाल कैसे करने लगी? एक लम्हे को उसे ख़याल आया—वह कहानी को नष्ट कर दे। वे पन्ने ही चिन्दी-चिन्दी कर फेंक दे जिस पर यह कहानी लिखी जा रही है। इससे सारे सवाल ख़त्म हो जाएँगे। लेकिन उसे यह बहुत असुविधाजनक स्थिति लग रही थी।

लेकिन उसे नहीं मालूम था कि कहानी उसके दिमाग़ के भीतर भी घुसी हुई है। वह हँसी—"तो तुम मेरी हत्या ही कर देना चाहते हो। यह तुम्हारा पुराना तरीक़ा है। ज़िन्दगी से भागते हो, कहानी में दाख़िल हो जाते हो। अब कहानी से भी भाग रहे हो। कहाँ-कहाँ भागोगे तुम? और मुझे मार कर क्या तुम बचे रह जाओगे?"

कहानीकार सोचने लगा—उसे लगा कि कहानी कुछ ज़्यादा ही भोली है। उसे पता ही नहीं, उसने कितनी कहानियों की हत्या की है। वह कुटिलता से मुस्कुरा रहा था।

लेकिन कहानी ने इस बात को भी समझ लिया—"तुम क्या सोच रहे हो, मैं नहीं समझ रही। तुमने बहुत सारी कहानियों की हत्या भी की है। जो कहानियाँ तुम लिख नहीं सके, उन्हें तुमने हमेशा-हमेशा के लिए दफ़न कर दिया। तुम्हें सुविधाजनक सच्चाइयाँ चाहिए—वैसी जिनसे तुम आँख मिला सको, वैसी जिनके आईने में तुम ख़ुद को पाक-साफ़ महसूस कर सको, वैसी जिनको लिखकर तुम अपनी ज़िन्दगी का पश्चात्ताप करने की सोचते हो।"

कहानीकार सकपकाया हुआ था। यह कहानी उसके कितने भीतर धँसी हुई है? उसकी कितनी सारी कहानियों से परिचित है? किस अँधेरे में छुपी थी जो अचानक निकल आई है?

लेकिन वह उस पर कुछ ज़्यादा ही इल्ज़ाम मढ़ रही है। जो कहानियाँ उसने लिखी हैं, वे सच्चे दिल से लिखी हैं। जो नहीं लिख पाया, उनके संकट कुछ और भी थे। यह तो कुछ ऐसा हो रहा है, जैसे कहानी ही नए सिरे से लेखक को लिख रही हो।

"नहीं, मैं तुम्हें नए सिरे से लिख नहीं रही।"

जैसे किसी गहरे कुएँ से आई कहानी की इस आवाज़ ने उसे फिर चौंका

दिया। वह कह रही थी—"जो तुम असल में हो, तुम्हें उसकी याद दिला रही हूँ।"

कथाकार सोचने लगा, वह असल में क्या है? क्या वह कुछ है भी? या वह किसी और द्वारा लिखी जा रही एक कहानी भर है? कौन उसे लिख रहा है? उसके कितने रूप हैं? यह कहानी उससे कहना क्या चाहती है? कहानियाँ उससे कैसे कुछ कह सकती हैं? वे तो बेजान होती हैं।

लेकिन कहानी साबित करने पर तुली थी कि वह बेजान नहीं है। बल्कि उसमें सिर्फ़ जान ही नहीं, वह तीक्ष्ण संवेदन भी है जिसके सहारे वह कथाकार के बिलकुल अँधेरे कोनों को देख ले रही है बल्कि वह उसका ईश्वर होने पर तुली थी।

अब कहानी की आवाज़ कुछ सहानुभूति से भरी थी—"ठीक से अपने-आप को देखो तुम। तुमने क्या लिखा है?"

"वही, जो जीवन में घटा है।" उसने जल्दी-से जवाब देना चाहा।

"नहीं, जो जीवन में घटा है, उससे तुमने डायरी बनाई। उसमें भी कुछ कहानी मिला दी। तुमने दरअसल वह लिखा जो जीवन में घटा ही नहीं।"

"यानी?"

"यानी, जीवन में जो प्रेम तुम कर नहीं पाए, वह तुमने कहानी में किया। जिस रिश्ते का निर्वाह जीवन में तुमसे सम्भव नहीं हुआ, उसे तुमने कहानी में जिया। सड़क पर जिस ग़रीब की तुमने घोर उपेक्षा की, कहानी में उसका सम्मान किया।"

"नहीं, ऐसी नकली कहानियाँ मैंने नहीं लिखीं। जीवन में भी मैंने प्रेम किया, रिश्तों का निर्वाह किया, ग़रीबों की फ़िक्र की और इसी फ़िक्र के बीच से कहानी बनाई—ताकि दूसरों को भी यह चीज़ छू सके, उनके जीवन को भी कुछ बदल सके।"

इस बार कहानी ज़ोर-से हँसी—"यह नई कहानी किसको सुना रहे हो तुम? अपनी लिखी एक-एक कहानी याद करो तुम। याद करो कि पाठकों से छल करने से पहले अपने-आप से छल करते रहे हो तुम।"

कथाकार का गला सूखने लगा था। उसे लग रहा था कि उसके विरुद्ध

उसकी ही कहानी कोई मुक़दमा चला रही है। अचानक यह कहाँ से चली आई? इतनी जिरह क्यों कर रही है?

"क्योंकि तुम अपने-आप से जिरह नहीं कर रहे। अगर कर भी रहे हो तो कहानी में यानी मेरे भीतर। तुम याद करो, तुमने कब अपने-आप को कठघरे में खड़ा किया है?"

"लेकिन मैं क्यों करूँ? मैं तो बस कहानीकार हूँ। और ज़रूरी नहीं कि हमेशा अपनी कहानी लिखूँ। कहानीकार का जीवन उसकी कहानी से अलग हो सकता है या नहीं?"

कहानी मुस्कुराने लगी—"इसे कथाकार की चालाकी कहते हैं। कहानी में जिस सच तक पहुँचना चाहते हो, जिस क्षण को छूना चाहते हो, जीवन में वहाँ तक पहुँचना, उसे छूना क्यों नहीं चाहते? क्या इसलिए कि कहानी लिखना आसान है और जीवन जीना मुश्किल?"

कहानीकार झुँझलाने लगा था। उसकी सकपकाहट अब गुस्से में बदल गई थी—"तुम उदाहरण देकर बात करो। कब ऐसा हुआ है?"

कहानी वाक़ई उदाहरण ले आई—"बहुत मोटा उदाहरण देती हूँ। जनवरी की ठंड में रेड लाइट पर एक छोटे-से बच्चे ने तुम्हारी कार के शीशे साफ़ किए थे, लेकिन तुमने उसे पैसे नहीं दिए।"

"हाँ, क्योंकि मेरे पर्स में तब पैसे नहीं थे।" कहानीकार ने हकलाकर कहा।

"झूठ बोलते हो तुम,"—कहानी ने गुस्से में कहा—"तुम्हारे पास पैसे थे, लेकिन सौ के नोट थे, दस-दस के नहीं। तुम्हें लगा कि सौ रुपये देना बहुत ज़्यादा है, दस होते तो तुम दे देते।"

कथाकार ने ख़ुद को बचाने की कोशिश की—"हाँ, यह सच है कि सौ रुपये बहुत ज़्यादा नहीं थे।"

"इसलिए तुम उसके 10 रुपये भी मार लोगे? अन्ततः उस ग़रीब को तुमने पैसे नहीं दिए। यह तो सोचो कि तुम्हारे लिए 100 रुपयों की जो क़ीमत थी, उस ग़रीब बच्चे के लिए दस रुपये उनसे कहीं ज़्यादा बहुमूल्य थे।"

अब कथाकार बिलकुल सफ़ाई की मुद्रा में था—"मैं सौ रुपये देने की सोच रहा था, लेकिन तब तक रेड लाइट ग्रीन हो गई थी। मैंने पर्स में हाथ डाला भी

था, लेकिन फिर पीछे बज रहे हॉर्न की वजह से मुझे गाड़ी बढ़ा देनी पड़ी।"

लेकिन कहानी इस सफ़ाई से सन्तुष्ट नहीं थी—"क्या यह सच नहीं है कि तुम्हें उस हॉर्न के बजने से राहत ही मिली थी। तुम मन ही मन चाह रहे थे कि यह रेड लाइट जल्दी ख़त्म हो। और अगर तुम सौ रुपये देने को तैयार ही थे तो उस बच्चे के लिए नहीं, अपने गुनाह के एहसास से बचने के लिए। तुमसे अपना ही पाखंड झेला नहीं जा रहा था।"

"यह सब मैंने कहानी में लिखा है,"—कथाकार अब भी हार मानने को तैयार नहीं था—"तुम कोई ऐसी बात नहीं कह रही जो मैंने न लिखा हो।"

"वही तो, कहानी में तुमने यह भी लिख दिया कि दो किलोमीटर आगे बढ़ने के बाद तुम लौटकर आए थे, लेकिन वह बच्चा तुम्हें मिला नहीं। तो तुमने एक दूसरी औरत को सौ रुपये देकर अपने-आप को ग्लानि से मुक्त किया।"

कहानी की आवाज़ में अब कुछ तकलीफ़ भी चली आई थी—"लेकिन जो कहानी में किया, उसे जीवन में क्यों नहीं किया? अगर तुम वाक़ई दो किलोमीटर दूर से लौट आते, वाक़ई उस लड़के को या किसी और को 100 रुपये दे देते तो क्या वह कहानी लिखने से ज़्यादा बेहतर न होता? मान लो, वह लड़का न मिलता, उसकी जगह कोई और सच्चाई मिलती, तब भी क्या तुम्हारी कहानी अच्छी नहीं होती? नहीं भी होती तो क्या वह ज़्यादा सन्तोषजनक स्थिति न होती?"

कहानीकार चुप था। उसे वे और भी स्थितियाँ याद आ रही थीं जिनमें अपने पलायन को उसने कहानी में इस्तेमाल किया था। जीवन की क्षतिपूर्ति कथा में। वह ख़ुद से पूछ रहा था।

लेकिन कहानी पूछ नहीं रही थी, बता रही थी—"सच तो यह है कि जो असली कहानियाँ होती हैं, उनसे तुम भागते रहते हो। उनको लिखना नहीं चाहते क्योंकि उनसे उबकाई आती है। ख़ुद आत्महत्या कर लेने की इच्छा पैदा होती है। अपने-आप से आँख मिलाना मुश्किल होता है।"

कहानीकार के लिए वाक़ई इस कहानी से आँख मिलाना मुश्किल हो रहा था। उसे लग रहा था कि वह लेखक नहीं, एक डरावनी-सी कहानी का भागता हुआ किरदार है, लेकिन यह डरावनी कहानी क्या है?

"यह ज़िन्दगी है।" कहानी उसके भीतर उठे सवाल का जवाब दे रही थी। "वह बाहर से बहुत चमक-दमक से भरी है, लेकिन उसके भीतर बहुत सारी कालिमा है। घरों में जैसे होता है न? भीतर-भीतर एक नाली होती है जो किसी गटर में मिलती है और घर की सारी गन्दगी बाहर निकालती है।"

"लेकिन हम लोगों को गटर नहीं, ड्राइंगरूम ही दिखाते हैं।" कथाकार ने अपने ढंग से एक दलील खोजने की कोशिश की। "गटर है, लेकिन वह घर नहीं है। घर गटर से नहीं, दूसरी चीज़ों से बनता है।"

कहानी हँसने लगी—"यही तुम्हारे लेखक होने का राज़ है। तुम सच को अपनी तरह से मोड़ना जानते हो। गटर हर कहीं है, तुम्हारे भीतर भी। बहुत सारे गटर जीवन के सड़ रहे हैं क्योंकि उनकी गन्दगी निकलने की राह पर हमने बहुत सारे पत्थर रख दिए हैं। वहाँ बहुत सारा इत्र छिड़क दिया है ताकि उसकी बदबू हम तक न आए। कहानी में भी तुम यही कर रहे हो। गटर को छुपा रहे हो।"

कथाकार को बात कुछ उलझती लग रही थी। उसने पूछा, "क्या करूँ? लिखना बन्द कर दूँ कहानी?"

कहानी फिर हँसने लगी—"यह सबसे मुफ़ीद है तुम्हारे लिए, न रहेगा बाँस न बजेगी बाँसुरी। न रहेगी कहानी न करेगी शिकायत।"

कथाकार का धीरज अब जवाब दे रहा था—"तुम्हारे इतने सारे उलाहने सुन कर कोई बात समझ में नहीं आई।"

कहानी ने कहा—"यह उलाहना नहीं है। बस, याद दिलाने की कोशिश है कि जो कहानी तुम लिख रहे हो, वह नकली है। असली कहानियाँ तुमने छुपा रखी हैं। वे कहानियाँ शायद तुम कभी लिख नहीं सकोगे। लेकिन जो भी लिखो—याद रखना, उसमें तुम भी दिखते हो। कहानी कहने को झूठ होती है, लेकिन वह असल में सच होती है और जितना कथा के बारे में नहीं बताती, उतना कहने वाले के बारे में बताती है।"

कथाकार सुनता रहा। सोचता रहा कि क्या वह लिख पाएगा वैसी कहानी, जैसी लिखी जानी चाहिए? उसे उम्मीद थी कि कहानी कोई जवाब देगी, मगर कोई जवाब नहीं आया। कहानी ने तय कर लिया था कि वह अपने कहानीकार की ही कहानी लिख देगी। उसे मालूम था कि कहानीकार ही कहानियाँ नहीं

लिखता, कहानियाँ भी अपने कथाकार को रचतीं हैं। यह हमेशा से होता आया है। कथाकार इस मुग़ालते में होता है कि वह ईश्वर है और अपनी दुनिया बना रहा है। जैसे ईश्वर इस मुग़ालते में होता है कि वह है और यह दुनिया उसकी बनाई हुई है औ़र उसके इशारों पर चल रही है। लेकिन जैसे ईश्वर को पता नहीं होता कि दरअसल दुनिया भी उसे बना रही होती है, वैसे कथाकार को पता नहीं चलता कि कहानी भी उसे रच रही है।

लेकिन इस कहानी को कुछ अलग से ख़याल आ रहे थे। उसने तय किया कि वह अपने कथाकार को रचने नहीं, तोड़ने का काम करेगी। वह उसका निर्माण नहीं, ध्वंस चाहती थी। वह महसूस करती थी कि उसका रचयिता न उसके प्रति ईमानदार है और न अपने प्रति—उस दुनिया के प्रति तो कतई नहीं जिसे वह रोज़ बचाने और बदलने की क़सम खाता है।

ऐसा नहीं कि यह कहानी बहुत समझदार थी, लेकिन वह संवेदनशील थी और इस नाते दुःखी थी। दुःखी इस बात से थी कि लिखने को इतना कुछ है और लिखा उससे भी ज़्यादा जा रहा है, लेकिन वह नहीं लिखा जा रहा है जो लिखा जाना चाहिए या जो सच है। उसे मालूम था कि उसके कथाकार के दिमाग़ में भयावह कुरूपताएँ हैं, ऐसी डरावनी अश्लीलताएँ हैं कि उसके आगे सारी कहानियाँ पानी भरें, लेकिन यह कथाकार के दिमाग़ का वह आलमीरा था जिसे वह अपने साहित्य में नहीं खोलता था।

तो कहानी ने तय किया कि वह इसी आलमीरे को खोलेगी, लेकिन इसके लिए भी उसे कथाकार की मदद लेनी थी। उधर कथाकार परेशान था कि उसकी कहानी उसके हाथ से निकल गई है, उसी से पलटकर सवाल पूछ रही है। कथाकार अपने तईं ज़िन्दगी को बहुत गहराई से देखता था। वह चाहता था कि यह ज़िन्दगी अपनी पूरी मार्मिकता से कहानी में दर्ज हो। यह अनायास नहीं था कि उसके किरदार अन्त में या तो पागल हो जाते थे या आत्महत्या कर लेते थे। कभी-कभी उनकी हत्या भी हो जाती थी।

लेकिन वे किरदार थे। लेखक उनका लिबास पहनकर उनकी आत्मा में दाख़िल होने की कोशिश करता था जबकि कहानी ज़िद कर रही थी कि वह किरदार न रचे, ख़ुद को रचे।

क्या यह इतना आसान है? क्या वह अपनी कहानी की बात मान ले? वह मेज़ पर झुका बैठा था। याद कर रहा था कि उसके जीवन में कितनी कहानियाँ अनलिखी रह गईं। उसके हाथ काँप रहे थे। उसने धीरे-धीरे लिखना शुरू किया। फिर जो लिखा था, उसे काटकर फेंक दिया। उसे समझ में आ रहा था कि कहानी ने उसे बड़ी मुश्किल में डाल दिया है। जो कहानी वह लिखने जा रहा है, वह उसके जीवन के साथ ही ख़त्म होगी।

पहली बार उसे कहानी की ताक़त मालूम हो रही थी। कहानी ने जैसे अपना शिकंजा उसकी गर्दन के आसपास कस दिया था—या तो साँस निकले या कहानी निकले। उसे दिल में हल्का-सा दर्द महसूस हो रहा था। यह दर्द तीखा और तेज़ होता जा रहा था।

सुबह लोगों ने देखा—लेखक अपनी मेज़ पर झुका बैठा है। उसकी क़लम उसके हाथ में फँसी है। उसका काग़ज़ ख़ाली है। उसकी साँस बन्द है।

कहानी ने अपने लेखक को नष्ट कर दिया था—वह किसी शून्य में विचर रही थी—मायूस कि अब उसे कौन लिखेगा? वह भी दरअसल अपने लेखक के साथ मर गई थी।

(आजकल)

राम जी की दाढ़ी

सोसाइटी के कोने वाले बरसों से ख़ाली फ़्लैट में कुछ दिनों से चल रही हलचल बता रही थी कि जल्द ही कोई परिवार आने वाला है। जाले साफ़ किए जा रहे थे, मधुमक्खी का छत्ता हटाया जा चुका था, घर की पुताई हो रही थी, दरवाज़ों पर पेंट हो रहा था, कुछ टूटे हुए शीशों की मरम्मत हो रही थी और घर को रहने लायक बनाया जा रहा था।

रोज़ सुबह-सुबह टहलते हुए इस बदलाव पर मेरी नजर पड़ती। हालाँकि मुझे पता नहीं चल पाया कि कौन आ रहा है। शायद मैंने जानने की कोशिश भी नहीं की। ऐसे ही टहलते हुए एक दिन रँगे हुए फ़्लैट, पुते हुए दरवाज़ों और चमकती हुई रेलिंग के बीच बालकनी वाली जगह पर मुझे एक सज्जन खड़े दिखे—मैला तो नहीं, मगर पुराना-सा कुर्ता-पाजामा पहने और दाढ़ी बढ़ाए। उनका चेहरा इस बात में कोई शुबहा नहीं रहने देता था कि वे मुसलमान हैं।

मुझे अच्छा लगा। करीब 200 परिवारों की इस पूरी सोसाइटी में मुस्लिम परिवार गिन कर दो हैं जबकि यह पत्रकारों की और कई प्रगतिशील लोगों की सोसाइटी है। बीच-बीच में अक्सर हम यह बात भी करते कि जब सोसाइटी में किसी के आने पर कोई बन्दिश नहीं थी, तब ऐसा कैसे हुआ कि 200 में सिर्फ़ दो मुस्लिम परिवार आए? मेरे इस सवाल का जवाब त्रिपाठी जी ने यह याद दिलाते हुए दिया कि मुस्लिम तो फिर भी दो हैं, दलित परिवार एक भी नहीं है।

"भाई विश्वास जी, हम लोग चाहे जितने प्रगतिशील हों, हम अपने ऊँची जाति वाले दड़बे से बाहर नहीं आ पाए हैं। हममें से कोई जातिवादी नहीं है, लेकिन हमारा पूरा माहौल अगड़े वर्चस्व का है। न यहाँ कोई आदिवासी है न

कोई दलित, न मुसलमान—सब पंडित, राजपूत, कायस्थ और कुछ बनिये हैं।"

हालाँकि त्रिपाठी जी की इस तक़रीर से श्रीवास्तव जी भड़क उठे थे—"अरे, दिल्ली में आप क़हाँ से आदिवासी खोज कर ले आएँगे? और जब अपने आसपास मुसलमान नहीं हैं तो ज़बरन कहाँ से पकड़ कर ले आएँगे।"

वह बहस लम्बी चली थी और तमाम बहसों की तरह अधूरी छूट गई थी।

वह अधूरी छूटी बहस मुझे दुबारा फिर याद आई जब यह मुसलमान परिवार यहाँ रहने आया। फिर यह रोज़ का सिलसिला बन गया जब सुबह टहलते हुए वे सज्जन मुझे अपनी बालकनी में खड़े मिलते। कभी वहीं बैठे अख़बार पढ़ते भी नज़र आते। धीरे-धीरे हमारे बीच एक-दूसरे को देखकर सिर हिलाने और एक-दूसरे के अभिवादन का सिलसिला शुरू हुआ। अभिवादन के सिलसिले के बाद एकाध बार उन्होंने टोका भी। शायद वे इस अनजान सोसाइटी में अपने लिए परिचय का धागा खोज रहे थे।

हमारे बीच पहली बातचीत तब हुई जब केरल में लव जेहाद के मामले में सुप्रीम कोर्ट ने एनआईए को जाँच के निर्देश दिए थे। सुबह टहलते हुए मैं उनके फ़्लैट के पास से गुज़रा तो वे कुछ बेचैन-से खड़े थे। मैंने उनको देख रोज़ की तरह मुस्कुरा कर सिर हिलाया तो वे भी मुस्कुराए—लेकिन कुछ फीकी मुस्कुराहट के साथ। फिर अचानक उन्होंने टोक दिया—"हुज़ूर, आप करते क्या हैं?"

मैं पत्रकार हूँ, यह जानकर उनकी दिलचस्पी कुछ और बढ़ गई। हालाँकि पत्रकारों के बारे में उनकी जानकारी ज़्यादा नहीं थी, यह उनके अगले वाक्य ने बताया, "आप लोगों को तो सारी ख़बर रहती है।"

मैं आम तौर पर अपने टहलने में ख़लल पसन्द नहीं करता हूँ, लेकिन लगा कि शायद वे कुछ कहना चाहते हैं। उनके हाथ में जो अख़बार था, उसकी सुर्ख़ी चीख़-चीख़कर बता रही थी—'लव जेहाद पर सुप्रीम कोर्ट का ऐतिहासिक क़दम, एनआइए को सौंपा मामला।' उन्होंने मुझसे पूछा, "ये लव जेहाद का मामला आपको क्या लगता है?" मेरा अपना ख़याल था कि इस मामले में कोई दम नहीं है। सुप्रीम कोर्ट के इस फ़ैसले से मैं भी हैरान था, लेकिन मैंने बस इतना कहा, "मेरी तो कुछ समझ में नहीं आता। ये सिर्फ़ सियासी शोशे हैं।" उन्होंने

भी सहमति जताई। मैं टहलने के लिए आगे बढ़ गया।

लेकिन उस रात मुझे उस बुज़ुर्ग का ख़याल आता रहा। लव जेहाद की चर्चा ने उनको इस क़दर बेचैन क्यों कर दिया? ग़ाज़ियाबाद के एक फ़्लैट में रहते हुए उनको क्या डर हो सकता है? क्या यह ख़ुद पर शक किए जाने की तकलीफ़ से गुज़र रहे हैं या ये बस इत्तिफ़ाक़ है कि उन्होंने यह चर्चा मुझसे की?

लेकिन यह इत्तिफ़ाक़ नहीं था। अपने टहलने के वक़्त लगभग रोज़ के इस ख़लल के लिए मुझे समय निकालना पड़ा। धीरे-धीरे इसमें मुझे आनन्द भी आने लगा। मैंने पाया कि वे ख़ासे उदार मुसलमान हैं। हर तरह की फ़िरकापरस्ती को ख़ारिज़ करते हैं। तीन तलाक़ को भी ग़लत मानते हैं। पर्सनल लॉ को लेकर बहुत सख़्त नहीं हैं। बेशक, वे मुसलमानों को टारगेट किए जाने से दुःखी हैं। उन्हें लगता है, देश का माहौल ख़राब हो रहा है। डेमोक्रेसी में साथ रहने की जो तज़वीज़ है, उस पर चोट हो रही है। यह बात भी उनको लगातार दुःखी करती कि मुसलमानों को आतंकवादी साबित किया जा रहा है। आईएस का आदमी बताया जा रहा है।

उन्होंने धीरे-धीरे मेरे साथ टहलना शुरू कर दिया था। उन्हें एहसास हो गया था कि उनके घर के सामने रुककर बात करने में मुझे असुविधा होती है। तो एक दिन जब मैं अपने नियत समय—यानी छह बजकर तीस मिनट पर ठीक उनके घर के बाहर से गुज़र रहा था, वे कुर्ता-पाजामा पहने फुर्ती-से मेरे साथ हो लिए। हालाँकि वे कुछ संकोच में थे, कहा, "सोचा, आपके साथ टहलना शुरू कर दूँ। सेहत का भी फ़ायदा होगा और गपशप भी होती रहेगी।" गपशप के विषय सोसाइटी की हालत से लेकर प्रधानमंत्री की नीयत तक हुआ करते। यह बात अचरज में डालती कि हम दोनों कई मुद्दों पर बिलकुल एक राय रखते हैं। धीरे-धीरे हममें आपसी सम्बोधन का रिश्ता बन गया था। मैं उनको 'हुज़ूर' कहता और वे मुझे 'भाईजान'। हालाँकि उनका अध्ययन कुछ कम था और कई मुद्दों पर उनकी राय मध्यवर्गीय आग्रहों से बँधी हुई थी। भ्रष्टाचार उनको नाराज़ करता था, नेताओं का पाखंड उनको चिढ़ाता था और कई बार उनको लगता था कि देश को रास्ते पर लाने के लिए सख़्ती जरूरी है।

मौसम लगातार सर्द हो रहा था। नवम्बर की ख़ुशमिज़ाजी पीछे छूट चुकी

थी और दिसम्बर शुरू हो रहा था। इसका एक फ़ायदा यह था कि हम धूप में पहले के मुक़ाबले कुछ ज़्यादा टहल सकते थे। लेकिन धूप जितनी ख़ुशनुमा थी, माहौल उतना ख़ुशनुमा नहीं था। राजनीति और समाज का तापमान जैसे कम नहीं हो रहा था।

इसी दौरान राजस्थान के राजसमन्द में अफ़राज़ुल नाम के एक मज़दूर की हत्या की ख़बर आई। शम्भुनाथ रैगर नाम के किसी उन्मादी ने उसे जीते-जी काट दिया और उसका वीडियो बनवाया। वे लगभग उबल पड़े थे। वैसी रुआँसी हालत में मैंने उन्हें कभी नहीं देखा था। "ये लोग इस मुल्क को क्या बना देंगे? जानवर, वहशी!" उनकी आवाज़ से चिनगारियाँ निकल रही थीं। मायूस मैं भी था, लेकिन शायद पत्रकार होने की तबीयत ने चमड़ी इतनी मोटी कर दी थी कि हर घटना तथ्य, कारण, परिणाम और प्रस्तुति तक आकर निबट जाती थी। शम्भुलाल रैगर मेरे लिए एक ख़बर भर था, जिसके अलग-अलग पहलुओं पर नज़र डालते हुए मैं देश के साम्प्रदायिक तनाव के वहशी विस्तार को देख भर पा रहा था। लेकिन हुज़ूर की आँखों में जो मायूसी थी, जो ख़ौफ़ था, उसे समझना मेरे लिए मुश्किल न था। यह तकलीफ़देह एहसास मेरे भीतर भी था कि हम यह कैसा खौलता हुआ हिन्दुस्तान बना रहे हैं, जिसमें सिर्फ़ पहचानों के आधार पर लोग भून दिए जा रहे हैं? हाल के दिनों में अपने मुस्लिम दोस्तों के बीच बढ़ती असुरक्षा और अजनबीयत बेशक मुझे भी परेशान कर रही थी और कुछ मायूस भी—कि हम सब यह सब देखने को विवश हैं।

मुझे लगा, मुझे अपने इस अनजान पड़ोसी से सुबह की सैर और गपशप से आगे का रिश्ता भी बनाना होगा।

जनवरी में निज़ामुद्दीन औलिया की दरगाह पर पाँच दिन का उर्स था। मैंने एक दिन टहलते हुए उनसे पूछा—"आप निज़ामुद्दीन के उर्स पर जाएँगे?" वे उत्साहित हो उठे। उन्होंने कहा, "आप जिस दिन भी कहें, मैं चला चलूँगा।" मैंने कहा, "मैं तो आपके साथ जाने की बात सोच रहा था।"

वे कुछ संकोच में पड़ गए—"आज तक किसी उर्स में नहीं गया हूँ। चर्चा ख़ूब सुनी है।" उन्होंने फिर कहा, "सोचा था, आपके साथ बैठकर एक दिन इस्लाम की बारीकियाँ सीखूँगा—कुछ बड़ी बातें—जो जाननी ज़रूरी हैं।"

मैं हैरान था। मैंने कहा, "मैं तो आपसे सीखने की सोच रहा था।"

अब उनका चेहरा देखने लायक बन गया था। फिर अचानक वो ठठाकर हँसे—"लगता है, हम दोनों को दाढ़ी ने फँसा दिया। आपने मुझे मुसलमान समझा था क्या? मैं तो आपको समझ रहा था।"

तब मेरा भी ध्यान गया—"दाढ़ी ही नहीं, कुर्ते-पाजामे की वजह से भी।"

फिर मैंने पूछा, "तो क्या आप मुझे मुसलमान समझकर इतना मुस्लिम प्रेम दिखा रहे थे?"

वे संजीदा हो गए, "नहीं, वाक़ई इस मुल्क को बीमार बना दिया गया है। मेरे पिता सोशलिस्ट रहे। मानते रहे कि हिन्दू-मुसलमान का झगड़ा बेकार है। मेरे भीतर वह कूट-कूट कर भरा है। आपकी मैं नहीं जानता। आप कहीं मुझे मुसलमान समझ कर मीठी-मीठी बात तो नहीं कर रहे थे?"

मैंने उनका हाथ दबाया। कहा, "यक़ीन करें, मेरी परवरिश भी आपसे अलग नहीं है। घर का माहौल साहित्यिक रहा और उस साहित्य ने मुझे सिखाया कि हिन्दू-मुसलमान में फ़र्क़ न करूँ।"

"देखिए, नाम और बाक़ी पहचान न हो तो समझना मुश्किल है कि कौन हिन्दू है और कौन मुसलमान? लेकिन बाँट दिया गया सबको।"

मैंने कहा, "अब नाम तो बता दें।" इस बार वे और ज़ोर से हँसे—कहा, "रामचन्द्र। आप मुझे 'राम जी' कह सकते हैं, लेकिन राम का नाम उनके भक्तों ने ही ख़राब कर दिया है।"

इस तंज़ पर मेरा ध्यान नहीं गया। मेरे भीतर एक टूट रही उम्मीद नए सिरे से जुड़ रही थी—कि जब तक रामचन्द्र रहेंगे, हिन्दुस्तान बना रहेगा।

(दोआबा, दिसम्बर 2018)

लाश

उसके माथे पर पसीना नहीं है।

लेकिन उसके हाथ कोई चिपचिपाहट पोंछ रहे हैं।

वह दौड़ नहीं रहा। न जाने कब से नहीं दौड़ा।

लेकिन धौंकनी इतनी तेज़ है कि साँस नहीं ली जा रही।

उसे लग रहा है, उसके चारों तरफ़ जैसे मौत टहल रही है।

उसे धमकाती हुई कि उसकी बारी जब आएगी तब आएगी, फ़िलहाल तो उसके अपनों को वह ठिकाने लगा देगी।

16 साल से कैंसर से जूझ रही, तरह-तरह की दवाएँ, रेडियोथेरेपी, कीमोथेरेपी झेल रही उसकी एक दोस्त पहली बार फ़ोन उठाने की हालत में नहीं है। दोस्त का बेटा बताता है, माँ रेस्ट कर रही है। दोस्त का पति और उसका मित्र बोलता है, ठीक होती है तो बात कराऊँगा।

इससे कुछ देर पहले एक घंटी और बजी है।

दूसरी तरफ़ एक फँसी हुई आवाज़ एक दूसरे दोस्त का हाल बता रही है।

अचानक हुए ब्रेन हैमरेज ने उन्हें कोमा में छोड़ दिया है।

जिस्म उनका अपनी आख़िरी लड़ाई लड़ रहा है।

वह तय नहीं कर पा रहा कि क्या करे?

वह चाहता है, एक प्रार्थना करे।

लेकिन बरसों से उसने प्रार्थना भी नहीं की है।

भीतर से उठती एक बेबस हूक उसे अपनी प्रार्थना जैसी लगती है जिसे वह अक्सर तब महसूस करता है जब बहुत बेबसी और कमज़ोरी के लम्हों में होता है।

बहुत अपनों के बीच वह कुछ कहना और बाँटना चाहता है, लेकिन चुप रह जाता है।

इन दिनों फेसबुक पर उसने बहुत से दोस्त बना डाले हैं—ज़्यादातर अजनबी, लेकिन उसकी मित्र-सूची में पड़े हुए। अब तक उनके साथ जन्मदिन की बधाई, दूसरी सफलताओं या उपलब्धियों की शुभकामनाएँ और ख़ुशी और आत्मीयता से भरे पलों की कुछ तस्वीरें बाँटता आया है।

क्या उनके साथ अपना यह दुख बाँटे?

क्या वह बताए कि उसके दो अत्यन्त प्रिय मित्र मौत से जूझ रहे हैं, उन्हें सबकी दुआओं की ज़रूरत है?

और ये दो दोस्त इनमें से कई फेसबुक मित्रों के फेसबुक मित्र भी हैं।

उसने फेसबुक खोला है।

वह कुछ लिखना चाहता है। लिखना उसके लिए बहुत आसान काम है।

जीवन भर वह लिखता ही रहा है। लिखकर ही गुज़ारा करता रहा है।

लेकिन किसी हिचक ने उसके हाथ रोक लिए हैं।

कम्प्यूटर के की-बोर्ड खटखटाती उसकी उँगलियाँ सहम गई हैं।

क्या जाने-अनजाने लोगों की इस दुनिया में अपने दो दोस्तों के लिए दुआ माँगता उसका यह कातर अनुरोध सबको अच्छा लगेगा? कुछ लाइक कर देंगे, कुछ लिख देंगे, कुछ शेयर कर देंगे। कुछ दिलासा और तसल्ली दे देंगे।

लेकिन क्या उसे ऐसा दिलासा, ऐसी तसल्ली चाहिए?

अगर उसके पाँच हज़ार जाने-अनजाने मित्रों की सूची में किसी को भी यह प्रार्थना उपहास लायक लगी तो?

तो इन सारी प्रार्थनाओं की पवित्रता नष्ट हो जाएगी।

यह ज़िन्दगी का कहीं ज़्यादा बड़ा अपमान होगा।

मौत की जीत इसमें नहीं है कि वह आती है, इसमें है कि वह जीवन को कातर और कमज़ोर छोड़ जाती है।

जिन मित्रों ने ताउम्र ऐसी कातरता से ख़ुद को बचाए रखा है, कम-से-कम इसके सार्वजनिक प्रदर्शन का कोई अवसर आने नहीं दिया है, उनके लिए ऐसी प्रार्थनाओं का कोई मतलब नहीं है।

वैसे वह भी दुख के ऐसे सार्वजनिक प्रदर्शन से बचने की कोशिश करता है।

वह असमंजस में है। क्या करे?

क्या गाड़ी निकालकर उन्हें देखने पहुँच जाए?

एक को उसके घर और दूसरे को अस्पताल?

लेकिन अस्पताल में उसे मिलेगा कौन?

वार्ड के बाहर कुछ जाने-पहचाने चेहरे मिलेंगे, कुछ चिन्तित-परेशान रिश्तेदार मिलेंगे, जिन्हें न वह ठीक से जानता है और जो न उसे ठीक से पहचानते हैं।

वहाँ भी वह कुछ दिलासे और सांत्वना के औपचारिक वाक्य बोलेगा।

कुछ जाने-पहचाने लोग हुए तो उनके साथ अपने दोस्त के साथ बिताए कुछ पल याद करेगा।

दोस्त को तो शायद देख भी नहीं पाएगा—वह गहन चिकित्सा कक्ष में है।

क्या वह कैंसर से जूझ रही अपनी दोस्त के घर चला जाए?

क्या इससे उसकी तीमारदारी कर रहे लोग कुछ परेशान ही नहीं होंगे?

आख़िर उसे बिलकुल हर तरह के इन्फ़ेक्शन से बचाकर रखना ज़रूरी है।

फिर वह 30 किलोमीटर दूर गाड़ी चलाकर जाएगा तो शायद लोगों को उसे चाय-वाय पिलाने की ज़हमत भी उठानी पड़े।

वैसे भी उसके पास ज़्यादा लोग नहीं हैं। 18 साल का बेटा है और उसके पति हैं।

अपने छोटे-से फ़्लैट में एक ख़तरनाक बीमारी से जूझ रहे इन तीन लोगों की बिलकुल आत्मीय एकाग्रता से भरी इस लड़ाई को क्या उसकी मदद या रसद भी चाहिए?

वह अनिश्चय से घिरा है, कुछ तय नहीं कर पा रहा।

लेकिन इतना अनिश्चय क्यों है?

अगर मौत से जूझ रहे अपने दोस्तों का हाल लेने के लिए उसे कुछ

औपचारिकता भी निभानी पड़े तो इसमें क्या बुराई है?

क्या समाज ऐसी औपचारिकताओं से भी नहीं बनता?

क्या हम सब तकलीफ़ और संकट की किसी घड़ी में मदद और दिलासे के किसी हाथ की उम्मीद नहीं करते?

उसे याद आया, जब उसकी माँ का देहान्त हुआ था तो उसे अपने एक-एक दोस्त के आने की उम्मीद थी। वे आए भी थे। जो नहीं आए थे, उनका उसने बुरा भी माना था। कुछ से सम्बन्ध उसके बाद से ही नहीं रहे।

लेकिन यहाँ मौत का मामला नहीं है।

मगर क्या फिर वह जाने के लिए मौत की प्रतीक्षा करे?

अपने मन के एकान्त में अपने-आप से किया गया यह क्रूर मज़ाक़ भी उसे सिहरा गया।

कहीं न जाने के ये सारे तर्क वह इसलिए तो नहीं खोज रहा कि दरअसल वह नहीं जाना चाहता है?

लेकिन क्यों नहीं जाना चाहता है?

शायद यह नौकरी की थकान हो। शायद एकरसता में डूबी ज़िन्दगी की अनजानी-सी छटपटाहट हो कि दो पल—बस चुपचाप—अकेले काटने के भी मिलें।

या बहुत सारे तक़ाज़ों को भुलाकर हाल के दिनों में विकसित किया गया अभ्यास हो।

उसे ख़याल आया—उसकी दिलचस्पियों का दायरा बहुत बड़ा है।

आज आईपीएल का मैच भी चल रहा है।

फुरसत में इसे देखे या 50 किलोमीटर आ-जाकर एक औपचारिकता में ऊर्जा खपाए?

दिलचस्पी की और भी दुकानें हैं।

नई फ़िल्म आई है। उसे भी देखा जा सकता है।

ईस्टर है—इस मौके पर भी किसी से मिला जा सकता है।

लेकिन इन दिनों मन या देह को इतना आराम, इतना सुकून क्यों चाहिए?

उसे ऐसा क्यों लगने लगा है कि सब कुछ मशीनी हो गया है?

वह रसोईघर में दाख़िल होता है।

अकेले होने की कुछ मुश्किलें हैं तो कुछ फ़ायदे भी हैं।

उसकी दिनचर्या में कोई ख़लल नहीं डालने वाला।

अगर दिनचर्या जैसी चीज़ बची हो तो।

वह गैस पर चाय चढ़ाता है।

खौलते हुए पानी में पत्ती डालते हुए ख़याल आता है कि उसका अपना जिस्म बेहद थका हुआ है।

उसकी इच्छा होती है, गैस बन्द कर दे, सारी बत्तियाँ बुझा दे और कमरे में जाकर सुकून से लेटा रहे।

न जाने कितनी थकान से भरी है देह?

ऐसी शारीरिक मेहनत भी तो वह नहीं करता?

दफ़्तर आने-जाने के लिए गाड़ी चलाने के अलावा वह क्या करता है?

क्या ऑफ़िस में बैठे-बैठे दस घंटे काम करने की एकरस थकान भी उसे निचोड़ती है?

उसे अपनी उम्र का ख़याल आता है।

वह 45 बरस पुराने एक जिस्म का मालिक है।

बहुत सारी टूट-फूट इसमें हो चुकी।

चाय उसने ढाल ली है, पहला घूँट लिया है।

टीवी ऑन करके अब वह चैनल बदल रहा है।

कहीं कोई अपने लिए साठ महीने माँग रहा है।

कहीं कोई देश का भ्रष्टाचार दूर करने की क़सम खा रहा है।

इस नकली बेजान बहस के बीच बन रहा है उसका लोकतंत्र।

उसने ऊब कर टीवी बन्द कर दिया है।

अब वह अनमने ढंग से कपड़े बदल रहा है।

चलो, हाल-चाल ही पूछ आते हैं।

उसने कार निकाली है।

एफएम ऑन है—अलग-अलग स्टेशनों से अलग-अलग दौर के गाने आ रहे हैं।

तरह-तरह की कम्पीयरिंग भी।

वह अचानक म्यूज़िक सिस्टम ऑफ कर देता है।

वह अभी अकेला होना चाहता है।

तरह-तरह की आवाज़ें उसकी निजता में जैसे एक घुसपैठ की कोशिश हैं।

उसे ख़याल आता है, इस समय अकेला रहना कितना मुश्किल है?

उसके पास एक अदद फ़ोन है जो जब-तब बज सकता है।

फ़ोन बन्द कर दे तो बाहरवालों से ज़्यादा परेशानी उसे महसूस होती है।

उसे हर लम्हे लगता है, किसी का फ़ोन न आ रहा हो।

लेकिन अब कार का सन्नाटा उसे परेशान कर रहा है।

उसे आदत हो गई है—शीशे चढ़ाकर म्यूज़िक सिस्टम ऑन करके गाड़ी चलाने की।

यह आदत कब से पड़ी?

जब से गाड़ी मिली?

पहले कभी-कभार जब वह गाड़ियों में बैठता था तो चाहता था कि शीशे खुले रहें, बाहर से हवा आती रहे। बन्द शीशे वाली गाड़ियों में उसे घुटन होती थी, लेकिन अब शीशे खुले रहें तो झल्लाहट होती है।

उसे ख़याल आता है—कैसे बदल गया वह?

वह तो पैदल घूमता था, साइकिल से कॉलेज जाता था, गाड़ी वालों को हिकारत से देखता था।

पैदल चलते बहुत सारी चीज़ें महसूस होती हैं।

लेकिन महसूस तो गाड़ी पर भी किया जा सकता है?

उसने महसूस करने की कोशिश की—जिस मित्र को ब्रेन हैमरेज हुआ है, क्या वह बचेगा?

अचानक वह चिहुँक गया।

एक पुरानी स्मृति न जाने कहाँ से तिरती हुई चली आई।

हज़ारों किलोमीटर का सफ़र पार करके आई हुई स्मृति।

बत्तीस बरस का अन्तराल पार करके आई हुई स्मृति।

एक बहुत पुराने शहर के बहुत पुराने मोहल्ले की बहुत पुरानी सड़क से उठकर आई हुई स्मृति।

इस स्मृति में धूल-मिट्टी है, एक अजब-सी गन्ध है और सड़क पर गिरे एक आदमी का ख़याल है।

यह मौत की स्मृति है।

उसकी आँखों के सामने घटी पहली मौत की स्मृति।

वे कुछ दोस्त सड़क पर टहल रहे थे तभी वह आदमी अचानक रिक्शे से गिरा।

सारे दोस्तों ने मिलकर उसे उठाया।

शुक्र है, चोट कहीं नहीं लगी थी।

लेकिन वह आदमी इतना भर गिरने से बेहोश कैसे हो गया?

वे सब दोस्त मिलकर उसे अस्पताल ले गए थे।

तब कितनी फ़ुरसत हुआ करती थी?

कितना ख़याल हुआ करता था?

भीड़-भाड़ भरे, उस छोटे-सँकरे अस्पताल के इथर, आह, कराह, खँखार और खाँसी से गँधाते-गूँजते गलियारों से होता हुआ वह अपने दोस्तों के साथ उन्हें सीधे डॉक्टर के पास ले गया था। डॉक्टर ने फ़ौरन उसे आईसीयू में ले जाने को कहा था।

आईसीयू यानी? इंटेंसिव केयर यूनिट। इंटेंसिव मतलब गहन। उसने देखा था—बाहर लिखा हुआ था—गहन चिकित्सा कक्ष।

कुछ देर बाद डॉक्टर बाहर आया था। उसने कहा था, "इस आदमी के घरवाले कौन हैं?"

उसने उस बेहोश शख़्स का पता खोज निकाला था।

वह आधे घंटे बाद उसके घर के भीतर था।

एक बदहवास पत्नी और परेशान बेटे को आश्वस्त करता हुआ कि कहीं चोट नहीं है, बस बेहोशी है।

यह बेहोशी नहीं, मौत की प्रतीक्षा थी, यह उसे तब तक नहीं मालूम था।

डॉक्टर ने बताया था—वे कोमा में जा चुके हैं, लौट गए तो ठीक, नहीं तो कुछ कहा नहीं जा सकता।

कुछ कहा नहीं जा सका। तीन दिन बाद वह गिरा हुआ आदमी एक स्ट्रेचर पर बाहर आ रहा था। पीछे-पीछे बिलखती माँ और बेटा थे। अब वह शख़्स एक शव था।

वह बिलकुल स्तब्ध था। उसे मालूम नहीं था, मौत इतनी सहजता से आती है, इतनी सख़्ती से दबोचती है। अगले कई दिन वह उस परिवार के बारे में सोचता रहा—उस अनजान शख़्स के बारे में, जो उसका कुछ नहीं लगता था, लेकिन जिसने शायद हमेशा-हमेशा के लिए उसे मौत के प्रति संवेदनशील बना डाला था।

अब वह संवेदना कहाँ है? उस पर बरसों की धूल जमी है।

वह अनमना-सा अपने भीतर टटोलता है।

क्या वह वही है जो एक अनजान आदमी की मौत पर कई दिन परेशान रहा था?

सोच का सिलसिला मोबाइल की घंटी भंग करती है।

ड्राइव करते हुए ही वह मशीनी ढंग से फ़ोन उठाता है।

उसके दोस्त का फ़ोन है—जो एम्स में कोमा में पड़े साझा दोस्त के साथ है।

लेकिन वह साझा दोस्त नहीं रहा। दोस्त ने फ़ोन पर यही जानकारी दी।

उसे अपने भीतर जैसे कुछ अनुभव नहीं होता।

वह कुछ महसूस करना चाहता है—संवेदना, करुणा, दुख जैसा कुछ।

लेकिन ये सब शब्द हैं। वह निचाट सन्नाटे में है।

"तुम अब एम्स आकर क्या करोगे? सीधे घर पहुँचो।" दोस्त की हिदायत उसके कानों में गूँजती है।

घर—यानी द्वारका। यानी 20-30 किलोमीटर का अतिरिक्त सफ़र।

उसे अपने-आप से झुँझलाहट होने लगती है।

वक़्त ने उसे कैसा बना दिया है?

हर बार वह हिसाब ही लगाता रहता है?

ख़ुशी का हिसाब, दुःख का हिसाब, संवेदना का हिसाब, सहयोग का हिसाब। जानता है, सारे हिसाब चुक जाएँगे। एक दिन मौत सबकुछ वसूल ले जाएगी।

लेकिन क्या मौत सुबह से उसके चारों ओर चक्कर नहीं काट रही है?

और क्या वह ख़ुद धीरे-धीरे मर नहीं रहा है?

वह अब फिर से सोच रहा था—दोस्त के घर जाए या न जाए?

जो उसे जानता था, वह गुज़र गया।

जो लोग उसे नहीं जानते, उनसे वह कैसे मिलेगा?

कैसे बताएगा कि जो गुज़र गया, कभी उसका बचपन उसके साथ भी गुज़रा था।

कैसे बताएगा कि एक ही साइकिल पर वो बरसों साथ स्कूल जाते रहे।

कैसे बताएगा कि वे एक साथ फ़िल्में देखा करते थे।

कैसे बताएगा कि दोनों अरसे तक एक-दूसरे को अपना सबसे अच्छा दोस्त मानते थे।

कैसे बताएगा कि पता भी नहीं चला कि कैसे दोनों एक-दूसरे से दूर होते चले गए।

दिन में दो-तीन बार होने वाली मुलाक़ातें एक बार में बदलीं, फिर दो-तीन दिन की एक मुलाक़ात में, फिर हफ़्ते में, फिर महीने में, फिर साल गुज़रने लगे और अन्त में मौत चली आई।

इस बीच फेसबुक और व्हाट्सऐप पर मिलना—यानी हालचाल लेना चलता रहा।

वह कौन था जो उनके बीच चला आया? क्या वे नौकरियाँ जो उन्होंने कीं?

क्या वह नया शहर जिसे उन्होंने अपना बनाना चाहा?

क्या ज़िन्दगी के अलहदा दबाव जो दोनों को दूर करते चले गए?

उसे लगा कि उसे सिरदर्द हो रहा है।

उसे अचानक फिर ख़याल आया कि द्वारका जाने के रास्ते में उसकी कैंसरग्रस्त बीमार दोस्त का घर भी पड़ेगा। वहाँ चला चले तो दोनों काम साथ निबट जाएँगे।

हालाँकि अपने इस ख़याल पर वह फिर शर्मिन्दा हुआ। हर जगह हिसाब लगाने की आदत कब से पड़ गई?

लेकिन उसकी गाड़ी अब बीमार दोस्त के घर की ओर बढ़ रही थी।

हालाँकि यह भी एक अनचाही मुलाक़ात होने जा रही थी।

वह भीतर से डरा हुआ था—कैसे मिलेगा?

कैसे मिलेगा उन लोगों से, जो इस शहर में पहली बार उसके साथी बने थे?

कैसे मिलेगा उस लड़की से, जो जीवन से इस क़दर भरी हुई थी कि उसके साथ होना एक ताक़त दे जाता था?

वह घंटी बजा रहा था।

दरवाज़ा क़रीब एक मिनट बाद खुला।

"अरे, आइए।" दरवाज़ा खोलने वाले की आवाज़ में उत्साह नहीं था, मगर आत्मीयता थी।

उसने हाल-चाल लिया था।

हालाँकि हाल-चाल लेने जैसा कुछ नहीं था।

"अब कोशिश बस दर्द को नियंत्रित करने की है।"

"यानी?"

"यानी, अब बस कुछ दिन का मामला है।"

वह हैरत से देखता है—कुछ दहशत से भी।

वह जल्दी से जल्दी निकलना चाहता है।

लेकिन उसे रुकना होगा। दोस्त ने बताया है, वह उससे मिलना चाहती है।

वह अपने कमरे से बाहर आई थी—बेटे के साथ—लगभग लड़खड़ाती हुई।

यह देह नहीं थी, देह का भुरभुरापन था।

वह मुस्कुराई थी—बेहद कमज़ोर टूटती आवाज़ में उसने हालचाल पूछा था।

क्यों पूछ रही है वह हालचाल? वह तो बस कुछ ही रोज़ के लिए है।

वह अटक-अटक कर बताए जा रहा था।

नौकरी चल रही है, पत्नी ठीक है, बेटा ठीक है, सब ठीक है।

सब ठीक है—आधे घंटे बाद वह वहाँ से निकल गया।

उसने बाहर ज़ोर की साँस लेने की कोशिश की।

लेकिन हवा के भारीपन ने उसे किसी ताज़गी का अनुभव नहीं दिया।

या शायद मन ही भारी रहा होगा।

बार-बार उसे अपनी दोस्त का ख़याल आ रहा था।

वह क्या सोचती होगी? इतने गिने-चुने दिनों की ज़िन्दगी पर?

क्या वह कातर होगी?

क्या उसे दूसरों का ख़याल आता होगा?

क्या वह उन तमाम लोगों से मिलना चाहती होगी जो जीवन भर उसके आस-पास रहे?

क्या वह परेशान होती होगी कि अब उससे कोई मिलने नहीं आता?

क्या वह रोती होगी कि कुछ दिन बाद यह सब ख़त्म हो जाएगा—कोई उससे मिलने नहीं आएगा?

जब आएगा तो वह उसे देख नहीं पाएगी?

क्या कोमा में जाने से पहले उसके दूसरे दोस्त ने ऐसा कुछ सोचा होगा?

उसे तो पता भी नहीं चला होगा कि वह मर रहा है।

उसे न किसी का ख़याल आया होगा, न किसी कसक ने घेरा होगा।

यह मौत फिर भी अच्छी है। एक झटके में सबकुछ ख़त्म।

तिल-तिल कर मरना तकलीफ़देह है—जैसे वह मर रही है।

लेकिन क्या वह वाक़ई तिल-तिल कर मर रही है?

उसकी बातों से तो ऐसा नहीं लगा?

उसकी मृदुता में कोई राज़ जैसे छुपा हुआ था।

उसकी देह के भुरभुरेपन को किस चीज़ ने सँभाला हुआ था?

क्या वह मन था जो मरने के आगे घुटने नहीं टेक रहा था?

क्या यह वह चीज़ थी जिसे आत्मा कहते हैं?

वह तो उससे ज़्यादा ज़िन्दा लग रही थी।

उसे अचानक ख़याल आया—भविष्य में मरे हुए तो सब हैं। जाना तो सबको है।

फिर वह कौन-सी चीज़ है जो जीवन और मृत्यु को अलग करती है?

जीवन कहाँ ख़त्म होता है, मौत कहाँ शुरू होती है?

क्या हम सब मर रहे हैं?

क्या वह मर रहा है?

वह जो इतना सोचता है कि कुछ महसूस नहीं कर पाता?

कई बार तो यह भी कि वह ज़िन्दा भी है या नहीं?

उसे लगा कि वह नहीं, कोई लाश है जो एक ड्राइविंग सीट पर बैठी है।

वही लाश सारे तर्क-वितर्क करती है, कभी चालाकी से कुछ चीज़ों से बचा लेती है, कुछ के सामने ला खड़ा करती है।

वह लाश अभी उसे अपने साथ ले जा रही है।

एक बीमार को देखने, एक मृत की मातमपुर्सी के लिए।

जबकि वह खुद मरा हुआ है।

वह भी ऐसी मौत, जिसका कोई मातम नहीं है।

(प्रयाग पथ, 2018)

सीधी-सादी लड़की

"रिया दी आ गई, रिया दी आ गई," मीनल की आवाज़ सुनकर मंडप पर फूल सजाते संजीव भैया हैरान रह गए। "अरे, अकेले कैसे चली आई रिया? कौन उसे स्टेशन से लेकर आया?"

वे हड़बड़ाए से सीढ़ियों से उतरे। रिया उनके सामने खड़ी थी। उसने झुककर पाँव छुए। "अरे, तुमने बताया नहीं, किसी को भेज देते स्टेशन। अकेले चली आई।"

रिया हँसने लगी, "अरे अंकल, क्या करता कोई आकर? स्टेशन से बाहर निकली, ऑटो किया और चली आई।"

संजीव कुछ कहते, इसके पहले सब रिया को घेर चुके थे। दोनों हाथों में मेहँदी लगाए सुरभि हाथ बचाते हुए उससे गले लग रही थी।

"ओह ग्रेट, तो बन्नो सुबह से सज रही है। बड़ी हड़बड़ी है शादी करने की।" रिया की इस चुटकी पर झेंपने की जगह सुरभि चहकी—"तू भी ले आती अपने बन्ने को। साथ बिठा लेती। सस्ते में निबट जाती तेरी शादी।" इस पर उठी सामूहिक खिलखिलाहटों के बीच संजीव भैया किनारे हो गए। उनको ये नई लड़कियाँ समझ में नहीं आतीं। लाज-शरम भूलकर 'हीही-हीही' करती रहती हैं। पहले शादी के नाम पर किस तरह शरमाया करती थीं लड़कियाँ? हालाँकि यह हँसी भी अच्छी लगती है, घर गुलज़ार रहता है, लेकिन कुछ है जो उनको परेशान करता है।

लेकिन उनकी फ़िक्र किसको थी? शादी के घर में जगह-जगह से आ जुटी थीं बहनें, सखियाँ, सहेलियाँ। कोई मेहँदी लगवा रही है, कोई साड़ियों का

बक्सा खोल कर बैठी है, कोई चूड़ियाँ दिखा रही है, कोई मोबाइल पर कोई वीडियो देखकर हँस रही है, कोई नाश्ते की प्लेट ला रही है, कोई दबी-दबी मुस्कुराहट के साथ किसी से गप कर रही है। संजीव भैया को बरसों बाद ऐसा भरा-पूरा घर दिख रहा था। ये सारी लड़कियाँ अपने-अपने दुःख पीछे छोड़कर, अपनी-अपनी मुश्किलें भुलाकर चली आई हैं सुरभि की शादी में। सुरभि भी तो। वह भी दिल्ली में जॉब करती है। वहीं से आई है। ये सब चले जाएँगे तो घर कितना सूना हो जाएगा? यह वैसे भी इस पीढ़ी की आख़िरी शादी है। संजीव भैया ने चुपचाप आँखें पोंछ लीं। पता नहीं, इस उम्र में अब भावुकता ज़्यादा तेज़ी-से घेर लेती है।

और यह रिया? यह तो सुरभि की कोई लगती भी नहीं है। बस, दो साल से दिल्ली में रूम पार्टनर है। दिल्ली से अपने दम पर यहाँ चली आई। उसे समझ में नहीं आता—यह दिल्ली नहीं, छोटा-सा शहर है। यहाँ लड़कियाँ उतनी आज़ादी से नहीं घूम सकतीं जैसे दिल्ली में घूमा करती हैं। ये सीधी-सादी लड़कियाँ किसी बात की गम्भीरता को ठीक से समझती नहीं थीं।

"अंकल, चाय लेंगे?" यह सीधी-सादी लड़की—यानी रिया—ट्रे लेकर उनके सामने खड़ी थी—मुस्कुराती हुई।

"अरे वाह बेटा! तुम आ गईं? बहुत अच्छा किया।"

"अंकल, आना ही था। आपको पता है, मेरा टिकट भी कन्फर्म नहीं था, लेकिन मैंने तय कर लिया था—राजधानी के टीटीई को बहुत समझाया तो वो माना।" सुरभि ने हँसते हुए कहा। संजीव भैया हैरान हुए—ऐसे बिना टिकट के तो वे भी सफ़र नहीं करते, लेकिन उनकी हैरानी अभी और बढ़ने वाली थी। सुरभि अपनी धुन में बोले जा रही थी, "और पता है अंकल, वापसी का भी टिकट पक्का नहीं है। रात को शादी है, मैं सुबह छह बजे निकल जाऊँगी—रांची-पटना से गोमो तक—और फिर वहाँ से ट्रेन पकड़ूँगी।"

"हे भगवान!" उन्होंने तय कर लिया—यह लड़की अकेले नहीं जाएगी। गम्भीर स्वर में बोले, "मैं किसी को तुम्हारे साथ लगा दूँगा। तुम्हें ठीक से गोमो से राजधानी पर बैठा देगा।"

"अरे अंकल, इसकी ज़रूरत नहीं है। मैं चली जाऊँगी अकेले।" वह

बेफ़िक्र थी—"बस, एक ही फ़िक्र है—रात भर शादी में जागी रहूँगी। सुबह गोमो ने नींद नहीं टूटी तो सीधे पटना पहुँच जाऊँगी।" वह हँस रही थी।

लेकिन संजीव भैया गम्भीर थे—इस नासमझ लड़की को इस तरह छोड़ा नहीं जा सकता। उन्होंने तत्काल अपने छोटे भाई बबलू को बुलाया—"सुनो बबलू, शादी के बाद एकदम सुबह-सुबह तुम इसको गोमो तक छोड़ आओगे।"

बबलू ने फौरन हामी भरी। भतीजी की शादी में उसकी दोस्त आई है। उसको सही-सलामत पहुँचाना तो होगा। भइया ठीक बोल रहे हैं। उसने रिया से कहा—"निश्चिन्त रहो, हम छोड़ देंगे तुमको।" अब रिया कुछ हैरान होने लगी थी—"अरे, किसी को मेरे साथ जाने की ज़रूरत नहीं। मैं चली जाऊँगी ख़ुद।"

लेकिन तब तक 'रिया-रिया' का शोर मचने लगा था। लड़कियों का ग्रुप रिया को छत पर बुला रहा था। शादी कल है, लेकिन आज से ही छत पर डीजे है—सब ख़ूब नाचेंगी। तरह-तरह के फ़िल्मी गानों पर नाच चलता रहा। संजीव भैया दुःखी होते रहे। ये सब फूहड़ और अश्लील गाने इन लोगों को चुभते तक नहीं। यह क्या गाना है—मैं तो टल्ली हो गई। लड़कियों के इस तरह शराब पीने पर गीत बनेगा और उनके घर की लड़कियाँ उस पर नाचेंगी, यह तो उन्होंने कभी सोचा नहीं था। बाबा जीवित होते तो अभी गरज रहे होते। कैसे रोकें यह सब?

उनकी विचारधारा भी उनके भीतर अपराध बोध पैदा कर रही थी। जिस स्वयंसेवक संघ में आजीवन रहे, जहाँ से राष्ट्रीयता और भारतीयता के उच्च विचार सीखे, वहाँ के लोगों को पता चलेगा कि ऐसी पश्चिमी संस्कृति पर उनके घर भी लोग थिरक रहे हैं तो वे क्या सोचेंगे? यह संस्कृति नहीं, अपसंस्कृति है। इसे रोकना होगा, लेकिन संघ से ज़्यादा उन्हें मोहल्ले के लड़कों का डर भी था। इस भले घर की लड़कियों के बारे में वे क्या राय बनाएँगे—सड़क पर इनके साथ छेड़खानी भी शुरू हो सकती है।

उन्होंने अपनी बड़ी बेटी सुषमा को बुलाया। सुषमा पसीने-पसीने थी। नाच कर आ रही थी। कुछ हैरान सी—"क्या हुआ, पापा?"

संजीव भैया उसे कमरे में ले गए—"क्या हुआ? ये सब क्या चल रहा है? यही सिखाया है मैंने तुम्हें? ऐसे ही गाने हमारे घर बजेंगे और ऐसे ही लड़कियाँ डीजे पर नाचेंगी?"

सुषमा को तत्काल कोई जवाब नहीं सूझा। वह एक मिनट को चुप रही। फिर उसने धीरे से कहा—"पापा, सबके घर तो यही होता है।"

"जो सबके घर होता है, हमारे घर भी होगा?" कोशिश करके भी संजीव भैया अपने गुस्से की थरथराहट आवाज़ में छुपा नहीं पाए।

"रोक दूँ?" सहमी हुई सुषमा ने पूछा—यह जानते हुए कि इस वक्त डीजे रोक देना पूरी शादी के आनन्द को आधा कर देना होगा।

संजीव भैया भी यह समझ रहे थे—बेटी की शादी की ख़ुशी कम हो, यह नहीं चाहते थे। एकाध मिनट सोचते रहे, फिर नरमी से कहा—"सीधे रोकने की ज़रूरत नहीं है। बस, धीरे-धीरे निबटा दो जल्दी से।"

सुषमा फिर छत पर चली गई। उसका कुछ फीका चेहरा सुरभि ने पढ़ लिया। उसे अन्देशा पहले से था। दोनों के बीच कुछ खुसुर-फुसुर हुई। फिर धीरे-धीरे लड़कियों के बीच बात फैल गई कि पापा को यह सब पसन्द नहीं।

फिर आधे घंटे बाद सबने डीजे रोक दिया। नीचे बेचैनी से चहलक़दमी कर रहे संजीव भैया की पेशानी पर पड़े बल कुछ ढीले हुए।

"छत पर चलिए अंकल, खाना लगा हुआ है।" सामने रिया थी—मुस्कुराती हुई। घर की लड़कियों ने उसे ही संजीव भैया के पास भेजा था—जानते हुए कि वे उसे डाँटेंगे नहीं।

संजीव भैया कोशिश करके मुस्कुराए—"चलो-चलो, आता हूँ।"

शादी निबट गई। बस, दुलहन की विदाई बाक़ी थी। लेकिन उसके पहले एक और विदाई बाक़ी थी। रिया को दिल्ली के लिए निकलना था। घर में हलचल मची हुई थी। हर कोई जैसे रिया को गोमो तक छोड़ आने को बेताब था। रात भर जागने-नाचने और ऊधम मचाने के बावजूद रिया की आँखें चमक रही थीं। "अरे, मैं चली जाऊँगी न। बबलू अंकल, आप नहीं आएँगे मेरे साथ।" वह समझाने की कोशिश कर रही थी, लेकिन कोई समझने को तैयार नहीं था। अकेली लड़की सुबह छह बजे ट्रेन पकड़ने के लिए अकेले जाए—यह इस घर में सबके रहते सम्भव नहीं था। "अच्छा, ठीक है, कोई मुझे स्टेशन छोड़ देगा, लेकिन मेरे साथ गोमो तक लटकने की ज़रूरत नहीं है।"

लेकिन घरवालों के मुताबिक़ ज़रूरत थी। तो रिया के सारे मान-मनुहार के बावजूद संजीव भैया ने अपने छोटे भाई बबलू को रिया के साथ लगा दिया।

रिया को अजीब लग रहा था, लेकिन बबलू अंकल इसे बिलकुल ज़रूरी काम मान रहे थे। उन्होंने जैसे मान लिया था कि अब रिया को सुरक्षित, बिना कष्ट के गोमो में ट्रेन में बिठा देना उनकी ज़िम्मेदारी है। तो वे और रिया निकले—रिया के पास बस एक छोटा-सा सूटकेस था जो मोटरसाइकिल में ही दोनों के बीच फँस गया। बबलू अंकल ने मोटरसाइकिल वहीं रेलवे स्टेशन पर खड़ी की और रिया के हाथ से सूटकेस लेने की कोशिश की।

"अरे रहने दीजिए न, मैं उठा लूँगी।"

"अरे नहीं, हम काहे को आए हैं? हम उठा लेंगे न।" दो-तीन बार यह सूटकेस लेने-देने की कोशिश चली, हार कर रिया ने सूटकेस उनको थमा दिया।

उफ़्फ़! यह सूटकेस तो ख़ासा वज़नी है। पहले हाथ में लेते हुए और फिर कन्धे पर टाँगने की कोशिश करते हुए बबलू अंकल को समझ में आया। इसमें तो इस लड़की ने अपना लैपटॉप भी डाल रखा है। पता नहीं, क्या-क्या भर रखा है? शायद कुछ किताबें भी। उन्हें लगा कि अच्छा हुआ, उन्होंने इतना भारी बोझ इस फूल-सी बच्ची को उठाने नहीं दिया।

रिया ने सलाह दी—"अंकल, कुली कर लेते हैं।" लेकिन बबलू अंकल को बस एक सूटकेस के लिए कुली करना अपनी हेठी लगा। कहा, "अरे नहीं, बस दस क़दम पर तो प्लेटफ़ॉर्म है।" लेकिन प्लेटफ़ॉर्म दस क़दम पर नहीं, करीब 200 मीटर दूर था। इसके बीच एक सीढ़ी भी चढ़ी जानी थी। तो ये दस क़दम का बोझ कुछ ज़्यादा वज़नी साबित होने लगा। बबलू अंकल भी रात भर जागे थे। फिर मई की यह गर्मी! उन्हें बहुत ज़्यादा पसीना आने लगा था। रिया यह समझने लगी थी। उसने दो-तीन बार उनके हाथ से सूटकेस लेने की कोशिश की, लेकिन बबलू अंकल सूटकेस छोड़ने को तैयार नहीं हुए। अब उनके सामने अपनी मर्दानगी साबित करने की चुनौती थी। एक छोटी-सी लड़की सूटकेस लेकर चल दे और वे यह काम न कर सकें, यह कैसे सम्भव है?

लेकिन बबलू अंकल भूल गए थे कि लड़की सिर्फ़ 26 साल की है, जबकि वे 45 पार कर चुके हैं। उनको शुगर भी है। अन्ततः वे मई के पसीने के हाथों

परास्त हो गए। प्लेटफ़ॉर्म की सीढ़ियाँ चढ़ते-चढ़ते चक्कर आया और वे गिर पड़े। सूटकेस कहाँ जा गिरा, उन्हें पता तक नहीं चला।

होश आया तो वे कई लोगों से घिरे हुए थे। पूरा मोहल्ला जमा हो गया था। नहीं दिख रही थी तो रिया। उन्होंने आँख खोली और पूछा, "कहाँ है रिया?"

संजीव भैया की आवाज़ सुनाई पड़ी—"रिया चली गई है, तुम ठीक हो?"

वे ठीक थे। स्टेशन पर ही एक डॉक्टर मिल गया था, जिसने बताया कि थकान और शुगर लेवल कम हो जाने से वे होश खो बैठे थे।

लेकिन धीरे-धीरे होश लौट रहा था। उन्होंने पूछा—"हटिया-पटना पकड़ पाई थी रिया?"

"नहीं," लोगों ने बताया कि रिया ने वह ट्रेन छोड़ दी। जब वे बेहोश हो गए तो उसने पहले एक आदमी की मदद से उनको किनारे बेंच पर लाकर सुलाया। घर पर संजीव भैया को फ़ोन किया। फिर अपना सूटकेस लिए स्टेशन मास्टर से मिली, किसी डॉक्टर के लिए एनाउंसमेंट करवाई, स्टेशन पर तो नहीं मिला, लेकिन एक आदमी पास से एक डॉक्टर को ले आया। तब तक घर से भी लोग आ गए थे। इस बीच हटिया-पटना आई भी और चली भी गई। रिया ने कहा, "चिन्ता की बात नहीं।"

बबलू अंकल की आँख अब पूरी तरह खुल चुकी थी—"फिर? कैसे गई वह?"

"उसने एक टैक्सी बुक कर ली—सीधे गोमो तक के लिए। वहीं से निकल जाएगी।"

यह जानकर बबलू अंकल को कुछ अफ़सोस भी हुआ, कुछ शर्मिन्दगी भी। घर लौटते हुए संजीव भैया ने बताया कि उन्होंने रिया को रोकने की कोशिश की। कहा कि एक दिन ट्रेन छूट जाने से क्या होता है? टैक्सी से जाना सेफ़ नहीं है। लेकिन वह अड़ी रही। कहा कि उसका जाना ज़रूरी है।

संजीव भैया और बबलू अंकल घर पहुँचे तो सुरभि की विदाई की तैयारी चल रही थी। बबलू अंकल को देखते सुरभि आई—"क्या हुआ अंकल आपको? कैसे आप बेहोश हो गए थे?"

"अरे शुगर का प्रॉब्लम है न। वही अचानक आ गया।" बबलू अंकल ने

यह बात छुपा ली कि उन्होंने सलाह के बावजूद कुली नहीं किया था, सूटकेस बार-बार माँगने के बावजूद रिया को नहीं दिया था और अचानक थकान से गश खाकर गिर पड़े थे।

"आपको कहा था कि उसको अकेले जाने दीजिए। आप माने ही नहीं।"

"अरे, तुम लोग समझती नहीं हो। एक अकेली लड़की क्या-क्या करेगी? अब देखो, कैसे गोमो चली गई है? ये लड़कियाँ इतनी ज़िद्दी हो गई हैं कि क्या कहें?" संजीव भैया की बौखलाहट अब भी बची हुई थी।

"अरे, वह एक अकेली लड़की जैसी नहीं है। वह अपने ऑफ़िस में ट्रैवेल डेस्क पर है। दिन भर आप जैसे लोगों को घुमाती रहती है। देश भर की फ़्लाइट्स और ट्रेन्स उसकी फ़िंगरटिप्स पर होती हैं। उसको पता है, कैसे कहाँ जाया जाए?" सुरभि ने कहा।

"दिखती तो बिलकुल सीधी-सादी है। डरी-सहमी सी?" यह प्रतिक्रिया बबलू अंकल की थी।

"सीधी-सादी? अरे, वह बहुत तेज़ है। अपने बॉस तक को डाँट चुकी है। उसके लिए रांची-दिल्ली क्या, वह तो इंग्लैंड-अमेरिका घूमने वाली लड़की है। एक बार तो अकेले ट्रैकिंग पर मनाली चली गई थी।" यह सुषमा ने बताया।

"ऐसा?" संजीव भैया और बबलू अंकल ने एक-दूसरे को देखा। उनका चेहरा कुछ लटक गया। वे दोनों तो समझ रहे थे कि सीधी-सादी लड़की होगी।

इसीलिए ये नौकरी करने वाली लड़कियाँ उन्हें अच्छी नहीं लगतीं। इनको किसी की मदद चाहिए ही नहीं।

हिना

वार्ड में दो चूहे दौड़ते रहते थे—जैसे दो दोस्त खेल रहे हों। वे चप्पलों के ऊपर से निकल जाते। फ़र्श पर लेटी बुढ़िया का जिस्म शायद उन्हें छोटी पहाड़ी जैसा लगता जिसे वे दौड़ते हुए पार कर जाते।

बुढ़िया अपनी आधी नींद में कुनमुनाती, करवट बदलती, सो जाती। उसके पास चिन्ता करने या झल्लाने को इन दो चूहों से ज़्यादा बड़े मसले थे। उसकी बेटी शबनम अस्पताल में थी और बेटे अख़्तर को पुलिस ले गई थी। बेटी की बीमारी की वजह से पहले से ही छलनी हो चुका उसका सीना पुलिस के हाथों बेटे की पिटाई देख बिलकुल धाड़-धाड़ कर फटने को था। उसकी बहू भी कलपती रही थी।

लेकिन यह कल की बात थी। अभी तो वह बहू कुछ झल्लाई हुई-सी थी—अपनी किस्मत को कोसती हुई कि ऐसे घर में निकाह हुआ जहाँ सुख-चैन के चार दिन देखने को नहीं मिले। वार्ड में उसकी भन्नाई आवाज़ किसी तितली की तरह घूम रही थी—"क्या ज़रूरत थी मारपीट करने की? बड़ा बदला लेने निकला था। पुलिस ने निकाल दिया सारा बदला"—बोलते-बोलते आवाज़ की तितली सिसकी में बदल गई थी और फिर भिंची हुई रुलाई में।

यह कहानी वार्ड में मौजूद रोगियों और उनके तीमारदारों को मालूम थी। बेटे की फलों की रेहड़ी किसी ने शिकायत करके हटवा दी थी और कई तरह की मुसीबतों से घिरे लड़के ने कुछ अपनी पूँजी और कुछ अपना रोज़गार छिनने की हताशा में एक और मुसीबत मोल ले ली थी—अपनी हैसियत जाने बिना मारपीट करने पहुँच गया था और उल्टे पुलिस की मार खाकर हवालात में था।

इस बीच बुढ़िया की बेटी ज़ोर-से कराही—या तो वाक़ई दर्द की वजह से या फिर अपनी भाभी को चुप कराने की गरज़ से—या शायद दोनों वजहों से। जो भी हो, बहू अचानक चुप हुई, भन्नाई हुई तितली जैसी आवाज़ अचानक मुलायम खरगोश-सी हो गई जो अब अपनी ननद का हाल ले रही थी—"कुछ चाहिए, शबनम? दर्द हो रहा है?"

शबनम को बहुत कुछ चाहिए था। चौबीस की उम्र में उसकी शादी हो गई थी और अगले ही साल वह माँ बनने वाली थी। लेकिन इस बीच उसके पाँवों में अजीब-सा दर्द रहने लगा था—कई बार उसे लगता, इनमें जान ही नहीं बची है। लेकिन संकोच में वह अपने शौहर को बता तक नहीं पाई। और एक दिन ऐसा आया जब वाक़ई इन पाँवों में जान नहीं बची थी। वे सुन्न पड़े थे। वह बिस्तर से उठ नहीं पाई। दहशत में रोने लगी। ससुराल वालों ने फ़ौरन उसके मायके में ख़बर की, उसे अस्पताल में भर्ती कराया और फिर सब मायके वालों पर छोड़ दिया। बीते दो हफ़्ते से वह इस वार्ड में है। इन दो हफ़्तों में एक बार भी उसका शौहर उसे देखने नहीं आया है। अब उसे डर लग रहा है, वह उसे छोड़ न दे।

मगर अभी वह बस इतना चाहती थी कि भाभी उसके सुन्न पाँवों को दूसरी तरफ़ कर दे ताकि वह करवट बदल सके।

भाभी ने बहुत सहजता से यह काम निबटाया। साथ में पूछ लिया, "कुछ खाओगी भी?" शबनम ने 'न' में सिर हिलाया। "तो ये केले गल रहे हैं। दे देती हूँ बन्दरों को।" वार्ड की खिड़की से चिपका एक बन्दर परिवार बड़ी उम्मीद से उनकी ओर देख रहा था। बन्दर दम्पती का मासूम-सा गुलाबी बच्चा खिड़की से बिलकुल चिपटा हुआ एक अख़बार फाड़ने में लगा था।

हालाँकि वार्ड में एक-दो आवाज़ें उठीं—"अरे, मत दो इनको। आदत पड़ जाएगी, यहीं झूलते रहेंगे।" एक ने याद दिलाया कि अस्पताल वाले भी मना करते हैं कि बन्दरों को कुछ खिलाएँ नहीं।

लेकिन हिना इससे बेपरवाह थी। हाँ, बहू या भाभी का नाम हिना था। भन्नाई तितली-से मुलायम खरगोश जैसी हुई उसकी आवाज़ अब कुलाँचें भरती हिरनी जैसी हो गई थी—"अरे मना करने दीजिए, यही बन्दर इस अस्पताल की आधी गन्दगी साफ़ करते हैं। ये न हों तो अस्पताल और गन्दा दिखे। फिर हम कुछ

न दें तो ये खाएँगे क्या?" बोलते-बोलते उसकी आवाज़ में ऐसी स्निग्धता चली आई कि वार्ड में किसी ने उसकी बात नहीं काटी।

"बोतल में पानी भर के ला रही हूँ, अम्मा।" अब हिना अगले काम में लग गई थी। अम्मा चुप रही। उसकी नज़र खेल रहे चूहों पर थी। वह जानती थी कि जो मन करेगा, उसकी बहू वही करेगी। यह भी जानती थी कि बहू कई बार उल्टा-सीधा बोल जाती है, मगर सेवा में कोई कसर नहीं रखती। वह नहीं होती तो बीमार बेटी को वह अकेले कैसे सँभालती—वह भी एक नालायक बेटे के साथ? बहू की बस एक ही बात उसे पसन्द नहीं है—हर किसी के साथ बोलती-बतियाती रहेगी। वार्ड में भी हर तरफ़ 'हिना-हिना' की आवाज़ लगी रहती है। दूसरे मर्दों से भी उसकी गप चलती रहती।

सास के ख़यालों से अनजान हिना अब भी अपने में मगन थी। बिस्तर के बगल में लगी छोटी-सी मेज़ पर पानी की बोतल सजाती हुई किसी से बोल रही थी—"क्या कहूँ, अब अल्ला-ताला ने मेरे पाँवों में दौड़ लिख रखी है तो दौड़ना ही पड़ेगा।"

हालाँकि इस बात को हल्के ढंग से कहती हिना के दुःख और डर, दोनों बहुत बड़े थे। जिसका शौहर जेल में हो, उसकी जान ऐसे ही सूख जाती है। नई कमाई होनी नहीं है और अगर कुछ बचा हुआ है तो वह शौहर को छुड़ाने में चला जाएगा। लेकिन शौहर से ज़्यादा बड़ी एक और चिन्ता उसके सिर पर थी। यह ऐसा डर था, जिसे अपने बातूनी स्वभाव के बावजूद वह किसी से साझा नहीं कर रही थी। उसका भाई दुबई से लौटा था। जिस दिन लौटा, उस दिन उसके पास ही रुका। दुबई के चमचमाते क़िस्से बताता रहा। यह भी कि कोरोना के बाद क्या हालत हो गई? हवाई जहाज़ से आने-जाने में कितनी मुश्किल हुई? उस दिन अपने झुग्गीनुमा घर में बैठी हिना फिर भी मगन थी—दुबई से लौटा भाई उसको कितना मानता है? उसकी कितनी अच्छी नौकरी है? भाई अच्छे से जिये, यह भी उसके सुख के लिए बहुत है। लेकिन उसी शाम भाई को बुखार हो गया। वह तभी से डर गई थी। भाई भी डरा हुआ था। उसका कोरोना टेस्ट हुआ था। वह ख़ुद भाई को कोरोना सेंटर छोड़ने गई थी। अगर उसे कोरोना हो गया तो? तो फिर घर में सबका टेस्ट होगा। और टेस्ट होने के अलावा सबको

क्वॉरंटीन होना होगा। अगर वह क्वॉरंटीन हो गई तो उसके शौहर को कौन देखेगा? उसकी अधमरी बुढ़िया सास तो ऐसे ही मर जाएगी।

उसका सारा ध्यान इस बात पर था कि वह ख़ुद को क्वॉरंटीन होने से कैसे बचाएगी? उसकी परेशानी यह भी थी कि उसने इस जनरल वार्ड में दो-तीन लोगों को भाई के बारे में बता दिया था—यह भी कि उसका कोरोना टेस्ट हुआ है। अब सब पूछ रहे थे कि रिपोर्ट में क्या निकला। उसे मालूम था कि अगर रिपोर्ट ग़लत आई तो यही लोग उसके दुश्मन हो जाएँगे। उसने देखा था, किस तरह एक मरीज़ के कोरोना टेस्ट से पहले डॉक्टर और नर्स तक उसे छूने को तैयार नहीं थे। उसका बाथरूम जाना तक रोक दिया गया था। जब रिपोर्ट निगेटिव आई तो सबकी साँस में साँस आई और उस मरीज़ को बाथरूम जाने दिया गया।

हालाँकि सब कहते हैं, कोरोना से बड़ा कोरोना का डर हो गया है। जो भी हो, उसे बच कर तो रहना ही होगा।

वह ख़ुद को क्वॉरंटीन से कैसे बचाएगी? वह तेज़ी-से योजना बनाने लगी थी। उसने हिसाब लगाया—किस-किस को उसने भाई के बारे में बताया है। एक तो बगल वाली को, जिसे रोज़ तीन इंजेक्शन पड़ते हैं और वही उसके लिए इंजेक्शन दुकान से ख़रीद लाती है, दूसरे वार्ड के दरबान को, जो इन दिनों उसके शौहर का दोस्त बना हुआ था। इस सरकारी अस्पताल में वह किसी बॉस की तरह घूमता रहता था। एक मरीज़ के साथ बस एक तीमारदार की इजाज़त थी। तो दरबान सूँघता रहता कि किसके साथ एक से ज़्यादा लोग हैं? उनको फ़ौरन बाहर का रास्ता दिखाता और बहस करने पर नियमों का हवाला देता। यही नहीं, रात को जब तीमारदार बीमार के बिस्तरे के नीचे फ़र्श पर सोए रहते तो सुबह 5 बजे सबको पुकार-पुकार कर उठाने चला आता। एक-दो लोग झल्लाते तो जवाब देता—"अस्पताल की सफ़ाई नहीं होगी? यहाँ सोने आए हो? रात भर सो लिया या नहीं?" उसकी ऊँची आवाज़ पूरे वार्ड में गूँजती रहती। हालाँकि इस वजह से वह एक-दो बार कुछ मरीज़ों से डाँट भी सुन चुका था। लेकिन इसके बावजूद वार्ड में उसका जलवा कायम था। हिना के शौहर ने उससे धीरे-

धीरे दोस्ती की थी। तीन-चार बार उसे चाय पिलाई थी, लेकिन दरबान चाय के लालच में उन लोगों का दोस्त नहीं बना था। हिना यह समझती थी कि दरबान का चेहरा उसको देखकर कोमल हो जाता है। नहीं-नहीं, दरबान का कोई गन्दा इरादा नहीं था, लेकिन परदेस में हिना जैसी हँस-बोल कर बतियाने वाली लड़की अचानक उसके ख़ाली जीवन में एक हरियाली-सी पैदा कर देती थी। दरबान ने हिना और उसके शौहर को बताया था—इस अस्पताल में पहरेदारी के उसे बीस हज़ार रुपये मिलते हैं। बीस हज़ार...सुन कर हिना और उसके शौहर का मुँह खुला का खुला रह गया था। "और क्या? देस का सबसे नामी अस्पताल है। यहाँ भर्ती होने के लिए मंत्री लोग का सिफ़ारिस लगता है जबकि एकाध बार हम लोग के कहने पर भी डॉक्टर देख लेता है पेशेंट को।" दरबान ने दोनों पति-पत्नी के आगे डींग हाँकी थी। हालाँकि उसे मालूम था, डॉक्टर तक सीधे पहुँचने की औक़ात अभी उसकी हो नहीं पाई है। वह तो अस्पताल का कर्मचारी भी नहीं था। एक कंट्रैक्टर का आदमी था जिसने उसे यहाँ लगाया था।

हिना के शौहर ने बाक़ायदा प्रस्ताव रख दिया था—भाई हो सके तो मेरे लिए भी गुंजाइश देखना। फलों का ठेला उसके लिए बहुत मुनाफ़े का काम नहीं रह गया था। इन दिनों हर कोई सब्ज़ी और फल बेचने में ही लगा था। दरबान दो-तीन दिन तक 'हाँ-हाँ' करता रहा और एक दिन उसने सच बोल दिया। उसे नौकरी पाने के लिए एक लाख रुपये देने पड़े थे। तो अगर वे लोग एक लाख देने को तैयार हैं तो वह बात करे। उसने यह भी समझाया कि यह एक लाख तो इस अस्पताल की नौकरी के लिए है, बाहर किसी बिल्डिंग में तो ऐसे ही लग जाएगा, लेकिन वहाँ छह से आठ हज़ार रुपये तक ही मिलेंगे। हिना और उसके पति कुछ मायूस हुए थे, लेकिन इस मायूसी को पीछे छोड़कर दोनों की दोस्ती ठीकठाक हो चली थी। दरबान रोज़ आता और हालचाल पूछता। जब पता चला कि अख़्तर को पुलिस वाले पकड़कर ले गए हैं, तब वह भी हिना के साथ थाने गया था। उसने किसी सिपाही से बात भी की थी। भरोसा दिलाया था कि वह जल्दी छूट जाएगा।

तो इसी दरबान को उसने नई मुसीबत भी बताई थी। भाई का कोरोना टेस्ट हुआ है। सिर हिलाता हुआ दरबान सब सुनता रहा था। उसके चेहरे पर

भी चिन्ता दिख रही थी। फिर उसने कहा, "बताइएगा, हम इसमें का मदद कर सकते हैं?"

हिना ने तय कर लिया कि भाई की रिपोर्ट किसी को बताएगी ही नहीं। निगेटिव आया तो ठीक, अगर कोरोना निकला तब भी बोल देगी कि नहीं, कोरोना नहीं निकला है। बाक़ी भाई का इलाज तो अस्पताल वाले कर देंगे ही, लेकिन अगर उसे भी कोरोना हुआ तो? कहते हैं, छूत की बीमारी है, लेकिन उसने फ़ौरन इस ख़याल को झटक दिया। उसे तो कोरोना हो ही नहीं सकता। इतनी हट्टी-कट्टी है। इतनी मेहनत करती है। उसने ख़ुद पर भरोसा करने की कोशिश की। उसने वार्ड में नज़र घुमाकर देखा। यहाँ उससे सेहतमन्द कोई नहीं है। बगल वाले को टीबी है, उसके बाद वाली बेड पर जो बुढ़िया है, पता नहीं क्यों ख़ाँसती रहती है। इन सबकी मदद भी वही करती है। अचानक वह पड़ोस वाले बेड की आंटी की आवाज़ सुन कर चौंक पड़ी—"का सोच रही है, हिना? परेशान है न बहुत?" एकबारगी हिना को याद आया, उसे कितनी परेशानियों ने घेर रखा है। एक पल को उसकी आँख भरने को आई, लेकिन दूसरे ही पल उसने ध्यान भटकाया। ध्यान भटकाने की वजह भी मिल गई थी—एक तिलचट्टा आंटी के झोले पर चढ़ रहा था। "अरे आंटी, देखो," लेकिन जब तक आंटी देखती, वहीं रखे अख़बार से उसने तिलचट्टे को हाथ में उठा लिया और वार्ड की अधखुली खिड़की से बाहर उछाल दिया। "तिलचट्टा था," वह हँसते हुए बोल रही थी। आंटी हैरान थी, "तुझे डर नहीं लगता?" अब हिना की आवाज़ में तितली, खरगोश और हिरण को पीछे छोड़ एक कोयल चली आई थी। उसने बिलकुल सुरीले लहजे में 'अरे' को बहुत लम्बा खींचा और कहा, "तिलचट्टे से डरेंगे, आंटी? यहाँ तो हर तरफ़ लोमड़ी, सियार और तेंदुआ घूमते रहते हैं।" आंटी भी उसकी बात समझ कर हँसने लगी थीं। "लाइए, आपकी दवा लानी है न? अभी ला देती हूँ। अभी अम्मा बैठी है, शबनम को देख लेगी। दस मिनट में आ जाऊँगी।" आंटी कहलाने वाली अधेड़ औरत का चेहरा कुछ करुण हो गया—"भगवान तुम्हें खूब आसीस देंगे, बेटी।"

हँसती हुई हिना अब वार्ड के बाहर थी, लेकिन यहीं उससे एक चूक हो गई। वह मोबाइल फ़ोन अम्मी के पास छोड़ आई थी। जब दस मिनट बाद दवा

लेकर लौटी तो पाया कि अम्मी फ़ोन पर धाड़-धाड़ रोए जा रही है। उसका जी धक्क रह गया। कहीं उसके शौहर को पुलिसवालों ने कुछ किया तो नहीं है? लेकिन अगले ही लम्हे उसे समझ में आ गया, बात कुछ और है। दुबई से लौटे भाई का फ़ोन था जिसने बताया था कि जाँच में उसे कोरोना निकल आया है। अब अम्मी की रुलाई के बीच पूरे वार्ड में यह बात किसी से छुपी न रही थी। हिना ने माथा पकड़ लिया—जो बात वह सबसे छुपाना चाहती थी, वह अम्मी ने सबको बता दी। अब वार्ड में रहना मुश्किल हो जाएगा। कोई टिकने नहीं देगा।

लेकिन ऐसे में हिना का दिमाग़ सबसे तेज़ चलता है। उसने फ़ौरन बुढ़िया के हाथ से फ़ोन छीना और भाई से बात करने लगी। 'हाँ-हाँ' करती रही और फिर जोड़ा—"अरे अम्मा उलटा समझ गई थी, रोए जा रही है। अरे, तुम तो ठीक हो जाओगे। अच्छा करती हूँ बाद में फ़ोन।" उसे मालूम था कि भाई को समझ में ही नहीं आया होगा कि वह क्यों ऐसा कह रही है, लेकिन अभी उसे वार्ड का माहौल सँभालना था। उसने सबको सुनाते हुए बुढ़िया से कहा—"अम्मा, उलटा समझ लेती हो। उसने कहा, निगेटिव आई है जाँच। तुमने समझ लिया कि ख़राब रिपोर्ट है। अरे, कोरोना में पॉज़िटिव होना ख़राब होता है, निगेटिव होना अच्छा—इसका मतलब ये हुआ कि भाई को कोरोना नहीं है।"

अम्मा उसे हैरान देखती रहीं। इस बीच हिना की आवाज़ में आने वाले तितली, खरगोश, हिरण और कोयल को हटाकर एक गाय चली आई थी—करुणा से भरी हुई। वह बोले जा रही थी, "कितना तकलीफ़ झेल रहा है परिवार, अम्मा। शबनम अस्पताल में है, वो जेल में हैं, मेरा भाई दूसरे अस्पताल में है और तुम जो हो, ठीक से समझे बिना रोए जा रही हो। अल्ला बोलता है, ऐसे मौक़े पर सब्र सबसे ज़रूरी होता है। और हम परेशान क्यों हों? इतने सारे लोग अपने साथ हैं।"

जिस आंटी की वह दवा लेकर आई थी, उन्होंने तेज़ी-से सिर हिलाया—"हाँ-हाँ, हम लोग हैं। परेशान न होना, हिना।" वार्ड के चेहरे पर तनी हुई चिन्ता की लकीरें कुछ ढीली पड़ गई थीं। दूर खड़ी एक नर्स सारा माजरा देख रही थी। फिर हिना ने चूहों की मदद ली। दोनों चूहे अब कोने वाले बेड की थाली

पर नाच रहे थे। "सँभालो-सँभालो आंटी, अरे, अब जाकर धोओ बर्तन, इसे ढककर रखा करो पॉलिथीन में—नहीं तो सब हक़ जमाने लगते हैं।" वह हँसती हुई बोल रही थी। वार्ड अब चूहों से अपना सामान बचाने में लग गया था।

लेकिन हिना के चेहरे पर जितनी हँसी थी, मन में उतनी ही चिन्ता। अभी तो वार्ड वालों को उसने समझा दिया, लेकिन जब कोरोना वालों की टीम आएगी तो? वह वार्ड से बाहर निकलकर कुछ सोचना चाहती थी, लेकिन बाहर आते समय दरबान ने टोक दिया—"अरे, कहाँ जा रही है हिना? घबराई हुई काहे है?" अब हिना को समझ में आया कि वार्ड के भीतर जो वह छुपा रही थी, वह उसके चेहरे पर दिख रहा है। अब उसका सब्र भी जवाब दे रहा था। वह दरबान को कुछ कहती, इसके पहले उसकी आँख भर आई। दरबान ने देखा तो हैरान रह गया—"चल-चल, चल नीचे, बात करते हैं।" उसने अपने साथी को हिदायत दी कि वह ड्यूटी पर ठीक से रहे और ख़ुद हिना के साथ नीचे उतर गया।

अब हिना को राज़ खोलना पड़ा। उसने बताया कि उसके भाई को भी कोरोना हो गया है। दरबान ने तसल्ली दी, "अरे, ठीक हो जाएगा।" हिना ने कहा, "इस बात की फिक्र नहीं है, अभी तो उसे क्वॉरंटीन होना पड़ेगा। तो फिर घर के इतने काम कौन करेगा? अख़्तर को छुड़ाना है, शबनम को देखना है, सबकी रोटी का इन्तज़ाम करना है।" बोलते-बोलते वह रो पड़ी।

'हूँ-हूँ' करता दरबान फिर कुछ कातर हो गया। फिर उसने धीरज बँधाया—"अरे, सब ठीक हो जाएगा। तू ऐसा कर, बस क्वॉरंटीन से बच जा।"

"लेकिन कैसे?" हिना को मालूम था, कोरोना वाले आएँगे, घर के बाहर निशान भी लगा देंगे और सबके आने-जाने पर रोक भी।

रास्ता दरबान ने सुझाया था—"अरे, वो चौबीस घंटे निगरानी थोड़े करेंगे? वो फ़ोन पर नज़र रखते हैं। मोबाइल लेकर बाहर निकली तो समझ जाएँगे, तू क्वॉरंटीन तोड़ रही है। तो तू घर पर मोबाइल छोड़ कर निकल जा। बुढ़िया को अपनी जगह क्वॉरंटीन करा दे। उसको बोल कि वो निकलेगी नहीं।"

हिना कुछ देर सोचती रही। पता नहीं, इससे काम बनेगा या नहीं? लेकिन इसके अलावा उपाय भी नहीं था। वह फिर वार्ड में लौटी। अपनी ननद शबनम से कहा कि वह कुछ देर अकेली रह ले, अम्मी को लेकर वह निकल रही है।

अम्मी को कुछ समझ में नहीं आ रहा था, लेकिन वह बहू का विरोध करने की हालत में नहीं थी। उसे यह समझ में आ गया था कि बहू भाई की बीमारी छुपा रही है।

घर के रास्ते में हिना ने अम्मा को बताया—"अम्मी, तुमको क्वॉरंटीन रहना पड़ेगा।" बुढ़िया भौंचक्क उसे देखती रही थी। ख़ुशबू ने समझाया—"देख अम्मी, पुलिसवाले अभी भाई के कांटैक्ट खोजते हुए आएँगे। वो मुझे बोलेंगे कि मैं घर से न निकलूँ। लेकिन अगर मैं न निकली तो काम कैसे होगा? तू तो कर नहीं पाएगी? लेकिन वो मुझे पहचानते तो हैं नहीं। तो तू हिना बन जाना यानी मान लेना कि तू घर पर रहेगी। बिलकुल नहीं निकलेगी।"

बुढ़िया डरी हुई थी—"लेकिन मोहल्ले में किसी ने शिकायत कर दी तो? सब जेल जाएँगे। अभी तबलीगी वालों का क़िस्सा नहीं सुना? कोरोना फैलाने वालों में हमें भी गिन लेंगे।"

हिना ने ठंडी साँस ली—"ये डर तो है। माहौल बहुत गन्दा हो गया। मुसलमान पर सबकी नज़र है। कुछ भी होगा, बात का बतंगड़ बना देंगे, लेकिन ख़तरा तो उठाना होगा।"

उसने फिर से अम्मी को समझाया—"अम्मी, मोहल्ले में किसे मालूम कि भाई के साथ क्या हुआ और तू उसे ले गई थी या मैं? एक तो कोई पूछने नहीं आएगा, दूसरे, आया तो बता देना कि हिना तो अस्पताल में थी, तू ही भाई के साथ रही थी।"

बुढ़िया के पास यह बात मानने के अलावा कोई चारा भी नहीं था। तो दोनों घर पहुँचे। पहुँचकर पाया कि वाकई कोरोना वालों की एक टीम उनके बारे में पूछताछ कर रही है। हिना फ़ौरन छिटक कर दूर हो गई। बुढ़िया 'हाँ-हूँ' करती रही।

कुछ देर बाद उनके छोटे-से घर के बाहर एक रस्सी लगी हुई थी—कोरोना का ठप्पा लगा हुआ था। डरी हुई सास घर के भीतर थी और बहू—यानी हिना—बाहर। वह ख़ुश थी कि उसका 'प्लान' काम कर गया। अच्छी बात यह भी थी कि अब बुढ़िया से कोई मिलने नहीं आएगा—यानी यह खोदा-खोदी नहीं होगी कि किसे क्या हुआ और कौन किसके साथ गया? फ़ोन भी हिना के पास

ही रह गया। मोहल्ले वालों को बस यह पता चला था कि दुबई से लौटे हिना के भाई को कोरोना हो गया है।

तो, हिना आज़ाद थी। अब अख़्तर को आज़ाद कराना था और शबनम को ढाढ़स बँधाना था।

दोनों काम आसान नहीं थे, लेकिन एक काम का रास्ता हिना को दिखने लगा था। वार्ड में एक आंटी इमरजेंसी में एडमिट हुई थीं—बड़े घर की—ये उनके पास का सामान बता रहा था। हिना उनसे भी घुल-मिल चुकी थी। उन्होंने बताया था कि उनके पति पुलिस में ऊँची पोस्ट पर हैं। रात को शुगर बहुत बढ़ गई तो ऐडमिट होना पड़ा। अभी किसी प्राइवेट हॉस्पिटल में जाना ख़तरे से ख़ाली नहीं है। फिर ज़्यादातर अस्पताल बन्द पड़े हैं—बस, कोविड का इलाज हो रहा है।

तो हिना ने अपनी समस्या उनको बताई। चार दिन से हिना को दौड़ती-भागती देख रही आंटी ने कहा—"अरे, यह तो अभी मैं बात करती हूँ।" उन्होंने अपने पति को फ़ोन किया। पति ने कहा—वह पता करके बताता है।

दो घंटे बाद पति का फ़ोन आ गया—अख़्तर के ख़िलाफ़ कोई मामला नहीं लगाया है। पुलिसवाले उसे अदालत में पेश करने वाले थे, लेकिन उन्होंने रुकवा दिया। शाम तक छोड़ देंगे।

हिना को लगा कि अस्पताल में भी ये ख़बर किसी ईद से कम नहीं। वह सबको लाकर मिठाई बाँट दे, लेकिन माहौल फिर भी ऐसा नहीं था। सब बीमार लोग—यहाँ की परेशानी से उकताए हुए। इस वार्ड में बस चूहे और तिलचट्टे ख़ुश रहते हैं—बेख़ौफ़ हर जगह चक्कर काटते रहते हैं। लेकिन अभी हिना भी ख़ुश थी। उसने एक बासी रोटी चूहों की ओर उछाल दी। बदक़िस्मती से यह करते हुए उसे एक नर्स ने देख लिया। वह चिल्लाने लगी—"ये क्या कर रही है? उसे क्यों दे रही है रोटी? चूहे पालेगी भी और बाद में शिकायत भी करेगी कि वार्ड में चूहे घूमते हैं।"

लेकिन हिना के लिए कोई डाँट अभी डाँट नहीं थी। वह हँसती रही। उसकी हँसी में कुछ ऐसा था कि नर्स भी पहले चुप हुई, फिर हैरान होकर उसे देखती रही और फिर हँसती हुई चली गई—"ये लड़की पागल है बिलकुल।" उधर नर्स की आवाज़ सुनकर दरबान चला आया था। उसे लगा कि एक बार साहबी

दिखाने का मौक़ा उसके सामने है, लेकिन उसने देखा कि मामला हिना का है तो वह गम्भीरता से किनारे खड़ा हो गया।

फिर हिना ने उसे बताया और शबनम को भी—कि अख़्तर आज छूट जाएगा। दरबान बड़ा ख़ुश हुआ। उसने कहा कि वह ड्यूटी ख़त्म होने के बाद अख़्तर को ले आएगा। शबनम भी बहुत ख़ुश थी। भाई जेल में हो तो भाभी कितना मन लगाकर उसका ख़याल रखेगी।

लेकिन अख्तर को लाने की नौबत नहीं आई। शाम होते-होते वह ख़ुद अस्पताल पहुँच गया। चेहरा मुरझाया हुआ था, कुछ पिटा-थका भी लग रहा था, लेकिन ख़ुश था। मगर उसे देखकर हिना की आँख भर आई। वह कहना कुछ चाहती थी, मगर कोई डरी हुई हिरनी फिर चली आई और चिल्लाने-कलपने लगी—"अब झगड़ा मत करना। हर जगह गरीब मार खाता है।" कहना वह 'मुसलमान' भी चाहती थी, लेकिन ये याद करके चुप रह गई कि वार्ड में ज़्यादातर हिन्दू लोग हैं। यह भी कि वे भी उसके पूरे काम आ रहे हैं।

अक्सर उससे झगड़ा करने वाला अख़्तर अभी चुप था। जेल से छूट जाने की राहत बहुत बड़ी थी। उसे यह भी पता था कि हिना ने ही अस्पताल में किसी को बोलकर उसे छुड़वाया है। हिना ने उसे उनसे मिलवाया भी। उसने जल्दी-से उनके पाँव छू लिये।

अगली सुबह हिना के पाँव में फिर से पंख लग गए थे। उसके साथ अख़्तर भी था और वह दरबान से गपशप कर रहा था। दरबान उसे दिलासा दे रहा था कि घूस देने के पैसे न भी हों तो दूसरी जगह की दरबानी तो वह उसे दिला ही देगा। "अरे नहीं, बन्दूक़ चलाने जैसी बात नहीं होती। बस खड़ा रहना होता है, सबको सलाम ठोकना आता है। गेट खोलना-बन्द करना—बस यही। नाइट ड्यूटी में कुछ ज़्यादा पैसा मिलेगा।"

अख़्तर सिर हिला रहा था। एक नई नौकरी की सम्भावना के बीच उसकी बीती हुई तकलीफ़ें जैसे घुल रही थीं। हिना घर से चाय बना कर लाई थी—एक प्याली उसने अख़्तर को दी और दूसरी प्याली शबनम को देने गई।

शबनम ने कहा—"भाभी, उठाकर बिस्तर से टेक लगाकर बिठा दो।" हिना ने बहुत एहतियात से यह काम किया। शबनम एक अख़बार देख रही

थी—"भाभी, बी.एड. का निकला है, टेस्ट दे दें का?" हिना ने फौरन कहा, "हाँ, शबनम हाँ।" इतनी तकलीफ़ के बाद भी शबनम आने वाले कल के बारे में सोच रही है। ठीक हो जाएगी तो कोई न कोई रास्ता बन जाएगा। फिर शबनम ने धीरे से बताया, "भाभी, उनका फ़ोन आया था।"

"तेरे शौहर का?" हिना की आवाज़ में अचानक ख़ुशी भरा कौतूहल भर आया। शबनम ने सिर हिलाया—"हाँ, कहा है, आएँगे। कहा है, आगे की सोच।"

यह दूसरी राहत की ख़बर थी जिसने चाय की इस सुबह को हिना के लिए कुछ और सुन्दर बना दिया। वह चाय की तीसरी प्याली अपने साथ लेकर बैठी हुई थी। अपने गालों से सटाए हुए, उसकी गर्माहट महसूस करते हुए। ज़िन्दगी में इतना सुकून कब होता है? बहुत मुश्किल है, बहुत कमी है—न घर है, न खाने का ठिकाना, न नौकरी, न बीमारी से निजात, लेकिन फिर भी जीने का रास्ता निकलता रहता है। यह छोटी बात नहीं है।

तभी वह चिहुँकी। दोनों चूहे उसके पाँव के ऊपर से पार हो गए। दूर आलमारी के पास से तिलचट्टा उसे देख रहा था। वह हँसने लगी—"ये सब भी जी रहे हैं। हम तो आदमी हैं। निकाल लेंगे रास्ता जीने का।"

अचानक उसने देखा, शबनम भी उसे देख रही है और अख़्तर भी। दोनों की आँखों में कोमलता है। वह झेंप-सी गई। उसे अम्मी का ख़याल आया जो उसकी जगह क्वॉरंटीन है। उसने फ़ोन मिलाया—"अम्मी ठीक से तो हो? हम सब जल्दी लौटेंगे।" एक वार्ड के भीतर यह छोटा-सा परिवार अब मुस्कुरा रहा था और बाक़ी वार्ड भी इस मुस्कुराहट में कुछ उजला लगने लगा था।

(उद्‌भावना, कथा विशेषांक, अप्रैल, 2021)

चीख़

यह एक बहुत साफ़ चीख़ थी जो जितने झटके-से उठी थी, उतने ही झटके से दब गई थी, जैसे किसी ने किसी का मुँह भींच दिया हो।

उसके पाँव एक लम्हे को रुके, लेकिन अगले लम्हे कुछ और तेज़ हो गए। यह सबकुछ सोच-समझ कर नहीं, बिलकुल अनायास हुआ। जैसे कानों ने एक चीख़ सुनी, वैसे ही पाँव थमे और तेज़ हो गए। उसने पाया कि उसकी साँस भी तेज़ चलने लगी है और उसके माथे पर भी पसीना न जाने कहाँ से आकर चुहचुहाने लगा है।

क्या वह डरा हुआ है? इस सवाल का जवाब भी उसे मालूम नहीं था। जब चीख़ कुछ पीछे छूट गई और पाँव कुछ आगे बढ़ गए और साँस कुछ मद्धिम हुई तो अनायास उसका दिमाग़ सक्रिय हुआ। उसे फ़ौरन एक शर्मिन्दगी ने घेर लिया। इस बार वह रीढ़ पर पसीने की शक्ल में बह रही थी। लेकिन अब सबकुछ क़ाबू में था। वह चीख़ से काफ़ी दूर था—अगर कोई ख़तरा था तो उससे दूर था, अगर कोई ख़तरे में था तो भी उससे दूर था। अब वह तेज़ी-से सोच रहा था। उसने घड़ी देखी। रात के नौ बज रहे हैं। मेट्रो स्टेशन पर दोपहर या शाम वाली नहीं, लेकिन काफ़ी गहमागहमी है। वह भी बस दस मिनट पहले मेट्रो से उतरा है। निकलकर वह मेट्रो स्टेशन पार कर रहा था तभी वह चीख़ सुनाई पड़ी थी। वह किसकी चीख़ रही होगी? आवाज़ किसी लड़की की ही थी। क्या वह भी उसके साथ मेट्रो से उतरी थी? क्या वह उसके कुछ आगे या पीछे चल रही थी? क्या उसे कुछ बदमाशों ने अगवा कर लिया होगा? लेकिन वह दिखी क्यों नहीं? और वहाँ वह अकेला तो नहीं था? दूसरों ने भी सुनी होगी उसकी चीख़?

कहीं यह उसका भ्रम तो नहीं? लेकिन सम्भव है, दूसरों के पाँव भी उसी तरह तेज़ हो गए होंगे जैसे उसके हुए थे? उसके भीतर एक पछतावा उभरने लगा। उसे रुकना चाहिए था। उसे देखना चाहिए था। अब भी समय है कि वह उसे देखे। क्या पता, वह किसी को बचा ही ले? बचाने में जो नायकत्व है, एक लम्हे को उसने इसकी भी कल्पना की। उसे ख़याल आया कि टीवी चैनलों पर वह लड़की कृतज्ञता के साथ उसे धन्यवाद देगी। दफ़्तर में भी सारे लोग अवाक् होंगे। पत्नी जरूर कहेगी कि इतनी हिम्मत दिखाने की ज़रूरत क्या थी, लेकिन मन ही मन वह भी ख़ुश होगी।

क्या वह पलटकर अब भी जाए? मुश्किल से दस मिनट हुए हैं। अगर लड़के उस लड़की के साथ दुष्कर्म जैसा कुछ करना चाहेंगे तब भी इसमें समय लगेगा। वह अब भी उस लड़की को बचा सकता है। क्या वह रुके? वापस लौटे? क्या वह देखे कि यह चीख़ कहाँ से आ रही है? किसकी है? लेकिन उसे बहुत सारे काम हैं। ज़रूरी दवा लेनी है, नहीं तो दुकान बन्द हो जाएगी।

फिर दिमाग़ के दूसरे हिस्से में कोई और उसके साथ संघर्ष कर रहा था। किस लड़की की बात कर रहे हो तुम? तुम्हें पता तक नहीं है कि ऐसी कोई लड़की थी भी या नहीं? तुमने चीख़ सुनी, लेकिन वह तुम्हारा भ्रम भी हो सकता है। और कई बार चीख़ने की वजह कुछ और भी हो सकती है। हो सकता है, सीढ़ियों से उतरते हुए किसी लड़की का पाँव फिसला हो, लेकिन अगले ही लम्हे उसने खुद को सँभाल लिया हो तो? फिर मेट्रो स्टेशन पर पुलिस भी तो होती है (हालाँकि इसको लेकर वह आश्वस्त नहीं था), लेकिन उसकी दुविधा अब न जाने के पक्ष में तर्क तलाश रही थी। उसे ख़याल आया कि यह सारा दृश्य उसके दिमाग ने अख़बारों, मीडिया और सतही फ़िल्मों से उठाया है। लड़की मेट्रो स्टेशन से बाहर निकलती है, उसे कुछ गुंडे अगवा कर लेते हैं, उसके सामूहिक बलात्कार की कोशिश करते हैं, तभी नायक पहुँच जाता है और नायिका को फटे-चुटे कपड़ों में बचा लेता है। यह फ़िल्म उसके दिमाग़ में चल रही है और अवचेतन में कहीं वह नायक बनने का स्वप्न पाले हुए है। शायद इसीलिए उसने चीख़ भी सुनी और उस पर इतना सोच भी रहा है।

सोचते-सोचते वह ऑटो पर बैठ चुका था। दस मिनट में उसका घर आ जाएगा यानी अब वापसी सम्भव नहीं। जो भी हो, घर जाकर वह पुलिस को एक कॉल कर देगा। बताएगा कि उसने चीख़ सुनी थी, लेकिन पुलिसवाले पूछेंगे कि फ़ौरन क्यों फ़ोन नहीं किया तो वह क्या बताएगा? कहीं ऐसा नहीं कि पुलिसवाले ख़ुद उसे ही इस मामले में लिप्त मान लें? उसने कई वेब सीरीज़ और फिल्में देख रखी थीं जिनमें अपराध और सूचना के आधे घंटे के अन्तराल में ही सारी गुत्थियाँ छुपी होती हैं। तो हो सकता है, पुलिसवाले उसे ख़ुद तंग करने लगें, लेकिन फिर भी मन के एक कोने में यह ख़याल था कि वह कॉल तो कर ही देगा।

घर आते-आते यह ख़याल भी दिमाग़ से निकल गया। वह दवा भी छूट गई जिसकी आड़ में उसने अपने रुकने को टाला था। पत्नी ने कुछ झुँझलाते हुए झिड़का कि उसका ध्यान कहाँ रहता है? वह पत्नी को बताते-बताते रह गया कि उसने एक चीख़ सुनी जिसको लेकर उधेड़बुन में फँसा रहा कि वह क्या करे? उसे लगा, पत्नी के साथ किसी सम्भावित विवाद में यह भी एक मुद्दा बन जाएगा। पत्नी उसे ताना मारने से नहीं चूकेगी, "शरीफ़ नागरिक बनते हो, लेकिन इतनी हिम्मत नहीं हुई कि अँधेरे में किसी लड़की की चीख़ सुन कर रुक जाते, पलट कर देख लेते। क्या पता, तुम्हारे रुकने भर से गुंडों के हौसले कुछ ढीले पड़ जाते, लड़की को निकलने का एक अवसर मिल जाता?" यह ताना नहीं मारा गया था, क्योंकि उसने पत्नी को बताया ही नहीं था, लेकिन अपने भीतर आया यह ख़याल फिर उसे परेशान करने लगा। क्या रुकने भर से यह कहानी बदल जाती? क्या वह पलटकर देखता भी तो गुंडे लड़की को छोड़ कर भाग जाते? हो सकता है, उसके रुकने से कुछ और लोग रुक गए होते। सम्भव है, उसके पलटकर देखने से कुछ और लोगों ने भी पलटकर देखा होता। वाक़ई इसके बाद गुंडों की हिम्मत नहीं बचती।

इस सम्भावना ने उसे और उदास कर दिया। उसके थोड़े-से हस्तक्षेप से किसी लड़की को बचाया जा सकता था, लेकिन फिर वह प्रतिप्रश्न उसके सामने था—ऐसी कोई घटना हुई भी है जो वह उसकी कल्पना करने में लगा है? कहीं यह उसके अपने डरे हुए मन का नतीजा भर तो नहीं है? उसका मन था, वह

यह सारी बात किसी को बताए। लेकिन दवा न लाने के लिए उस पर झुंझला चुकी पत्नी उसकी बात पर किस तरह की प्रतिक्रिया देगी, इसका अन्दाज़ा वह नहीं लगा पा रहा था। एक क्षण को इस नई मायूसी ने उसे घेर लिया। अपनों के बीच ही कितना कम संवाद बचा है—कुछ ज़रूरत की बातचीत, कुछ साथ देखी जा रही फ़िल्में, कुछ बच्चों की पढ़ाई-लिखाई और उनके कॅरिअर की फ़िक्र और फिर सो जाना। बीच में अगर किसी ने अपनी किसी कमज़ोरी का दूसरे से इज़हार कर दिया तो तात्कालिक सहानुभूति के बाद वह भविष्य का हथियार बन जाएगा—कभी किसी अन्य विवाद में उदाहरण के तौर पर काम आने के लिए। क्या 15 साल में दाम्पत्य इतनी दरारों से भर जाते हैं? उसने ठंडी साँस ली। यह भी सोचा कि उसके भीतर जो ढुलमुलपन पैदा हुआ है, वह शायद इस संवादहीनता का भी नतीजा है। उसे अपने ऊपर भरोसा नहीं रह गया है, किसी के साथ का भरोसा नहीं रह गया है, ग़ैरमुनासिब बातें चुपचाप सहन कर जाने की आदत बड़ी हुई है। उसे लगा कि वह भी ज़ोर-से चीख़े। लेकिन फिर यही लगा कि उसका चीख़ना किसी तकलीफ़ का नतीजा नहीं, उसकी सनक भर माना जाएगा।

अब तक वह खाना खाकर बिस्तर पर आ चुका था। अचानक उसे ख़याल आया कि वह मोबाइल देखे—फेसबुक या ट्विटर पर कहीं कोई ख़बर तो नहीं? वैसे भी रोज़ रात को एक घंटे का उसका शगल यही होता है—स्क्रॉल करते रहना, ज़रूरत के हिसाब से बधाई और शोक लिखते जाना, लाइक करते जाना। कुछ टिप्पणियों को अनदेखा करके भी बढ़ जाना। यह पत्नी को भी पता था—यह समय वह टीवी पर अपने पसन्दीदा वेब सीरीज़ देखने में काटती थी।

लेकिन कहीं कोई ख़बर नहीं थी। मेट्रो स्टेशन पर ऐसा कुछ नहीं घटा था जो असामान्य हो। अगर घटा होता तो सोशल मीडिया पर उसकी ख़बर ज़रूर होती। वह कुछ निश्चिन्त होकर दूसरी पोस्ट देखने में लग गया। अब तक चीख़ की अनुगूँज उसके भीतर बहुत मद्धिम हो चुकी थी। अब दिन भर की थकान उसे घेरने लगी थी, आँखें मुँद रही थीं। उसने मोबाइल साथ की तिपाई पर रखा, बत्ती बुझाई और सो गया।

लेकिन सुबह अखबार वाले की पुकार के साथ चीख़ फिर लौट आई। वह

चाय के साथ अख़बार का एक-एक कोना पलटता रहा—लोकल पेज ख़ास तौर पर—कि कहीं किसी लड़की के साथ बदसलूकी की ख़बर न छपी हो। ऐसी कोई ख़बर उसे नहीं दिखी। उसने राहत की साँस ली। लेकिन पाया कि यह राहत भी अधूरी है। उसे ख़याल आया कि कई घटनाएँ तो पुलिस तक पहुँचती ही नहीं। कोई बताने वाला नहीं होता। लोग चुपचाप देखकर गुज़र जाते हैं, जैसे वह गुज़र गया। क्या वह अब भी पुलिस थाने जाकर पता करे कि कल रात ऐसा कुछ हुआ तो नहीं था? लेकिन फिर उसकी हिम्मत नहीं पड़ी।

दिन में दफ़्तर में वह कई तरह के कामों में व्यस्त हो गया, लेकिन चीख़ उसका पीछा करती रही। बीच-बीच में बेशक इसका ख़याल उसके दिमाग से निकल जाता रहा, लेकिन वह किसी ढीठ बच्ची की तरह लौट कर आती रही—मुझे सुनो, मेरा जवाब दो। वह दो बार नीचे सिगरेट पीने उतरा, दो बार उसने चाय पी, सहकर्मियों से हँस-हँस कर बात करता रहा, लेकिन चीख़ भी बनी रही—जैसे दिल के कोने में कोई सूई चुभी हो और उसकी हल्की टीस लगातार तंग कर रही हो। शाम को उसकी दो जूनियर लड़कियों ने जब दिन के लिए बाय-बाय करते हुए उससे विदा ली तो उसे ख़याल आया कि ये भी मेट्रो से जाएँगी। एक पल के लिए वह सिहरा कि कहीं इन्हीं लड़कियों में कोई न हो जिसे किसी अँधेरे-अकेले लम्हे में किन्हीं राक्षसी इरादों ने अपनी ओर खींच लिया हो।

वह सोच-सोच कर तंग आ चुका था। वह इस ख़याल को दिमाग से झटकना चाहता था। वह इस पर भी बार-बार सोच रहा था कि उसने चीख़ सुनी भी थी या यह उसका भ्रम था? लेकिन वह इतनी ठोस, इतनी कातर, इतनी जीवित चीख़ थी कि उसे भ्रम मानना मुश्किल था। अगर वह सचमुच नहीं होती तो अब तक उसका पीछा नहीं कर रही होती।

शाम को फिर दफ़्तर से लौटने का समय आया और फिर उसने रोज़ की तरह ख़ुद को उसी मेट्रो में पाया। उसने सोचा था कि मेट्रो स्टेशन पर उतरकर तेज़ी-से वह निकल लेगा, लेकिन अचानक उस अँधेरे हिस्से में—जिधर से बीती रात चीख़ आई थी—पहुँचकर उसके क़दम थम गए। वह एक पल इधर-उधर देखता रहा और फिर उसने कुछ हिम्मत जुटाकर उस हिस्से में जाने का फ़ैसला

किया जो रास्ते से कुछ किनारे अँधेरे में पड़ता था। वहाँ एक अधबना-सा बरामदा था, जो मेट्रो स्टेशन के विस्तार की योजना का हिस्सा रहा होगा। उसने देखा, बरामदे की सीढ़ियों पर बैठे तीन लड़के बैठकर सिगरेट के कश लगा रहे थे। पास में चार और लड़के ताश खेल रहे थे और दो-एक कोने में घुसकर मोबाइल पर कुछ देखते हुए 'ही-ही' कर रहे थे। आम तौर पर यह कहीं भी दिखने वाला एक सामान्य दृश्य होता, लेकिन यहाँ उसे कुछ जुगुप्सा-सी महसूस होने लगी थी। उसे पता नहीं क्यों, लगने लगा था कि ये अपराधी या सम्भावित अपराधी हैं जिन्हें एक मौक़े की तलाश है और जो किसी को भी लूट सकते हैं। सीढ़ियों पर सिगरेट फूँकते लड़के भी अचानक उसे देख चौकन्ना हो उठे थे—शायद यह जानने को कि यह शख़्स गलती से इधर चला आया है या फिर पुलिस का आदमी तो नहीं? एक ने उससे पूछ लिया—"क्या काम है?" बोलते-बोलते वह उठ खड़ा हुआ। इतना भर सुन कर उसका ख़ून जम-सा गया। उसे लगा कि उसने कुछ ग़लती कर दी। उसे यहाँ नहीं आना था। वह अचानक मुड़ा और पलट कर भागा—पीछे उसे कुछ हँसती हुई 'अरे रुक-रुक' जैसी कुछ आवाज़ सुनाई पड़ी।

लेकिन वह भागता हुआ अब रौशनी और भीड़ में आ गया था। इस सुरक्षित भीड़ में आकर भी उसकी धौंकनी चल रही थी। उसने चारों तरफ देखा। फिर उसका नागरिक जाग गया था। ये लड़के यहीं बैठे-बैठे अपना शिकार खोजते हैं। उसे लगा कि कम-से-कम इनकी तो पुलिस को ख़बर करनी चाहिए। हो सकता है, इन्हीं से कल की चीख़ का सुराग मिल जाए।

उसने अपने चारों तरफ़ देखा। एक जगह दो-तीन पुलिसवाले खड़े मिले। वह तेज़ी-से चलता हुआ वहाँ पहुँचा। उसने उनको बताया कि कुछ सन्दिग्ध क़िस्म के लड़के वहाँ बैठे हुए हैं। पुलिसवालों ने पहले उसी से पूछा कि वह वहाँ क्या करने गया था? वह कुछ कहता, उसके पहले ही पुलिसवालों ने अगला सवाल दाग दिया था—"उन्होंने आपके साथ कोई बदमाशी तो नहीं की?" उसने सिर हिलाया—"नहीं।" फिर एक पुलिसवाले ने सलाह दी—"जाओ भाई साहब, घर जाओ। बेकार लड़के हैं, ताश खेलते रहते हैं, स्मैकिए हैं। उनको भगाते रहते हैं, वे फिर आ जाते हैं। चलो, भगा देंगे उनको फिर।" लेकिन वह वहीं खड़ा

रहा। कल रात से जो बात उसके भीतर घुमड़ रही थी, वह अचानक होंठों पर आ गई—"दरअसल कल भी मैं रात इधर से गुज़रा था, इसी समय। तभी एक लड़की की चीख़ सुनाई पड़ी थी—शायद उसी तरफ़ से।"

अचानक पुलिसवाले सतर्क और चौकन्ने हो गए—"चीख़ सुनी थी? फिर क्या किया आपने?"

अब वह अपने शब्द टटोल रहा था। अगल-बगल से निकलती भीड़ को देखते हुए कुछ बेबसी से उसने कहा—"कुछ समझ में नहीं आया, क्या करूँ? बस, घर चला गया।"

"भाई साहब, फिर चौबीस घंटे बाद क्यों आए हो?" एक सिपाही ने कुछ खीजी हुई आवाज़ में कहा—"कल बताते तो हम लोग जाकर देखते। यही काम तो आप लोग नहीं करते हो। बस जुर्म होता देखते हो, निकल जाते हो।" अब वह फिर ख़ुद को सँभालने में लगा था—"नहीं, असल में मैं आगे बढ़ गया था तभी चीख़ पीछे से सुनाई पड़ी। मैंने मुड़कर भी देखा, कुछ दिखा नहीं। तो एक बार मुझे लगा कि मेरा भ्रम है। इसलिए बढ़ गया, लेकिन अब लग रहा है कि शायद वाक़ई कोई चीख़ा था।"

एक पुलिसवाला इस बीच किसी को फ़ोन कर रहा था। उसने फ़ोन बन्द कर मुंडी हिलाई—"नहीं, कहीं कोई शिकायत नहीं मिली है। जाओ भाई साहब, आपको वहम हुआ होगा। जाओ घर जाओ, आराम से रहो। किसी के साथ कुछ नहीं हुआ है। होता तो हमें ज़रूर पता चल जाता।"

वह चुपचाप निकल गया। उसे लगा कि कुछ देर और उसने पूछताछ की तो पुलिसवाले उसे ही बन्द कर देंगे, लेकिन फिर भी एक हल्कापन उसे महसूस हो रहा था। उसने देर से ही सही, अपना काम किया। पुलिसवालों तक गया। पुलिसवालों से यह जानकारी उसे मिल गई कि कहीं कोई हादसा नहीं हुआ है यानी जो चीख़ होगी, वह उसका भ्रम थी या फिर वह एक मामूली चीख़ रही होगी जिस पर ध्यान देने की ज़रूरत नहीं थी।

वह मेट्रो स्टेशन से बाहर निकल रहा था। उसके चारों तरफ़ शोरगुल था—गाड़ियों की आवाज़, हॉर्न की आवाज़, लोगों की आवाज़, मोबाइल फ़ोन के बजने की आवाज, 'हलो-हलो, आवाज़ साफ नहीं आ रही, ईयरफ़ोन पर

हूँ' आदि-आदि। अचानक उसे ख़याल आया कि उसके चारों तरफ़ जितने लोग हैं, उनमें बहुत सारे अपने कान में ईयरफ़ोन ठूँसे हुए हैं। जब वे बैठे होते हैं तो उनकी नज़र मोबाइल की स्क्रीन पर होती है और जब वे चल रहे होते हैं तो उनके कान इस ईयरफ़ोन पर होते हैं। यही वजह है कि वे इधर-उधर नहीं देखते, सिर्फ़ अपने काम से काम रखते हैं। उन्हें कोई अँधेरा दिखाई नहीं पड़ता, उन्हें कोई चीख़ सुनाई नहीं पड़ती।

अचानक उसे लगा कि उसे अपनी समस्या का इलाज मिल गया है। अब वह भी कान में ईयरफ़ोन लगाए रखेगा। कुछ भी सुनता रहेगा—गाने, भाषण, सत्संग, कुछ भी। फिर कोई चीख़ उसे तंग नहीं करेगी।

घर पहुँचकर उसने अपना मोबाइल केस खोजा, उसमें बन्द पड़ा ईयरफ़ोन निकाला, उसे चेक किया और जान कर खुश हुआ कि यह काम कर रहा है। अगले दिन से वह ईयरफ़ोनधारी हो चुका था। हालाँकि उसे मुश्किल हो रही थी। उसे इसका अभ्यास नहीं था। कान में हमेशा कुछ गड़ता हुआ-सा लग रहा था। फ़ोन आता तो एक बार के लिए वह कुछ परेशान हो जाता कि इसे कैसे रिसीव करना है, लेकिन शाम होते-होते यह दिक़्क़त दूर हो गई। वह खुश था कि अब फ़ोन उसकी जेब में है और वह दोनों हाथ मुक्त रखकर भी बात कर पा रहा है। बाहर की आवाज़ें भी मद्धिम हो चुकी थीं। वे पूरी तरह ग़ायब नहीं हुई थीं, लेकिन कम हो गई थीं। बेशक, चीख़ आती तो ज़रूर सुनाई पड़ती। मगर वह समझने लगा था कि जो चीख़ उसका पीछा कर रही है, वह बाहर से नहीं आ रही है, वह उसके भीतर गूँज रही है। लेकिन यह ईयरफ़ोन उसे आने वाली किसी चीख़ से बचाएगा। वैसे भी धीरे-धीरे वह इस चीख़ से मुक्त हो रहा था। उसने मान लिया था कि वह सच्चाई हो या भ्रम, अब वह उसका कुछ नहीं कर सकता।

लेकिन कमीज़ की ऊपर वाली जेब में रखे मोबाइल से निकलकर कान तक जाता हुआ तार उसे अब भी परेशान कर रहा था। उसने पाया कि बाक़ी लोगों के पास वायरलेस ईयरफ़ोन है—यानी तार की ज़रूरत ही नहीं। फ़ोन हाथ में रहे, जेब में रहे, कहीं भी रहे, बिना तार के बात होती रहेगी। उसने तय किया वह एक वायरलेस ईयरफ़ोन ख़रीदेगा।

उसने अपने एक दोस्त से पूछा, "यह वायरलेस ईयरफ़ोन कितने का आता है?" दोस्त ने बताया कि वह कई तरह का आता है—अच्छी कम्पनियों का, और अच्छी क्वालिटी का 25,000 रुपये तक चला जाता है। हैं तो इससे भी महँगे ईयरफ़ोन, लेकिन वह अमीर लोग ख़रीदते हैं।

उसका मुँह खुला का खुला रह गया। उसका फ़ोन ही पन्द्रह हज़ार का है। वह भी उसने बहुत उधेड़बुन के साथ ख़रीदा था। जब सबने समझाया कि यह स्मार्टफ़ोन का ज़माना है और फ़ोन की स्पीड और मैमोरी अच्छी होनी चाहिए तो हिचकते हुए उसने यह फ़ोन ले लिया था। लेकिन इतना महँगा ईयरफ़ोन तो फ़िजूलखर्ची है। फिर उससे उसका मक़सद भी हल नहीं होता—यानी बाहर की आवाज़ें फिर भी आती रहती हैं।

मगर दोस्त उसके ख़यालों से बेखबर उसे जानकारी देता जा रहा था या क्या पता, उसने उसके ख़याल भी पढ़ लिए। उसने याद दिलाया कि अब तो सबकुछ ईएमआई पर मिलता है—यानी मज़े में पाँच सौ रुपये की ईएमआई पर वह शानदार ईयरफ़ोन ले सकता है—ऐसा ईयरफ़ोन, जिसे कान में लगाने से ज़रा भी असुविधा न हो और जिसमें बाहर की आवाज़ें बिलकुल न आएँ।

"साउंडप्रूफ़ ईयरफ़ोन?" उसने पूछा।

"नहीं, उसे साउंड कैंसिलिंग कहते हैं।" दोस्त ने उसका सामान्य ज्ञान बढ़ाया।

हालाँकि यह सब जानकारी पहले भी उसके पास थी—लेकिन इतने ठोस ढंग से नहीं थी। वह यह सब सुनता रहा था, लेकिन इस बेपरवाही से, जैसे इन सबसे उसका कोई वास्ता नहीं हो। लेकिन आज वह ये सोच कर हैरान था कि बाज़ार ने क्या-क्या शानदार चीज़ें बनाई हैं। बाज़ार इसका ख़याल रख रहा है कि बाहर की कोई चीख़ उसे परेशान न करे।

अगले एक हफ़्ते फिर वह आदतन उधेड़बुन में रहा। उसे इतने पैसे ख़र्च करने चाहिए या नहीं? यह ईयरफ़ोन आदि कम उम्र के नौजवानों को रास आते हैं, वह 45 का हो चुका है, ईयरफ़ोन लगाकर घूमेगा तो कैसा लगेगा? लेकिन बोलते-बोलते कई दफ़्तरों के वे लोग उसे याद आने लगे जो कान में वायरलेस ईयरफ़ोन लगाए कुछ इस तरह बात करते रहते हैं, जैसे वे बुदबुदाकर कोई

मंत्र पढ़ रहे हों और बीच-बीच में रुक जाते हों। तीसरा सवाल इससे भी बड़ा था—वह अपनी पत्नी को कैसे समझाएगा कि इतना महँगा ईयरफ़ोन उसके लिए ज़रूरी है। हालाँकि यह तीसरी समस्या सबसे छोटी थी। उसने अपने जीवन में इतनी कम चीज़ें चाही थीं कि उसे रियायत के तौर पर ही, ईयरफ़ोन खरीदने की अनुमति खुशी-खुशी दी जा सकती थी। संकट दूसरा था और वह सांस्कृतिक था। जिस तरह का जीवन वह जीता रहा है, जिस तरह का जीवन जीते उसे उसके दोस्तों ने देखा है, यह उसके बिलकुल प्रतिकूल है। उसने कान में ईयरफ़ोन ठूँसे अपनी कल्पना की और अपनी ही छवि पर कुछ झेंपकर रह गया।

मगर धीरे-धीरे वह अपने तर्क गढ़ रहा था या क्या पता, बाज़ार का आकर्षण उससे यह तर्क गढ़वा रहा हो। क्या ज़रूरी है कि जिस तरह उसने अब तक जीवन जिया है, उसी तरह आगे भी जीता रहे। जीवन में बदलाव क्यों नहीं हो सकते? और पहले भी वह बदला ही है। पहले सिर्फ़ कुर्ता-पाजामा पहनता था, अब पैंट-शर्ट पहनने लगा। पहले सिर्फ़ चप्पलों में होता था, अब जूते पहनने लगा। पहले वह पर्स तक नहीं रखता था, कमीज़ की ऊपर की या पैंट के पीछे की जेब में पैसे रखकर काम चला लेता था, लेकिन जीवन में जितने सारे कार्ड चले आए—डेबिट कार्ड, क्रेडिट कार्ड, आधार कार्ड, आई कार्ड, मेट्रो कार्ड—कि पर्स के बिना यह सब सँभालना उसके लिए मुश्किल होने लगा। तो अब जीवन की एक ज़रूरत उससे ईयरफ़ोन ख़रीदने को मजबूर कर रही है तो इसमें ऐसी कौन-सी आफ़त है? और फिलहाल उसकी कोई दूसरी ईएमआई भी नहीं चल रही है। तो पाँच सौ क्या, हज़ार रुपये तक की ईएमआई तो वह आसानी से झेल सकता है।

उसने अपनी पत्नी से बात की। वह कुछ हैरान सी उसे देखती रही। पूछ लिया कि वह ईयरफ़ोन का क्या करेगा? संगीत सुनना है? उसने कुछ झुंझलाते हुए बताया कि शहर में आते-जाते, भीड़भाड़ के बीच बहुत शोर होता है, जिससे कान भी ख़राब हो जाने का ख़तरा है। उसने ध्यान दिलाया कि इन दिनों जिसे देखो, वह ईयरफ़ोन लेकर घूमता है। उसने चीख़ सुनने वाली कहानी भी उसे सुना दी, लेकिन कुछ बदलकर। बताया कि अचानक उसे एक चीख़ सुनाई पड़ी, वह तेज़ी से अँधेरे की ओर दौड़ा, मगर उसके अलावा कोई और नहीं

दौड़ा क्योंकि सबने ईयरफ़ोन लगा रखे थे, और उस अँधेरे में उसे कुछ नज़र नहीं आया। उसने पुलिसवालों से भी बात की, जिन्होंने कहा कि यह उसका भ्रम होगा। उसने अपनी ओर से जोड़ दिया कि पुलिसवालों ने ही उसे ईयरफ़ोन खरीद लेने की सलाह दी—कहते हुए कि भाई साहब, जो भी सुनोगे, साफ-साफ़ सुनोगे, आलतू-फालतू नहीं सुनोगे।

पत्नी अब भी कुछ हैरान-सी उसे देखती रही। उसने सोचा भी नहीं था कि मेट्रो से आने-जाने वाले उसके पति को इतनी मुश्किल उठानी पड़ती है।

आख़िरकार वह एक दिन मॉल पहुँच गया। साथ में पत्नी भी थी। क्रोमा की चमचमाती दुकान पर वह सेल्समैन से सारी जानकारी ले रहा था। जो ईयरफ़ोन पसंद आया, वह 22,000 रुपये का था। उसका दिल ज़ोर-से धड़का। इतनी महँगी चीज़ वह अपने लिए ख़रीदे? लेकिन बाज़ार का लुभावनापन अब उसे अपनी ओर खींच रहा था। इतनी चमकीली दुनिया में वह इतनी सादी उपस्थिति के साथ कितना पुराना—'कितना आउटडेटेड' लगता है। हालाँकि मन उसका अब भी प्रतिरोध कर रहा था। इतने पैसों में तो बच्चों के काम की कोई चीज़ आ जाएगी।

यह बात उसने पत्नी से भी कही। पत्नी ने याद दिलाया कि बच्चों के पास काम की हर चीज़ है—बल्कि वे बेकार की चीज़ें भी ख़रीद लेते हैं। हाल ही में पन्द्रह हज़ार का गिटार ख़रीदा जिसे चार दिन भी नहीं बजाया। एक टैब भी उनके पास है। तो उनकी ज़रूरत तो सारी पूरी हो रही है।

वह देख रहा था कि बाज़ार किस तरह तर्क गढ़ने पर मजबूर करता है। अब तक उसका जीवन दर्शन यही रहा था कि बाज़ार के छलावे-भुलावे में मत आओ। जो ज़रूरी है, वह ख़रीदो। बच्चों के लिए उसने इस जीवन-दर्शन में बेशक कुछ छूट दे रखी थी, लेकिन वह भी इस एहसास के साथ कि बदलती हुई दुनिया में वे ख़ुद को कमतर महसूस न करें। हालाँकि उसके हिसाब से यह भी बाज़ार का सुझाया तर्क था। वह अपने बच्चों को इतना मज़बूत क्यों न बना सका कि वे अपने फ़िज़ूलख़र्ची न करने पर इतरा सकें, सादा और सुरुचिपूर्ण जीवन-शैली को आदर्श की तरह रख सकें और वाक़ई अभाव हो तो उससे शर्मिन्दा न हों, बल्कि उसे अपने आभूषण की तरह दिखा सकें। लेकिन यह

इतनी दूर की कौड़ी थी कि इसे वह ख़ुद भी कुछ चकित होकर देख रहा था।

बहरहाल, ईयरफ़ोन ले लिया गया—पूरे 22,000 रुपये का। हालाँकि 2 बरस की ईएमआई में कुछ ज़्यादा पैसे लग जा रहे थे, लेकिन फिर भी एक पुलक मन को थी। पत्नी ने सलाह दी कि वह यहीं से इसका इस्तेमाल शुरू कर दे। वह कुछ हिचक रहा था। घर पहुँचकर वह छोटा-सा पैकेट खोलते हैं। लेकिन पत्नी ने कहा, "यहाँ खोल लेने से चेक हो जाएगा कि ठीक से काम कर रहा है या नहीं?" यह तर्क फिर उसे अपनी नई मन:स्थिति के अनुकूल लगा। तो दुकानदार के सामने पैकेट खोल लिया गया, दुकानदार ने कान पर ईयरफ़ोन लगाने में उसकी मदद की। बताया कि यह बाहर के साउंड को बिलकुल आने नहीं देगा। वह भी कुछ हैरान हुआ। यह तो वाक़ई कमाल है। उसे ख़याल आया कि अब भीड़ में उसे कोई आवाज़ तंग नहीं करेगी। वह मनचाहा संगीत सुन सकेगा। बल्कि यात्राओं पर अपने मोबाइल पर फिल्म भी देख सकेगा। यह जैसे ज़िन्दगी का नया पन्ना खुलने जैसा था।

इस नए पन्ने का लुत्फ़ अगले दिन से ही वह लेने लगा। ईयरफ़ोन अब उसके कान में फँसा रहता। हालाँकि दफ़्तर में इस वजह से उसे कई बार दोस्तों के बीच मज़ाक़ का पात्र भी बनना पड़ा। कई बार लोग उसे पुकारते रहते, वह सुनता ही नहीं। फिर एक मित्र ने बताया कि इसमें इसको भी कंट्रोल करने की तकनीक है यानी वह बाहर की आवाज़ पूरी तरह न रोक कर भी काम चला सकता है। लेकिन दफ़्तर से बाहर निकल कर उसने बाहर की सारी आवाज़ें रोक लीं। अब उसके सामने एक बदली हुई दुनिया थी—ऐसी दुनिया जो चलती-फिरती, मुँह चलाती थी, लेकिन बोलती नहीं थी। मेट्रो में बैठकर वह मोहम्मद रफ़ी के पसन्दीदा गीत सुनता रहा। उसे पहली बार भीड़-भाड़-शोर-शराबे का एहसास नहीं था। लोग थे, लेकिन उसके लिए उपस्थित नहीं थे। शोर था, लेकिन उसके लिए मायने नहीं रखता था। अगर कोई चीख़े भी उस तक आवाज़ नहीं जाने वाली है। इस नए सुकून ने कुछ पल के लिए उसे शर्मिन्दा किया, लेकिन जो नया तर्कवाद उसके भीतर विकसित हो रहा था, उसने बताया कि वह हर आदमी की फ़िक्र या मदद नहीं कर सकता। उसे अपना ही ख़याल रखना होगा। तो, मेट्रो चलती रही और गीत चलते रहे।

मेट्रो से उतरकर वह फिर उसी अँधेरे इलाक़े से गुज़र रहा था, लेकिन उसका ध्यान उस तरफ़ नहीं गया। इस बार वह रफ़ी और आशा के गाने सुन रहा था—'ये है रेशमी ज़ुल्फ़ों का अँधेरा...।'

धीरे-धीरे ईयरफ़ोन उसके कान का हिस्सा हो चुका था। पहले वह घर पहुँचकर ईयरफ़ोन हटा देता था, लेकिन अब घर पर भी वह लगाए रखता। पत्नी ने दो-चार बार एतराज़ किया, बच्चों ने भी टोका, लेकिन धीरे-धीरे सबकी आदत पड़ गई। उसने तय किया था कि अगले महीने वह नया मोबाइल भी ले लेगा। उसने हिसाब लगा लिया था कि तीन साल की क़िस्तों पर एक अच्छा मोबाइल लिया जा सकता है।

अब वह नई दुनिया का नागरिक था, चीख़-पुकार से भरी दुनिया से दूर। बेफ़िक्र हर जगह आता-जाता, किसी की न सुनता। दफ़्तर के ज़्यादातर काम ईमेल से होते थे, इसलिए परेशानी नहीं थी। उल्टे, जो कॉनकॉल हुआ करतीं, उसमें उसे सहूलियत हो गई थी। यह नया ईयरफ़ोन सबकुछ साफ़-साफ़ सुनने में मदद कर रहा था।

वह ख़ुद पर अचम्भित होता। महीने भर पहले वह किस पुरानी दुनिया का नागरिक था? क्या एक उपकरण जीवन में इतना बड़ा बदलाव ला सकता है? यह जो तमाम तरह के गजटों की दुनिया है, वह इंसान को कितना बदल चुकी है? लोग बोलते हैं कि तकनीक लोगों को एकाग्र होने में मदद नहीं करती। वह ध्यान भटकाती रहती है, लेकिन उसके साथ तो उल्टा हो रहा था। ईयरफ़ोन ने उसे एकाग्र होने की सुविधा दे दी थी। वह अब पहले से ज़्यादा और देर तक सोचता रहता था। गाने सुनते-सुनते वह अपने अतीत को याद करता, अपने छूटे हुए शहर पर आहें भरता और भविष्य में एपल का नया आईफ़ोन लेने की सोचता।

इसी तरह कुछ सोचते हुए वह मेट्रो से उतरा था। उसने बेध्यानी में पूरा रास्ता तय किया। उसे अब सड़क पार करनी थी। उसने देखा, सड़क लगभग ख़ाली थी। बहुत दूर से कुछ गाड़ियों के आने का अन्दाज़ा ज़रूर था।

वह गीत सुनता हुआ बढ़ता जा रहा था। तभी अचानक उसे बहुत तीखी रौशनी दिखाई दी। वह पलटता तब तक एक ज़ोरदार झटके में उछलता हुआ दूर जा गिरा था। उसका ईयरफ़ोन उसके कान से छिटक कर पता नहीं कहाँ चला

गया था? उस आख़िरी लम्हे में अचानक दुनिया भर का शोर उसके कान में चला आया। उसी आख़िरी लम्हे में उसने अपनी बहुत तेज़ चीख़ सुनी जो बिना किसी कोशिश के निकली थी—दर्द की एक तेज़ लहर के साथ। उस आख़िरी लम्हे में आँख मुँदने से पहले उसने देखा था कि अगल-बगल गाड़ियाँ गुज़र रही हैं, लेकिन कोई देख नहीं पा रहा है। उस आख़िरी लम्हे में अपनी चेतना के कुन्द होने से पहले उसे ख़याल आया कि बाज़ार बिलकुल बीच सड़क पर भी मार डालता है—और तब चीख़ सुनने वाला कोई नहीं होता।

सहेलियाँ

एक डायनासोर गरज रहा था और एक एक्सपर्ट आकर उसके बारे में बता रहा था। किसी अलग मौक़े पर यह बहुत दिलचस्प सी फ़िल्म हो सकती थी, लेकिन फ़िलहाल बाहर की गर्मी से दूर उस ठंडे चिकने प्रेक्षागृह में बैठे लोग ज़्यादातर बोर हो रहे थे। उन्हें अपने बच्चों का इन्तज़ार करना था जो उस आर्ट स्कूल का एंट्रेंस टेस्ट देने आए थे।

"आप अकेली हैं?" पहली बार सोनाली ने नहीं समझा कि यह सवाल उसी से पूछा जा रहा है। उसने बस अपनी ऊँघती हुई आँखें यह देखने के लिए उठाईं कि कौन किससे मुख़ातिब है? जब पाया कि एक चश्मे वाली महिला उसकी ही ओर देख रही है तो उसने हड़बड़ाकर उठना चाहा—"हाँ, जी, यस आई एम एलोन" तक पहुँचते-पहुँचते उसकी घबराहट ज़ाहिर हो चुकी थी।

उसे कुछ अफ़सोस हुआ। बचपन में यह घबराहट कभी उसकी शख़्सियत का हिस्सा नहीं रही। वह अपनी उन सहेलियों को देखकर हँसा करती थी जो अनजान लोगों से बात न करने और बाहर बिलकुल सँभलकर रहने की बहुत सारी हिदायतों के बीच जैसे हमेशा एक खोल में रहती थीं, हमेशा अदृश्य बने रहने की कोशिश करती थीं, किसी के अपनी ओर देखने भर से असहज हो जाती थीं। पूरा कॉलेज जैसे उसने सिर झुकाकर, चलती सहेलियों के झुंड में आगे चलते हुए पार किया। नौकरी भी ऐसी की, जिसमें अपनी तरह का खुलापन था। फिर ऐसा क्या हुआ कि अनजान लोगों से बातचीत अब उसे असहज बना डालती है?

"आप मेरे साथ चलेंगी नीचे तक? कुछ खा लेते हम लोग।" चश्मे वाली

के सवाल के साथ वह खड़ी हो चुकी थी—घबराहट पीछे छूट गई थी, हालाँकि सकुचाहट बची हुई थी। लेकिन उसे भी ख़याल आया कि उसे भूख लगी हुई है, जिसका अनजान जगहों पर अपनी शख़्सियत की तरह ही दबा लेने की हाल के वर्षों में बनी बेख़बर आदत ने एहसास नहीं होने दिया।

थोड़ी ही देर में वे नीचे थीं। दो अनजान महिलाएँ अब सहेलियों की तरह बतिया रही थीं। दोनों की ज़िन्दगी जैसे साझा थी—लगभग एक-सी। दोनों अपनी बेटियों को यह टेस्ट दिलाने आई हैं। दोनों के पति बड़े जॉब में हैं, दोनों ने यहाँ सारा अरेंज करा दिया, दोनों आने की हालत में नहीं थे, इसलिए दोनों अकेले चली आईं।

"मैंने भी इंटीरियर डेकोरेशन का कोर्स किया था," बाहर कैंटीन में समोसे का कोना चम्मच से तोड़ती सुजाता बता रही थी। हाँ, चश्मे वाली का नाम सुजाता ही था। सोनाली सुन रही थी। "तीन साल जॉब भी किया, लेकिन आयरा हुई तो छोड़ दिया। अभी मैं बॉस होती कम्पनी की। विकास भी वहीं थे।" सुजाता की मुस्कुराहट में एक फीकी हँसी शामिल हो गई थी, "तब फ्रेंड्स कहते थे, जॉब मत छोड़ो । सब छूट जाएगा। एक मेरी दोस्त थी—मनीषा, वह तो कई महीने लड़ती रही। कहा कि तू जॉब नहीं ज़िन्दगी छोड़ रही है। तू ही छूट जाएगी पीछे। उसने विकास को भी खूब डाँटा था। लेकिन पॉसिबल नहीं था घर-दफ्तर एक साथ। अब तो 18 साल हो गए। लगता ही नहीं कि वह मैं थी।"

सोनाली के हाथ का चम्मच धीरे-धीरे काँपने लगा था। सुजाता अपनी कहानी सुना रही है या उसकी? यह तो उसके साथ हुआ था? बिलकुल हू-ब-हू।

नहीं, बिलकुल हू-ब-हू नहीं। उसने इंटीरियर डेकोरेशन नहीं, पत्रकारिता का कोर्स किया था। उस समय बहुत कम लोग यह कोर्स करते थे। वे और नीलेश एक दफ़्तर में नहीं थे। दोनों अलग-अलग अख़बार में रिपोर्टर थे। पहली बार 1992 में अयोध्या में मिले थे। मस्जिद उसकी आँखों के सामने गिरी थी। वह दहशत से भरी थी। नीलेश उसे भीड़ से बचाता हुआ बाहर तक लाया था।

मगर शादी ने उसके भीतर कुछ उगाया भी और कुछ बुझाया भी। तन्वी आई तो जीवन में एक नई हलचल आ गई। उसने पहले नौकरी छोड़ी, फिर बाहर जाना छोड़ा और अन्त में लिखना भी छोड़ दिया। घुटनों के बल चलती तन्वी

धीरे-धीरे खड़ी हो गई और चल पड़ी, मगर सोनाली जैसे पहले चलना भूली और फिर खड़ा होना और फिर घुटनों के बल चलने लगी। अब तो उसका कोई काम नीलेश के बिना नहीं होता।

समोसा ख़त्म हो गया था, चाय भी खत्म हो गई थी और दोनों के बीच बात भी। कितनी कम बातें रह गई हैं उसके जीवन में? नीलेश की नौकरी, व्यस्तता, तन्वी का फ़्यूचर, बाइयों की चिखचिख और कुछ टीवी सीरियल, कुछ फ़िल्में, कुछ टूटती-बनती जोड़ियों की गॉसिप।

"मालूम, उनके बिना बरसों बाद मैं निकली हूँ। घबराहट हो रही थी, मगर अच्छा भी लग रहा था। अब तो मैं और आयरा सहेलियाँ हो गई हैं। हमने खूब गप की। मैंने बताया, कैसे पीजी में पढ़ते हुए हम लड़कों के साथ फ़िल्म देखने निकल जाते थे। उसे यक़ीन नहीं हो रहा था।" सुजाता हँस रही थी।

"अरे, आपको पता है," सोनाली की आवाज उल्लास से चमकने लगी थी। "एक बार मैं अपनी सहेली के साथ मसूरी चली गई थी। माँ-पापा सब नाराज़। तीन दिन घूमती रही। अब सोचती हूँ—मैं ही थी क्या?" बोलते-बोलते वह सकुचा गई।

"हमारी कितनी चीजें मिलती हैं? हम मेले में खोई हुई बहनें हैं शायद।" अब सुजाता हँस रही थी।

इतनी देर में सोनाली के भीतर बरसों से सोई पत्रकार जाग उठी। "हिन्दुस्तान की सारी औरतें मेले में खोई हुई बहनें हैं। या नहीं, वे मेले से बाहर खड़ी बहनें हैं जो तब मिल लेती हैं जब उनके पतियों को फुरसत नहीं होती।"

"जैसे हम मिल लिए।" सुजाता की आवाज में एक पुरानी लड़की की खनक लौट रही थी। एक टूटा हुआ पंख फिर जैसे जुड़ रहा था। "बच्चियाँ छह बजे छूटेंगी। हमारे पास पाँच घंटे हैं। हम लोग घूमने चलें?"

"यहाँ, इस अनजान शहर में?" सोनाली के भीतर जैसे कोई सोया हुआ झरना हिलने लगा था, लेकिन किसी अनजान अन्देशे से जैसे पाँव बँधे थे, "और इन लोगों को हमारी ज़रूरत पड़ी तो?"

"हाँ, शायद," अब अपने ही उत्साह से सुजाता सकुचाई लग रही थी। उसे लगा, उसने बच्चों जैसी बात कर दी।

लेकिन सुजाता के कमजोर पड़ते उत्साह को इस बार सोनाली ने थाम लिया। "लेकिन, इन्हें क्या ज़रूरत पड़ेगी? हमारी बेटियाँ हमसे तेज हैं।"

अब दोनों चुप थीं। वे एक-दूसरे में अपनी हिम्मत तौलती हुई मुस्कुरा रही थीं। अचानक जैसे वे एक साथ खड़ी हो गईं। "चलें?" दोनों ने एक साथ कहा और मुस्कुराती हुई चल दीं।

अप्रैल के इस महीने में धूप तेज़ थी। दोनों ने अपने पर्स से काला चश्मा निकाला और पहन लिया। उस दिन पचास की उम्र छूती दो महिलाएँ अचानक 25 बरस की युवतियों में बदल गई थीं। वे गोलगप्पे खाती हुई बेतहाशा हँस रही थीं। वे झील किनारे पानी में पाँव डुबोकर बैठी हुई थीं। वे एक मॉल के एस्केलेटर से साथ उतरते हुए साझा सेल्फी लेने की कोशिश कर रही थीं। वे लगातार बात किए जा रही थीं। "हमारे समय ये मोबाइल फ़ोन नहीं था। अगर होता तो सारे पुराने दोस्तों की तस्वीरें बची होतीं,"—सुजाता ने हँसते हुए कहा। सोनाली को याद आया, "माँ के घर अब भी किसी दराज़ में एक एलबम पड़ा होगा, जिसमें कॉलेज के फ़ेयरवेल की तस्वीरें लगी हुई थीं। उनके ग्रुप ने उस दिन डांडिया किया था। पता नहीं, उस एलबम पर अब कितनी धूल पड़ गई होगी?" उसने सुजाता को मुस्कुराते हुए देखा और जवाब दिया, "लेकिन तब मोबाइल होता तो अब पता नहीं क्या आ गया होता? तब मोबाइल की तस्वीरें बेकार लगतीं। इतना लम्बा हमारा मोबाइल थोड़े चलता कि सब बचा रहता? उससे अच्छा तो एलबम है। लेकिन एलबम कहाँ है, किसको पता?" सुजाता एक पल के लिए चुप हो गई। अचानक जैसे समझ में आ गया कि उसका एलबम, उसके हिस्से की तस्वीरें ज़िन्दगी ने कहाँ दफन कर दी हैं। लेकिन यह उदास होने की घड़ी नहीं है। ये चन्द घंटे किसी फ़िल्म जैसे हैं जिसमें वे दोनों काम कर रही हैं। उन्होंने एक जगह रुक कर मेहँदी लगवाई। एक जगह रुककर मलाई बर्फ खाई। एक जादू था जो उन पर छाया हुआ था और शहर कुछ तन्मयता और कुछ हैरानी से उन्हें निहार रहा था।

लेकिन यह जादू टूटना था। पाँच बज गए। लौटने का समय हो गया। कार फिर कैम्पस के बाहर थी। दोनों निकलीं—दोनों ने एक-दूसरे का हाथ कस कर थाम रखा था। जैसे न जाने कब की बिछड़ी सहेलियाँ हों और अब न जाने

कब मिलेंगी? कैम्पस के भीतर की 200 मीटर की सड़क जैसे बहुत लम्बी और खाली हो गई थी।

"सोनाली, एक वादा करती हूँ। अपनी बेटी को किसी भी हाल में नौकरी छोड़ने को नहीं कहूँगी। ये नहीं कहूँगी कि वह अपने पति पर निर्भर रहे कभी। दोनों साथ रहें, सुखी रहें, लेकिन एक-दूसरे के मददगार रहें। नहीं तो मर जाती है लड़की।"

"हाँ, जैसे हम मर गई हैं।" सोनाली जैसे किसी जमी हुई उदासी के भीतर से टहलती हुई बोल रही थी—"हमारी बेटियाँ वैसे भी हमारी जैसी नहीं होंगी।"

वे बेटियाँ सामने से आ रही थीं—आयरा और तन्वी। दो माँएँ उन्हें दूर से देख रही थीं—ऐसी दो सहेलियाँ, जिन्होंने अपनी बेटियों को बचाने की साझा क़सम खाई थी। दोनों ने एक-दूसरे को देख फिर सिर हिलाया और अपनी-अपनी बेटियों की ओर बढ़ गईं।

(आउटलुक, जुलाई 2016)